SŒURS CHOCOLAT

Catherine Velle a été comédienne et publicitaire. Elle est aujourd'hui directrice de la communication du groupe Marie Claire. *Sœurs Chocolat* est son troisième roman.

CATHERINE VELLE

Sœurs Chocolat

ÉDITIONS ANNE CARRIÈRE

© Éditions Anne Carrière, 2007.

ISBN : 978-2-253-12555-6 – 1re publication LGF

À Frédérique,
à Louis,
avec tendresse

« La vie c'est comme une boîte de chocolats, on ne sait jamais ce qu'on va trouver à l'intérieur. »

Forrest Gump.

La France

Les prémices

La silhouette vacillante se hâtait dans la neige. Après la ruelle sombre, en atteignant la grand-place, elle s'arrêta un moment, clignant des yeux dans la lumière, le temps d'habituer sa vision à la luminosité nouvelle.

La neige avait fait son apparition au petit matin, déversant sur tout le Haut-Koenigsbourg des tonnes de poudre blanche. Le vieux bourg alsacien de Bergheim était encore endormi, raidi sous la vague de froid, et les sapins du fond de la place, figés sous leurs guirlandes glacées, semblaient attendre un signal pour se remettre à respirer. Un oiseau triste traversa le ciel plombé en criant.

Encore quelques minutes et elle serait arrivée à destination. Il lui suffisait de traverser la place en diagonale, mêlant ses pas aux traces brunes qui maculaient la neige vierge et convergeaient toutes en faisceau vers la grande bâtisse grise. *AD UNUM PRO TOTIS*, lutelle au fronton. Au coup de heurtoir on lui demanda son nom, en dialecte, depuis l'intérieur.

« Je suis Sœur Clothilde.

— Entrez vite, la Sœur, dit le portier en s'effaçant pour laisser passer la vieille religieuse. On n'attendait plus que vous. Les Vénérables sont réunis. Ça va bientôt commencer. »

Il la laissa monter le grand escalier de pierre couvert d'épais tapis. Elle connaissait le chemin. Elle avait gravi ces marches pour la première fois un an auparavant. À ce souvenir, elle frissonna et accéléra sa montée, sautillant comme un moineau noir, avalant les degrés dans le seul chuintement de sa longue robe. Au premier étage, un second portier lui ouvrit la porte de la bibliothèque.

Tout le monde était là. Dans la quasi-obscurité et le silence.

Elle glissa comme un fantôme vers la place qu'elle savait lui être réservée. Deux habitués lui firent un léger signe de tête dans l'ombre quand elle rejoignit le cercle. Les autres la regardèrent froidement, sans émotion, et retournèrent leur attention vers le centre de la pièce.

Ils étaient là, les Vénérables. Si blancs de poil, si âgés, que leur simple présence inspirait le respect, si absorbés dans leur tâche que le silence se faisait encore plus épais, plus lourd, à leur entour. Cornelius Van de Velde, Abraham Ritter et Maurice de Chilly-Fortaleza.

Les trois sommités mondiales en matière de chocolat. Trois savants, trois humanistes bardés de toutes les décorations possibles, reçues dans tous les coins du monde où leurs nombreux voyages les avaient entraînés leur vie durant.

À plus de quatre-vingts ans, ils restaient les experts incontournables du cacao et de ses mystères, et la Cabosse d'Or remise chaque année par leur association était la plus haute distinction qu'un fabricant de chocolat pouvait souhaiter. Ou attendre en vain toute sa vie. Les candélabres posés sur leur table de travail éclairaient seuls la pièce, faisant danser des lueurs fugitives sur les lambris et les vieux livres, éclairant parfois un visage dans l'assemblée muette qui se pressait autour d'eux.

Seul élément religieux parmi tous ces laïcs, Sœur Clothilde s'appuya légèrement à la rambarde de bois qui courait tout autour de la pièce, séparant les spectateurs, triés sur le volet, de l'autre cercle plus étroit où officiaient les Vénérables. Tous ceux qui comptaient dans le monde du chocolat étaient là, en personne ou à travers leurs représentants. Les envoyés des multinationales qui avaient leur siège en Europe, ceux d'Afrique, d'Amérique et même d'Asie s'étaient déplacés. Et quel que fût leur âge, leur race ou leur couleur, tous retenaient leur souffle.

Il ne restait plus que trois coupelles devant chaque vieillard, chacune contenant deux carrés de chocolat noir. Chocolats encore anonymes comme le voulait la tradition, mais dont l'un sortirait bientôt du lot si la qualité requise était là. Pour les envoyés des grandes sociétés, c'était surtout le renom fabuleux attaché au Prix qui importait. Gage de qualité exceptionnelle, il assurait à lui seul chaque année des revenus substantiels aux entreprises distinguées.

Pour Sœur Clothilde, et les Sœurs qu'elle représentait, le chèque qui accompagnait la récompense comptait autant que le Prix lui-même : l'Abbaye de Saint-Julien-du-Vaste-Monde connaissait un tel dénuement.

À un raclement de gorge de Cornelius Van de Velde, le silence gagna encore un cran et la tension se fit palpable. Lentement, chaque Vénérable écarta délicatement deux coupelles pour n'en garder qu'une seule face à lui. Cornelius continuait à grogner. Maurice de Chilly-Fortaleza ferma les yeux en portant un dernier carré noir à ses lèvres, et Abraham Ritter, après s'être

15

servi également du dernier carré qui restait devant lui, plongea son visage entre ses deux mains, comme s'il était en prière. On y était. Ils allaient parler. Rendre leur verdict. Enfin.

Sœur Clothilde sentit qu'on la dévisageait. Un homme plutôt jeune, au visage en lame de couteau, presque en face d'elle, qu'elle ne connaissait pas. Un nouveau concurrent sans doute. Il la regarda, assez longtemps pour qu'elle en fût gênée, puis il finit par détourner les yeux vers la table centrale, avec un sourire plein de condescendance.

Mon Dieu, écartez de moi l'envie et l'orgueil..., se dit la religieuse en fermant les yeux.

Du côté des Vénérables, les bruits de gorge, raclements, grognements et soupirs divers annoncèrent la très prochaine proclamation des résultats.

Les trois vieillards s'étaient rapprochés et se parlaient à voix basse. Sur un signe, un jeune domestique retourna les coupelles qu'on lui désignait comme les gagnants de l'année. Numéro deux... numéro deux... et... numéro deux également. C'était une grande année, à mettre dans les annales, leurs trois voix allaient à un même postulant. On fit apporter par un huissier l'enveloppe marquée d'un grand « deux » sur son endroit, et Cornelius, le plus âgé, la décacheta. Nouveau grognement. Il se pencha vers les deux autres, à qui il marmonna quelque chose. Hochement de tête des patriarches. Il déplia alors sa longue carcasse maigre et commença :

« À l'unanimité de ce jury, c'est pour la qualité organoleptique unique de son chocolat que nous avons élu le lauréat de cette année. Voici un chocolat rare, qui marie parfum tonique au palais avec suivi subtil et léger en bouche. Où l'on devine parfois comme un parfum de miel, associé néanmoins à la fougue sauvage des contrées d'où il provient. Le vainqueur est le chocolat de l'Abbaye de Saint-Julien-du-Vaste-Monde.

Sœur Clothilde s'était agrippé la poitrine tant l'émotion était forte.

Beaux joueurs, les participants recalés vinrent la féliciter à mi-voix. On ouvrit la rambarde de bois devant elle et elle fut poussée dans la lumière, dans le cercle des Vénérables.

« Sœur Clothilde, au nom de l'association dont je suis le trésorier, dit Maurice de Chilly-Fortaleza en s'inclinant devant elle, j'ai la joie de vous remettre ce chèque de cinq mille euros, et je vous charge de transmettre nos félicitations à la congrégation que vous représentez. Vous étiez en seconde position des finalistes, l'an passé. Vous voici enfin justement récompensées.

— Quant à moi, je vous remets cette Cabosse d'Or, ajouta ensuite Abraham Ritter en lui tendant un gros écrin de cuir noir. Dites aux Sœurs de Saint-Julien qu'elles l'ont bien méritée, et qu'elles peuvent désormais se prévaloir de cette distinction en l'inscrivant sur toutes leurs tablettes de chocolat. »

Un sourire, trois poignées de main, une unique photo, et tout fut dit. Sœur Clothilde était sur un nuage, ravie, émue, un peu égarée. Elle ne remarqua pas, dans l'ombre, le jeune arrogant de tout à l'heure. Livide, l'oreille collée à un minuscule téléphone portable, le visage fermé, il se rongeait les ongles en écoutant. Quand il raccrocha, un sourire monta à ses lèvres minces, et il s'avança, gracieux, vers Sœur Clothilde pour la féliciter.

*

17

Comme chaque année, un buffet chaud attendait les participants, heureux ou malheureux, au rez-de-chaussée. Les Vénérables n'y prenaient jamais part, repartis déjà dans les ténèbres de la grande maison. Sœur Clothilde fut très entourée. Taquinée.

La question qui revenait le plus souvent concernait la fameuse recette des Sœurs, tenue secrète évidemment, suivie par celle, tout aussi mystérieuse, de la provenance exacte des fèves de cacao qu'elles utilisaient. « Amérique du Sud ? Équateur ? Ou alors Côte-d'Ivoire ? »

Tout ce qu'elle put dire, pour ne pas trahir leur secret, fut qu'elles obéissaient au vœu d'une des anciennes religieuses de l'Abbaye. Une étrangère, dont la famille avait développé la culture des cacaoyers au siècle dernier et qui avait accepté que la jeune femme prononce ses vœux et reste en France à condition qu'elle puisse régulièrement venir les voir. La proposition d'une dot de fèves de cacao à l'Abbaye avait d'abord été un prétexte. Mais quand la religieuse avait rendu son âme à Dieu, la fabrication du chocolat était déjà devenue une réalité, un plaisir et une fierté. C'était aussi, aujourd'hui, ce qui faisait vivre la communauté, leur seule et unique ressource. En vendant leur chocolat, elles arrivaient à payer quelques-unes des nombreuses réfections dont la vieille Abbaye avait besoin.

Cette récompense tombait particulièrement bien, ajoutait Sœur Clothilde, sibylline. Elle ne pouvait en dire plus, si ce n'était qu'elle avait hâte d'annoncer la bonne nouvelle à l'Abbaye.

« Vous repartez donc là-bas ? demanda un des habitués, un immense Africain au visage scarifié, qui croquait dans un bretzel.

— Non, je vais leur téléphoner. Moi, je reste ici. Je

suis de Steinbrun-le-Haut, c'est tout près, vous savez. J'ai quitté l'Abbaye il y a deux ans pour revenir m'installer dans mon village natal et faire la classe aux enfants. Les enfants me manquaient. On vit beaucoup dans le silence à Saint-Julien. Alors, un jour, j'ai mis un terme à ma retraite en quittant la clôture, sans quitter le voile bien sûr. Et je suis fière d'avoir poussé les Sœurs à se présenter au concours. Elles n'osaient pas. Quelle joie elles vont connaître ! »

Quand elle put enfin s'éclipser, elle eut la surprise de voir que l'homme qui l'avait dévisagée pendant la séance l'attendait dans la rue.

« J'ai une proposition à vous faire, dit-il en lui souriant, toutes dents dehors. Les gens que je représente sont très puissants, et ils sont prêts à acheter votre recette. Très cher. Si j'ai bien compris, cet argent peut grandement aider votre communauté...

— Notre recette n'est pas à vendre, répliqua-t-elle sur le même ton, un peu inquiète toutefois d'avoir trop parlé devant le buffet.

— Pardonnez-moi, j'ai omis de vous dire à quel point nous serions heureux et flattés de collaborer avec vous, unis autour de cette Cabosse d'Or. Quelle caution !

— Mais cette caution concerne notre seule fabrication !

— Alors, nous nous contenterons de développer avec vous la production. D'où m'avez-vous dit que proviennent les fèves, déjà ?

— Au revoir, monsieur. »

Elle lui tourna le dos et partit ostensiblement dans la direction opposée. Choquée. Ça lui ferait faire un gros détour, mais tant pis. Elle n'avait pas envie qu'il la suive jusque chez elle.

« Vieille bique », murmura-t-il en la regardant s'éloigner, petite silhouette noire et têtue sur fond de neige. « Si tu crois que tu vas te débarrasser de moi aussi facilement ! » Il alluma tranquillement une cigarette dont il rejeta la fumée au ciel, comme un crachat, arracha une peau douloureuse à son index, et se mit à suivre la piste de la religieuse.

*

Du haut des collines qui la ceignaient d'une protection minérale et végétale, l'Abbaye de Saint-Julien-du-Vaste-Monde semblait assoupie dans les brouillards légers de ce matin d'octobre. Bâtie au fond d'un vallon sauvage et beau, propice au recueillement, surplombant un gouffre sombre, isolée des bruits du monde dans son édredon de verdure, l'imposante bâtisse paraissait éternelle. Mais seul le bruit glacé de la cascade avait traversé les siècles sans en être affecté.

Qu'il était loin le temps des splendeurs à Saint-Julien, le temps où soixante moniales et deux confesseurs rythmaient de leurs chants les saisons et les heures. Loin aussi le temps où la chocolaterie tournait à plein, nourrie en permanence des fèves de cacao qui arrivaient régulièrement d'Amérique du Sud. Loin encore le temps où vergers et potagers, copiés sur ceux de Versailles, faisaient la joie et la fierté des Évêques du diocèse.

Aujourd'hui, passé l'ombre protectrice des deux immenses cèdres du portail, tout ici criait la vétusté, la misère et l'abandon. Les difficultés avaient commencé quelques années plus tôt, quand une tempête de fin d'hiver, la terrible tempête de 1999, avait mis à mal le toit de l'église. Les Sœurs avaient jugé préférable d'attendre le retour de la belle saison pour entreprendre les travaux, mais des pluies violentes s'étaient alors succédé pendant un mois, aggravant chaque jour davantage l'étendue des dégâts. Quand on avait pu faire venir le couvreur, les sommes demandées s'étaient multipliées par trois par rapport à l'estimation initiale. On avait sollicité son aide à l'évêché, mais la réponse était tombée, brutale, inattendue : « Faites comme vous pourrez, les finances sont au plus bas. »

Et puis, l'humidité s'était infiltrée partout, pourrissant cultures et vieilles pierres.

Par sécurité, toute une aile de l'édifice avait été mise en désuétude car une grande partie du toit prenait l'eau, inondant les anciennes salles d'étude et les espaces communs, et le mur de la clôture menaçait de s'effondrer en maints endroits. Les moindres sous filaient dans les réparations indispensables, en vain. Autrefois fierté des environs, l'Abbaye déclinait doucement. Comme si les ravages matériels ne suffisaient pas, deux Sœurs avaient succombé à la grippe, et d'autres avaient demandé à quitter une région qui devenait soudain insalubre. Les vocations se faisant rares, chaque décès laissait une place vide à la prière et aux ateliers. Pour couronner le tout, les visiteurs désertaient aussi, et les achats effectués à la petite boutique avaient fondu comme neige au soleil. Leur chocolat était toujours apprécié, mais, plutôt que de prendre la route qui menait à leur solitude, les gens préféraient maintenant faire leurs emplettes dans les grandes surfaces qui s'étaient multipliées dans la région. Les finances baissèrent encore.

Il arriva un moment où leurs moyens ne leur permirent même plus de se réapprovisionner en fèves de cacao. Faute de matière première, la chocolaterie cessa sa production, et on arrêta de faire tourner les machines.

Ce fut comme une blessure secrète pour les Sœurs. Quand elles auraient écoulé leurs dernières marchandises, comment survivraient-elles ? La mission d'une communauté était de vivre de son travail. Sans revenus, l'Abbaye était menacée de mort.

Comme souvent en pareil cas, les vraies natures se dessinèrent. Calmes et fortes devant l'adversité, le petit groupe des Sœurs qui restaient fidèles au poste se resserra autour de la Mère Abbesse, chef spirituel de la congrégation. Elles continuèrent de travailler dans la joie comme si rien ne devait changer.

Priant avec encore plus de ferveur et de simplicité, louant chaque jour le Seigneur pour la beauté du monde. Et chacune espérait secrètement, au plus profond de son âme, qu'Il aiderait à trouver une solution.

Ce fut le pire, hélas, qui se présenta.

Deux messieurs demandèrent un jour à rencontrer la Mère supérieure. Ils étaient, l'un architecte, l'autre géomètre. Ne pouvant couvrir ses propres arriérés d'impôts, l'évêché avait envisagé de céder le site de l'Abbaye de Saint-Julien à des promoteurs immobiliers. Rien n'était arrêté encore, mais ces derniers ne voulaient pas perdre de temps. Sans plus de façons, ils se mirent à mesurer, cadrer, métrer les lieux.

Pour la première fois de sa vie, incapable qu'elle était d'accabler encore ses filles avec cette mauvaise nouvelle, la Mère Abbesse leur cacha la vérité et mentit. Elle évoqua de futurs travaux de réfection et laissa les Sœurs reprendre espoir.

Mais, chaque soir, dans la solitude de sa chambre, elle se laissait aller au découragement : *Seigneur, Seigneur, pourquoi nous abandonnes-Tu ?*

La liturgie des Heures

Le chat s'étira, changea de position dans la brouette et repartit pour un somme. Il n'avait plus peur. Il ne craignait plus d'avoir froid, faim ou d'être seul.

Ou d'être malheureux. C'était le passé tout ça. C'était fini maintenant. Il essaya en vain de se souvenir à quand remontait la dernière nuit où il avait été réveillé en sursaut parce qu'elle avait crié, geint ou pleuré dans son sommeil. Il avait oublié. Aujourd'hui, dans cette nouvelle demeure, elle le caressait à nouveau, lui parlait doucement, et il mangeait à sa faim.

Une mouche passa, paresseuse et bruyante, devant lui. Le chat entrouvrit un œil topaze et enregistra au loin les gestes lents des femmes en longue robe bleue. Quelle paix dans les allées de buis vert. Il soupira, changea encore de position, léchant la vieille blessure de sa patte, dérangeant au passage les missels de cuir fané sur lesquels il s'était allongé. Les vieux livres chauffés au pâle soleil d'hiver étaient devenus sa couche préférée quand les femmes descendaient au potager.

La cloche brisa soudain le calme de la matinée, et le chat se raidit. Catastrophe, elles allaient encore se mettre à chanter. Affreuse et détestable manie. Malgré les mois passés, leurs voix cristallines écorchaient chaque fois ses oreilles délicates. Il se redressa en faisant le gros dos, étira ses membres un à un et sauta dans l'allée. Il y avait un oiseau bavard, là-bas, au fond, à qui il allait dire deux mots.

À peine la cloche s'était-elle fait entendre que les religieuses avaient aussitôt cessé le travail. Après s'être rafraîchi les mains et le front à la pompe du potager, elles avaient chacune récupéré leur livre de prières et remontaient l'allée vers les bâtiments. Sans hâte excessive mais fermement. *On ne fait pas attendre le Seigneur, et rien n'est préféré à l'œuvre de Dieu.* Elles se préparaient à ce nouveau rendez-vous, le quatrième du jour depuis les laudes matinales, tout en rejoignant le cloître. *Et prie aussi à la sixième heure, car quand le Christ fut attaché au bois de la croix, ce jour fut interrompu et il se fit une grande obscurité.*

Rassemblées dans la paix et le silence du cloître, elles accordèrent encore leur âme, tout comme on accorde un instrument avant de le faire chanter.

Chacune prit son rang dans la procession. Rang d'âge, de responsabilité, ou d'arrivée dans la communauté. La novice se plaça en fin de cortège. Toutes réunies enfin, elles marchèrent vers l'est et pénétrèrent dans le chœur. L'instant suivant, l'église s'emplissait de leurs chants.

Les voix s'élevaient, pures et légères, ou bien plus graves, rivalisant d'audace avec les fumées d'encens, montant haut, toujours plus haut, sous les arcs de pierre sombre. Et, dans la louange adressée à Dieu, elles chantaient, qui son admiration, qui sa joie ou son amour, qui encore sa détresse. Têtes penchées sous le voile, humbles et dociles, elles égrenaient les psaumes de sexte dans la lumière éclatante du soleil.

Seigneur, apprends-moi à prier, répétait, silencieuse, la novice.

Elles quittèrent l'église dans l'ordre où elles y avaient pénétré, et la procession se dirigea vers le réfectoire. C'était Sœur Maria qui avait eu aujourd'hui charge du repas. Ce serait simple, comme il se doit, mais peut-être plus abondant qu'à l'ordinaire. Un fumet délicieux s'échappait des cuisines.

« Sœur Maria, vous nous avez encore gâtées, gronda la Mère Abbesse, mais son sourire était comme un encouragement pour la vieille cuisinière.

— Oh, ma Mère, juste quelques choux de Bruxelles.

— Accommodés au lard.

— Au lard, oui, ma Mère. La Sœur portière en a reçu ce matin, de visiteurs étrangers.

— Alors, rendons grâces au Seigneur. »

Sœur Maria s'écarta et l'Abbesse alla prendre place à sa table, bientôt rejointe par la Sœur cellérière qui prenait ses repas avec elle. Les autres s'installèrent de part et d'autre des longues tables de bois.

Une fois de plus, la novice remarqua combien était troublante la disparité entre la taille du réfectoire, les tables immenses, et le petit nombre de moniales. Même pas vingt religieuses. Tout était grand à Saint-Julien, une succession de bâtiments gigantesques construits pour des effectifs qui ne l'étaient plus. Salles d'étude, cuisines, dortoirs, chapitre, c'était désormais trop vaste pour une communauté dont les rangs avaient depuis longtemps cessé de croître. Pour ajouter à l'impression d'abandon, le second étage venait d'être condamné, et la novice se demandait quand débuteraient vraiment les travaux. Elle s'assit en bout de table, près de la Sœur portière, lui sourit, et attendit la bénédiction de l'Abbesse.

Brisant le silence qui suivait habituellement le bénédicité, la Supérieure reprit la parole : « Après le temps de repos qui suit ce repas, et avant le retour au travail, retrouvez-moi toutes au chapitre. Il est des affaires dont je dois vous parler. Pour l'instant, Sœur Anne nous lira le chapitre 50 de la Règle. Il se peut que nous en ayons bientôt besoin. »

Sœur Anne se leva et prit place au pupitre de lecture : « Règle de saint Benoît, chapitre 50, énonça-t-elle de sa voix claire, des Frères et Sœurs qui travaillent au loin ou qui sont en voyage. »

Elle regarda calmement l'assemblée, puis commença :

« Que ceux qui travaillent vraiment loin et ne peuvent être à l'oratoire à l'heure fixée, qu'ils célèbrent l'œuvre de Dieu sur place, là où ils sont... »

Elle a vraiment une jolie voix, remarqua la novice. *Fraîche mais qui porte bien. C'est vrai qu'elle a l'air un peu pédante, mais c'est elle qui lit le mieux d'entre nous toutes. Elle aurait certainement pu faire du théâtre. Et elle est jolie encore... Quel âge peut-elle avoir, trente-huit, quarante ? Difficile à dire avec le voile... et surtout avec ces affreuses lunettes qui lui mangent le visage.*

Un coup de coude appuyé de la Sœur portière qui lui passait la corbeille de pain l'éloigna de ces pensées frivoles et la ramena à la lecture.

« ... Et lorsqu'ils sont en voyage, qu'ils célèbrent seuls comme ils pourront, sans négliger la tâche de leur service », termina Sœur Anne en refermant le livre. Elle regagna son siège. La paix régnait à nouveau dans le réfectoire.

Seigneur, écarte de moi la distraction, demanda fermement la novice.

Au temps de repos, elle traversa le cloître silencieux, troublé du seul grelot de la fontaine, laissa à sa gauche la salle de détente où les moniales lisaient ou faisaient leur correspondance, franchit la barrière de bois qui menait au potager, et gagna la clôture. En deux enjambées, elle se hissa dans le cèdre qui touchait le vieux mur couvert de mousse, et s'installa à la fourche de deux branches. Suffisamment haut pour être cachée.

Suffisamment haut pour voir de l'autre côté. Suffisamment haut pour se sentir en sécurité.

Elle balaya des yeux le vallon sauvage, le sillon du torrent dans l'herbe haute, les rochers sombres sur sa droite. Dans les collines qui barraient l'horizon, le soleil caressait les bruyères violettes et elle ferma les yeux pour en mieux humer le parfum. Une alouette solitaire chanta haut, très haut dans le ciel pâle, et cela la fit frissonner.

« Tu es là ? » dit-elle doucement. Une boule de poils gris jaillit des entrailles de l'arbre et se jeta sur ses genoux, dans le creux de sa chasuble. « Oui, tu es là... », dit-elle en embrassant le chat. Et ses larmes se mirent à couler.

L'ancienne promesse

Quand elles furent toutes réunies au chapitre, assises sur les bancs est, ouest et sud, autour de la Mère Abbesse qui se tenait seule face à elles, le silence se fit.

« Mes filles... », commença celle-ci. Puis elle se tut et regarda paisiblement, l'une après l'autre, les moniales dont elle avait la charge.

Sœur Clarisse d'abord, quatre-vingts ans, la doyenne, juste à sa gauche. Sourde comme un pot, la pauvre, et qui écarquillait déjà les yeux pour bien lire les mots sur ses lèvres. Les jumelles, Sœur Marie et Sœur Jeanne, ensuite, toujours côte à côte, inséparables en tout et toujours silencieuses. L'Abbesse revoyait le jour béni où elles avaient toutes deux, en même temps et d'une même voix, offert leur vie au Seigneur. Près d'elles, Angèle, la Sœur portière, minuscule, souriante et avenante, même si elle était ridée comme une vieille pomme oubliée au pied de l'arbre. Et puis Sœur Chantal, au visage rond, aux yeux perpétuellement inquiets, qui craignait constamment d'avoir été trop gourmande, ou trop bavarde, ou trop lente.

Les deux Africaines fermaient ce rang : Sœur Bérénice et Sœur Astrid, les couturières, qui avaient si bien ravaudé la nappe de dentelle de l'autel.

Face à elle, le beau visage fier de Sœur Anne, dont

la famille avait tant donné et depuis tant d'années à la communauté, qui dégageait un je-ne-sais-quoi d'autorité réconfortante. Et puis Sœur Pierrette à son côté, un cœur d'or, taillée comme un joueur de rugby. « L'homme » à tout faire de l'Abbaye. L'Abbesse sourit intérieurement en remarquant que la moniale avait gardé, à sa taille, la ceinture de cuir où elle accrochait l'essentiel de ses outils : tournevis, colle universelle, clé à molette, clous et petit marteau.

« Toujours prête à réparer la maison du Seigneur ! » répétait-elle en éclatant d'un rire tonitruant quand des visiteurs qui séjournaient à l'Abbaye s'étonnaient de cet accoutrement viril.

Ensuite, Sœur Maria, la meilleure des cuisinières, qui réussissait des miracles avec si peu d'argent, et Sœur Madeleine, l'herboriste, qui avait la passion des animaux et connaissait l'usage des simples comme personne.

Perpendiculairement à ce rang, les quatre dernières moniales se trouvaient sur sa droite. Jasmine, tout d'abord, la novice, qui passait si facilement de l'enthousiasme aux larmes. La Mère Abbesse scruta le doux visage aux yeux baissés. Quand elle avait frappé à la porte de l'Abbaye, un grand chat gris serré dans les bras, la postulante était maigre à faire peur. Les débuts n'avaient pas toujours été faciles. Le doute était un partenaire quotidien. Et seule l'adoption du chat par la communauté avait paru apaiser la jeune fille. Son histoire privée était compliquée, et, malgré les efforts de la novice tout au long de cette première année, la Mère Abbesse se demandait souvent si Jasmine était faite pour cette vie de calme et de prière, à l'abri de la clôture qui les protégeait, mais aussi les isolait du monde extérieur.

Près de la novice, Sœur Guillemette, fidèle parmi les

fidèles, entrée à Saint-Julien le jour de ses vingt-huit ans, et qui fêterait bientôt ses trente ans dans la communauté. Un modèle de charité, de bienveillance et de douceur. Un peu distraite parfois, mais c'était aussi celle qui s'y connaissait le mieux en chocolat aujourd'hui.

En bout de rang, Sœur Claire, un autre caractère en or, également satisfaite de toutes les tâches qu'on lui confiait, et dont le seul défaut était cette peur panique de l'obscurité. L'office des vigiles, au cœur de la nuit, était un véritable supplice pour elle. L'Abbesse savait que ses voisines de cellule l'attendaient charitablement chaque nuit devant sa porte, pour se rendre ensemble à l'église.

Au moment où elle se disait qu'il manquait quelqu'un, Sœur Bernadette, la Sœur cellérière, les rejoignit au chapitre. Les deux femmes échangèrent un regard, et la cellérière inclina la tête.

« Mes filles..., recommença l'Abbesse. J'ai une grande nouvelle à vous annoncer. Vous avez déjà dû remarquer l'absence de l'Abbé à notre déjeuner... »

Les moniales réagirent en hochant la tête. « La raison en est que je l'ai envoyé en mission pour nous, à la préfecture du département. Deux d'entre vous vont bientôt partir en voyage, bien loin d'ici, et j'ai fait pour elles une demande de passeport. Hé oui, mes filles, le Seigneur vient de permettre que soit reconnue la qualité de notre chocolat. Ne cédons pas au péché d'orgueil, mais associons Sœur Clothilde, notre ancienne compagne, à notre joie profonde. Grâce à sa ténacité, et devant des concurrents du monde entier, l'Abbaye de Saint-Julien-du-Vaste-Monde vient de remporter la Cabosse d'Or, distinction suprême en matière de chocolat. Et nous serons autorisées à l'indiquer sur nos prochaines tablettes.

— Ça c'est formidable ! Merci mon Dieu ! » cria Sœur Pierrette.

Elles éclatèrent toutes de rire, et l'Abbesse les laissa un moment savourer leur joie. Elles en avaient si peu eu l'occasion dernièrement.

« Mais..., commença Sœur Chantal, toujours inquiète, nous avons utilisé les dernières fèves le mois dernier. Et la Sœur cellérière m'a confié que les fonds manquaient, que jamais nos finances n'avaient été aussi basses...

— Une bonne nouvelle ne venant jamais seule, reprit l'Abbesse, sachez qu'une somme d'argent assez conséquente accompagne la récompense.

— Encore plus formidable ! tonna Sœur Pierrette.

— Nous allons donc pouvoir nous réapprovisionner, continua la Supérieure, remettre la chocolaterie en état de marche et, si Dieu veut, envisager la réfection du toit de l'église avec nos futurs gains. Mais surtout, rien qu'en nous permettant d'acheter deux billets d'avion, cet argent assurera aussi la pérennité de notre communauté. » Elle se tourna sur sa droite. « Sœur Guillemette... si je ne me trompe, cela fera bien dix ans cette année ?

— Oui, ma Mère, opina la moniale.

— Il est donc grand temps d'honorer notre promesse ?

— Plus que temps, oh oui, ma Mère. Cette promesse... Je vous avoue que j'ai douté parfois. C'est une vraie bénédiction !

— Mais de quoi parlez-vous ? demanda la novice.

— Vous êtes la plus jeune et la plus récente dans la communauté, Sœur Jasmine, et il est normal que vous ignoriez ce dont il est question, répondit la Supérieure. Je vais donc demander à Sœur Guillemette de bien vouloir nous rappeler les termes de cet engagement. Et nous écouterons toutes avec attention, car dans cette histoire réside notre salut.

— Volontiers, ma Mère, dit Sœur Guillemette en se levant. Commençons par le début... Il y a bien long-temps, en l'année 1871, une jeune étrangère fort pieuse, qui visitait la France avec sa famille, arriva un jour à l'Abbaye de Saint-Julien. Elle venait de Colombie et s'appelait Maria Magdalena de Quibda. Elle se des-tinait à Dieu depuis longtemps, mais c'est ici, à Saint-Julien, dans notre vallon isolé, qu'elle désira renoncer au monde et se fixer. Sa riche famille était au désespoir de devoir la quitter et ne plus la revoir jamais. Son père imagina alors un stratagème qui, tout en respec-tant la volonté de la jeune fille, permettrait aux siens de garder contact avec elle, et doterait l'Abbaye de revenus nouveaux. La famille tirait une partie de ses richesses de l'exploitation de cacaoyers, denrée alors fort à la mode, et offrit en dot à l'Abbaye une part régu-lière de sa récolte. À la condition, néanmoins, qu'une fois tous les dix ans Maria Magdalena reviendrait en Colombie, au moment des enchères annuelles des fèves de cacao. Elle témoignerait par là de son attachement à ses racines, apportant à la congrégation, sa nouvelle famille, un négoce appréciable, sans jamais remettre en question son désir de vivre derrière la clôture. Et c'est ainsi que tout commença, poursuivit Sœur Guillemette à qui le récit avait mis le feu aux joues. La chocola-terie, les premières tablettes, et les voyages réguliers de la Sœur en Colombie. Petit à petit la production de Saint-Julien se fit connaître des vrais amateurs, car Sœur Maria Magdalena avait mis au point des recettes très originales venant des Indiens Ticunas avec qui elle avait été élevée. Recettes que nous exploitons toujours et qui nous valent sans doute la récompense d'aujour-d'hui », ajouta-t-elle à voix basse. Elle se racla la gorge. « Mais tout ceci c'était avant l'ère de l'industrialisation, et peu à peu la concurrence se fit plus rude. La qualité de nos fèves fut remarquée, enviée, mais l'extension des cultures était rendue impossible par l'encaissement profond de la vallée productrice. Il y eut vite plus de demandeurs que d'élus pour la récolte. Il devenait donc important de maintenir notre place à la table des opérations. Lors de son dernier voyage, à plus de quatre-vingts ans, Sœur Maria Magdalena obtint que le pacte qui la concernait seule soit étendu à toute l'Abbaye. Les descendants de ses oncles acceptèrent de conserver une part à Saint-Julien, au tarif le plus bas du marché, mais en maintenant la condition du voyage. Si une décennie passait sans la moindre visite de deux Sœurs, le pacte serait dénoncé, et nous perdrions définitivement notre accès aux fèves. Sans aucun espoir de retour. »

Elle s'interrompit brièvement.

« Faute de moyens, il y a plus de neuf ans que personne n'est allé là-bas... C'était notre regrettée Sœur Bastienne, la dernière fois..., murmura-t-elle en se signant. Nous devons donc partir au plus vite, avant la fin de cette année, pour sauvegarder ce qui est maintenant notre seule source de revenu, acheva-t-elle à bout de souffle. C'est notre seul espoir de survie. »

Le silence régnait dans le chapitre. Les Sœurs mesuraient la force de l'enjeu.

« Chantons, dit l'Abbesse. Chantons un *Deo gratias* pour ce qui annonce et préfigure notre salut. Et n'oublions dans nos prières ni Sœur Maria Magdalena, ni Sœur Clothilde. »

Chargées d'une ferveur nouvelle, les moniales rendirent grâces au Seigneur.

Sœur Jasmine découvrait soudain qui était, et quelle avait été la vie de cette mystérieuse « Sœur MM. de Q. » dont le portrait vieillot trônait au-dessus du fauteuil de l'Abbesse.

Quand les dernières notes se furent envolées, tous les regards se tournèrent vers la Supérieure :

« J'ai décidé que Sœur Anne et Sœur Guillemette nous représenteraient. Sœur Guillemette, car elle est la seule ici à avoir déjà fait le voyage, il y a deux décennies maintenant, et Sœur Anne, car j'ai foi en son calme et son esprit d'entreprise. Mes filles, j'ai déjà envoyé une lettre à Ignacio La Paz, votre guide là-bas. Que Sœur Bérénice et Sœur Astrid préparent vos tenues de voyage. Vous partirez à la fin de la semaine.

— Seigneur, que Votre Volonté soit faite », murmurèrent toutes les moniales en inclinant la tête.

L'attaque

Elle avait lutté une partie de la nuit. Contre la peur, la soif et le froid. Cédant parfois à des moments de panique quand elle entendait qu'on brisait tout chez elle. Essayant désespérément de dégager ses mains des liens qui la maintenaient sur la chaise. Mais qui pouvait bien s'en prendre à une vieille religieuse, sans histoires ni argent ?

Le bâillon l'étouffait toujours mais le bandeau sur ses yeux avait un peu glissé. Elle remarqua que le jour allait se lever. Et puis elle vit ses vieilles jambes maigres et se mit à trembler. On lui avait retiré son voile et sa chasuble, l'exposant quasi nue, seulement recouverte de sa combinaison, au froid polaire de la nuit.

Elle avait ouvert sans méfiance la veille au soir, persuadée qu'un des enfants de la classe était venu voir si elle avait été nommée « reine du chocolat », comme ils disaient en riant. Et puis elle avait été bousculée, aveuglée par un sac jeté sur sa tête qui l'avait empêchée de respirer, et elle avait perdu connaissance. Quand elle était revenue à elle, à moitié morte de froid, les yeux bandés, bâillonnée et ligotée à la chaise, elle avait compris qu'on l'avait traînée dans la courette à ciel ouvert derrière la cuisine.

Il lui sembla que deux personnes au moins mettaient sa maison à sac, mais c'était difficile à dire car aucun de ses agresseurs ne parlait. Et ce silence la terrorisait.

Deux fois dans la nuit, il neigea. Elle s'en était rendu compte à une fausse douceur qui soudain lui caressait la tête et les épaules. Enveloppement maudit qui la pénétrait jusqu'aux os, réduisant ses pieds nus et entravés à deux colonnes de douleur permanente.

Sous le bandeau, elle trouva que ses jambes avaient pris une drôle de couleur, mais elle sentait moins la morsure du froid. Il y avait juste cette énorme enclume de glace dans sa poitrine, et elle savait que c'était de là que la douleur viendrait. Quand elle se lèverait. Si elle pouvait se lever un jour.

Comme le silence régnait dans la maison, elle se remit à tordre ses mains dans les liens. Elle avait le sentiment que ça glissait un peu. *Seigneur, donnez-moi la force*, se répétait-elle inlassablement, tandis que le moindre de ses gestes entamait jusqu'au sang la peau fine de ses mains ridées. Et puis, un des liens céda, libérant le pouce, et la douleur fulgurante lui donna envie de vomir. Non, pas maintenant. Pas avec le bâillon. Elle allait s'étouffer. Elle continua donc à s'écorcher les mains, lentement, obstinément.

C'est au moment où tout lâcha qu'elle entendit le grognement. Juste devant elle. À quelques pas. Qu'est-ce que c'était encore ? Elle s'immobilisa. Un grondement sourd de bête sauvage venait des marches menant à la cuisine.

Le grondement s'amplifia et elle comprit qu'un animal s'approchait lentement d'elle dans la neige. Elle entendait sa respiration. *Mon Dieu... Mon Dieu*, s'affola-t-elle. Et, soudain, elle l'entrevit par le bas du bandeau. Deux énormes pattes noires, velues, griffues, juste devant ses pieds gourds. *Seigneur !* Jamais elle ne s'était autant sentie sans défense.

Un grand coup de langue lui balaya soudain les mollets. Et puis un couinement caractéristique... *Doux Jésus !* c'était Noiraud, le chien vagabond des voisins.

Sous le choc, elle libéra enfin sa main droite et arracha maladroitement son bâillon. Respirer, respirer à fond. Tant pis si son pouce saignait dans la neige, et si la tête lui tournait. Elle dégagea son autre main, et s'en servit pour se débarrasser du bandeau. Le chien, croyant à un jeu, s'était aplati sur le sol, cul en l'air, et jappait en déchiquetant le chiffon. Quand elle eut délié ses pieds de leurs entraves, Sœur Clothilde tenta de se lever. La douleur fut atroce et elle s'affaissa de tout son long en gémissant. Le chien lui léchait maintenant la figure sans qu'elle ait la force de l'écarter.

Au bout d'un long moment, où elle eut le sentiment que si elle ne bougeait pas elle allait mourir, là, dans la neige sale, Sœur Clothilde réussit à s'asseoir, à se mettre à genoux. Les deux mètres qui la séparaient de la cuisine furent un calvaire. Ses jambes ne la portaient plus, raides, glacées et brûlantes, tout à la fois.

« *Seigneur, donnez-moi la force* », répétait-elle à mi-voix en serrant les dents, tandis que la blessure de son pouce maculait la neige derrière elle.

Dans l'entrée, elle se traîna vers la tablette où était le téléphone. Mais ses mains engourdies ne réussirent qu'à faire tomber l'appareil. Couchée sur le dos, essayant de reprendre le souffle qui lui manquait, elle remarqua une fissure dans le plafond. La fissure bougeait. Une forme se révélait, une femme à la tête recouverte d'un voile... qui lui tendait les bras... Elle ferma les yeux, secouant la tête comme pour dire non.

Quand elle les rouvrit, la femme avait disparu. Il

n'y avait plus que des formes mouvantes qui lui échappaient dès qu'elle voulait fixer son attention sur l'une d'elles. Elle vit un long filament descendre du plafond, s'enfoncer dans sa poitrine et venir lui broyer le cœur. Douleur intolérable. Écrasement. Brûlure.

Encore une fois, elle tendit la main vers le téléphone. Mais ses doigts lui parurent énormes, monstrueux, incapables de former le moindre numéro.

Couchée sur le carrelage froid de sa cuisine, Sœur Clothilde lutta encore un moment contre l'endormissement. Peu à peu ses paupières s'abaissèrent. Elle ferma les yeux au moment même où le chien se mit à hurler à la mort.

Saint-Julien-du-Vaste-Monde

Les choucas se poursuivaient autour du clocher de l'église, longeant les toitures tant qu'il y avait un reste de jour. Chaque soir c'était le même recommencement. On ne les voyait jamais venir et soudain ils étaient là, cohorte noire et croassante dans le ciel plombé, commençant toujours par effectuer trois grands cercles autour du clocher, grossissant leur nombre, avant de se livrer à des joutes vertigineuses.

Ils démarraient alors en rangs compacts, tel un banc de poissons suivant le même sillage, avec de brusques écarts qui les jetaient soudain à droite, à gauche, au-dessus, ou dans un demi-tour abrupt et imprévisible. Ensuite, c'était la dispersion totale, chacun pour soi, avant de se précipiter les uns sur les autres, de se viser comme des fusées pour s'éviter au tout dernier instant.

Leurs cris aigus, semblables à des plaintes, déchiraient l'air glacé du soir, apportant encore un poids de désespérance à l'hiver triste qui démarrait dans la vallée.

Les vêpres étaient passées depuis longtemps déjà.

Le soleil s'éloignait peu à peu dans les collines et les ombres noires s'allongeaient le long des bâtiments. Le regard levé au ciel, la novice observait les oiseaux dont les cris se faisaient plus stridents à l'approche de la nuit.

Un glissement d'étoffe derrière elle la fit se retourner. Sœur Madeleine sortait de la pénombre du cloître. Elle aussi, presque chaque soir, venait voir les choucas. Deux mois plus tôt, un jeune oiseau était tombé comme une pierre sur le sol rocailleux, l'aile brisée. Sœur Madeleine avait alors ôté ses lunettes et rangé son missel, puis elle l'avait ramassé, apaisé, soigné. Et il était allé rejoindre la ménagerie d'éclopés qu'elle avait installée dans la grange à outils.

« Ce sont des petites bêtes du Bon Dieu, avait-elle expliqué. Il faut bien que quelqu'un s'occupe d'elles. »

Alors l'oiseau blessé, le hérisson mordu par un chien, le poussin rejeté par sa mère, le veau qui avait la colique, sans parler des criquets unijambistes ou des orvets sauvés de la noyade, tous bénéficiaient des potions et décoctions étranges de la vieille herboriste. Et ça marchait. Il faut dire que, pour mettre toutes les chances de son côté, Sœur Madeleine leur faisait aussi le catéchisme.

Du fond des cageots remplis de paille ou des abris de convalescence, de petits yeux noirs comme des billes de plomb la suivaient dans chacun de ses mouvements. Et les animaux sinistrés, silencieux, semblaient l'écouter.

« Jésus vous aime, disait-elle. Mais oui... Et pourquoi y aurait-il eu un âne et un bœuf auprès de Lui, à Sa naissance, s'Il n'avait pas un projet pour vous aussi ! Nous sommes tous enfants du même Créateur. Et avec Son aide et mes prières nous allons vous remettre sur pied. »

Et, quand la patte du lapin était réparée, quand le coq avait rendu l'écorce qui l'étouffait, on organisait une petite fête pour leur libération. Les Sœurs chantaient un psaume en ouvrant les cages et les portes, et elles partageaient toutes un moment de joie et d'émotion en voyant le pensionnaire s'envoler ou galoper vers les collines.

C'était Sœur Madeleine aussi qui avait pris le chat en charge quand la novice s'en était montrée incapable. Jasmine était arrivée à Saint-Julien, maigre et fiévreuse, rongée par une colère ou une douleur muette, serrant le chat dans ses bras, à l'étouffer. Mais, alors qu'il était visible qu'il représentait quelque chose d'énorme pour elle, qui allait bien au-delà de son statut de chat, elle était incapable de s'en occuper, de le nourrir ou même de lui parler. Le chat dépérissait, indifférent à tout, prisonnier de la secrète détresse de sa maîtresse, et il serait mort si Sœur Madeleine ne s'en était mêlée. Elle l'avait soûlé de douces paroles qui glissaient sur lui comme l'eau sur les plumes d'un canard. Elle lui avait présenté des assiettes à l'odeur délicieuse qu'il ne regardait même pas. Rien n'y faisait, il se laissait partir. Et puis, un jour, elle l'enveloppa tout entier dans une pommade grise de son invention, mélange d'herbes sauvages et de chocolat fondu, du haut en bas. Le lendemain, il grattait furieusement l'enduit qui avait séché et demandait à manger. Il était sauvé.

Son rétablissement eut l'effet d'un détonateur sur la postulante. Elle se remit à manger normalement, à chanter avec les autres et à caresser le chat. Elle cessa de se replier sur elle-même, partagea les discussions et réflexions autour de la *Lectio Divina*, accomplit son travail au potager, dévoila la joie qui était enfouie en elle, et fut bientôt acceptée comme novice.

De ce jour, une tendresse particulière l'unissait à Sœur Madeleine.

Quant au chat, seul animal valide autorisé à pénétrer dans l'hôpital des animaux, il arpentait lentement l'allée, s'arrêtant à chaque caisse pour regarder l'animal malade, qui le regardait à son tour. Il n'y avait plus ni prédateur ni gibier, seul comptait ce regard fraternel échangé.

Jamais il n'y avait de mauvais geste, et Jasmine taquinait Sœur Madeleine en disant qu'elle accomplissait non pas une guérison, mais des miracles, dans son lazaret pour animaux.

Il ne restait plus que trois choucas maintenant à tourner autour de l'église.

« Vous avez vu ? Ils sentent la nuit, dit Sœur Madeleine. Bientôt, ils auront tous disparu. »

Côte à côte, immobiles, elles regardèrent les derniers oiseaux s'enfuir au loin dans le ciel mauve, et s'éloigner l'écho de leurs cris. De l'autre côté de la Terre, vers le Soleil.

Le calme à présent revenu, le crépuscule vibrait de petits bruits divers qu'elles avaient appris à reconnaître. Les crapauds, du côté du gouffre ; l'âne de la ferme voisine qui se mettait à braire pour saluer la nuit ; le bruit ordinaire et rassurant des assiettes au réfectoire...

Seigneur, quel bonheur Tu nous offres en cet endroit de paix, pensa soudain la novice. *Enfin, j'ai trouvé mon désert pour mieux rencontrer Dieu !* Elle eut une longue respiration calme, et elles restèrent toutes deux silencieuses face à la nuit qui les enveloppait.

Un unique coup de cloche annonça le repas du soir. Elles reprirent le chemin monotone et paisible qui allait les mener jusqu'à la dernière prière du jour, complies, la bien nommée. Et jusqu'au *Salve Regina* qui caressait si bien les cœurs. Plus tard, ce seraient les ténèbres, la solitude et le silence. Et peut-être l'oubli.

Depuis les fondements anciens de la Règle de saint Benoît, la prière des vigiles, au milieu de la nuit, avait toujours revêtu un caractère particulier. Qu'elle sonnât à 2, 3 ou 4 heures du matin, selon les règlements propres à chaque communauté, que la nuit ait été douce ou rude, traversée de rêves ou de cauchemars, la cloche arrachait toujours Frères ou Sœurs à un sommeil profond. Pour répondre à l'appel de Dieu, il fallait alors revêtir coule, scapulaire et voile, et se presser de rejoindre les autres à l'église.

Il en allait de même aujourd'hui à Saint-Julien-du-Vaste-Monde. Le troisième coup de cloche les voyait toutes au bas du lit. Bon an mal an, selon les âges, les âmes et les corpulences.

Sœur Clarisse tentait d'ignorer les rhumatismes qui lui tiraient chaque saison plus de larmes. Pour rien au monde la doyenne n'aurait manqué ce rendez-vous : *Jusqu'au bout, Seigneur. Jusqu'au bout, je servirai.*

Et l'octogénaire claudiquait vers le cloître, à travers les couloirs sombres, rejoindre les Sœurs plus alertes qui s'y trouvaient déjà.

« Car le Seigneur a dit : Veillez et priez », murmuraient d'une seule voix les Sœurs Marie et Jeanne en se hâtant dans les escaliers de pierre nue.

Au fond de la galerie mangée de nuit, la porte de Sœur Claire s'ouvrait enfin. Visages perdus dans les ténèbres, Sœur Astrid et Sœur Bérénice l'attendaient. Rassurée par la présence des Africaines que rien ne semblait effrayer, Sœur Claire leur emboîtait le pas, le cœur battant, impatiente d'atteindre enfin la petite veilleuse qui marquait le tournant, le cœur pétri d'inquiétude en marchant vers la suivante, qui signalait le haut des marches. Et chaque passage obscur, chaque allée noire la renvoyait aussitôt à ses peurs nocturnes d'enfant. Là !... une ombre bougeait ! Et là... derrière, un glissement furtif... On les suivait ! Non, c'était devant, une forme menaçante les attendait, là-bas, dans le coin sombre. Ce n'était qu'en rejoignant le cloître qu'elle s'apaisait enfin.

Dans la cour glaciale, rafraîchie encore par le bruit de la fontaine, Sœur Pierrette éternua. *N'aie crainte, Seigneur. Je suis là, fidèle au poste,* pensa-t-elle en se mouchant. *Et qu'il se montre donc, « l'antique ennemi », il ne me fait pas peur. Éclairée par la Gloire et par l'Amour de Dieu, je saurai l'écarter de notre chemin !* Et elle posait fermement la main sur la ceinture de cuir qui abritait le petit marteau caché sous sa robe.

Nous sommes les veilleurs de la nuit, les vigiles patients qui guettent le retour de la lumière, songeait Sœur Anne en prenant sa place dans la cohorte. Elle aimait l'idée de cette responsabilité qui la distinguait. Au-delà de la lumière du jour qui reviendrait, elle pensait surtout à l'éblouissement de la Révélation qui lui apparaîtrait un jour, bientôt. Forcément. Chaque nuit, elle sentait qu'elle pénétrait à son tour le fleuve ininterrompu des siècles de prières qui l'avaient précédée. Et elle priait avec ferveur, avec espoir, pour l'humanité tout entière.

Mais elle avait aussi un penchant romanesque, qu'elle cachait furieusement à ses compagnes qui la voyaient si sage, si posée. Elle s'imaginait capitaine courageux bravant la tempête, chef d'un vaisseau indomptable, ayant charge d'âmes. Ou encore, comme une sorte de Jeanne d'Arc moderne, tout entourée d'un fracas d'armes, cavalcadante et fière, combattante infatigable du mal sur la Terre.

Ces brusques poussées d'excitation s'étaient accélérées depuis deux jours, depuis qu'elle savait qu'elle avait été désignée, avec Sœur Guillemette, pour partir en Colombie. Plus de quinze ans qu'elle n'avait pas franchi la clôture vers le monde extérieur. Elle en avait le souffle court. Comment cela allait-il se passer ? Elle remit son esprit au calme en pénétrant avec ses Sœurs dans l'église obscure. Silence et recueillement s'imposaient maintenant. *Prions dans l'attente du retour du Christ.*

Il lui resterait le *Te Deum*, comme d'habitude, pour évacuer toute cette fièvre qui lui venait parfois la nuit.

*

L'orage éclata à 6 heures du matin, lessivant les terres arides des plateaux, inondant les bruyères des collines, faisant déborder les rives du cours d'eau qui traversait le potager et s'enfouissait dans le gouffre.

Le tonnerre ébranla plusieurs fois l'Abbaye, provoquant chez les moniales des sentiments divers. *Il faudra protéger les récoltes de l'humidité,* songeait Sœur Bernadette qui avait la lourde charge de tous les moyens, travaux et ateliers à Saint-Julien. *Ma pauvre église...*, se désespérait la Mère Abbesse, qui calculait déjà le nombre de seaux qu'il faudrait placer sous les fuites du toit. *Nous aurons encore moins de visiteurs aujourd'hui avec cette pluie,* pensait Sœur Angèle, la portière, en chaussant ses lunettes pour mieux voir.

La pluie tombait sans discontinuer, régulière et sonore, sur le vallon.

La terre se réchauffait peu à peu, et des filaments de brume blanche s'accrochaient sur les pentes, à mi-hauteur, dans les creux des ravines.

La seule que l'orage mettait en joie était Sœur Guillemette. Puisqu'elles n'iraient pas au jardin ce matin, on en profiterait certainement pour nettoyer à fond la chocolaterie. Enfin, les machines allaient bientôt se remettre à fonctionner et produire à nouveau. Elle ne supportait plus de voir diminuer leurs réserves de tablettes de chocolat. C'était si triste ces armoires qui se vidaient peu à peu de leur contenu.

Quand des visiteurs passaient à la petite boutique, ils achetaient parfois des savonnettes ou des pots de confiture fabriqués par les Sœurs. Mais c'était pour le chocolat qu'ils venaient.

« Moi, mon préféré, disait la fermière voisine, c'est celui qui a des grains de café.

— Ah ! non, répliquait un autre habitué, le meilleur c'est « Saveur d'Autrefois », et aussi « Trésor ». Je ne sais pas ce qu'elles mettent dedans, mais c'est un régal ! »

Qui sait, c'était peut-être le moment d'innover, de faire mieux encore, d'inventer de nouvelles recettes, ou de puiser dans les plus anciennes.

En dehors des temps de prière, *« Sept fois le jour et une fois la nuit, tu prieras »*, Sœur Guillemette ne pensait plus qu'à ça : le voyage, la Colombie, le chocolat. Elle y pensait à chaque temps libre, à chaque occupation tenue pour la communauté, à chaque atelier. Bref, à chaque instant.

La nature l'avait déjà dotée d'un caractère facilement étourdi. Ce fut pire.

Elle laissa trop longtemps la confiture bouillir dans les chaudrons, oublia de fermer le robinet de la cuisine, sucra la soupe et ferma distraitement l'enclos des trois chèvres. La catastrophe se produisit quand Sœur Chantal cria : « Les chèvres... les chèvres, elles se sauvent vers le ravin ! »

Consciente de sa négligence, Sœur Guillemette se précipita pour rattraper les fugueuses, mais glissa dans l'escalier, dégringolant toutes les marches, la tête la première. Elle poussa un grand cri, puis ce fut le silence.

De toutes parts, les Sœurs accoururent vers la malheureuse. Presque inconsciente, divaguant légèrement, Sœur Guillemette avait un énorme œuf de pigeon qui lui poussait peu à peu sur la tempe droite. On l'entoura de précautions, lui glissant un coussin sous la tête, et on la bascula doucement sur le côté. On lui fit bouger les doigts, les compter un à un, et, quand elle déclara qu'elle n'avait pas mal au cœur, un soupir de soulagement accompagna ses paroles. Mais, au moment de se redresser : « Ma jambe... oh, ma jambe... je ne peux pas la poser par terre. » Il fallut se rendre à l'évidence. La jambe était cassée.

La Sœur cellérière courut téléphoner à l'ambulance du village voisin, pour qu'on conduisît d'urgence la blessée à l'hôpital du département. Trois Sœurs s'étaient lancées à la poursuite des chèvres, un peu oubliées pendant l'accident, les autres préparèrent couvertures et bouillon chaud.

La Mère Abbesse resta seule auprès de l'éclopée, lui tenant la main et lui parlant doucement pour l'apaiser. *Dans deux jours,* songeait la Supérieure, *l'avion s'envole pour Bogota...* Qu'allait-elle faire ?

Il fallait toujours deux Sœurs pour le voyage, c'était la règle. C'est lorsqu'on lui annonça que la voiture était là qu'elle eut enfin l'idée qui allait peut-être les tirer d'affaire. Il lui faudrait agir délicatement, mais c'était la seule solution.

Enfin... Si Dieu voulait !

La mission

Dès qu'on avait crié : « Attention aux chèvres ! », trois Sœurs s'étaient précipitées au-dehors, à la poursuite des fugitives. Sœur Pierrette avait dévalé les marches en tonnant : « Je vais voir aux granges, on ne sait jamais ! », et Sœur Madeleine avait pris le chemin du gouffre en criant « petit-petit-petit ! » comme si elle appelait des poulets. Sœur Jasmine s'était élancée derrière elle.

En quelques minutes, elles furent trempées par la pluie qui n'avait pas cessé depuis l'aube, créant des cratères de boue froide tout le long du chemin des cascades. Et puis elles les virent. Trois petits fantômes qui trottinaient vaillamment dans l'orage. Têtes dressées dans la brume d'eau, fouet des queues en métronome, elles accéléraient. La pluie qui avait dû les amuser au début, les surprendre ensuite par sa violence, les affolait maintenant. Il fallait les rattraper au plus vite. Avant qu'elles ne se trouvent bloquées par le gouffre, au bout de la pente, et qu'elles ne s'y jettent. On entendait d'ici le fracas de la pluie contre les roches.

Sœur Jasmine bifurqua vers les murets en escalier sur sa gauche. Si elle pouvait dépasser les chèvres avant le virage, elle arriverait à les arrêter dans la dernière ligne droite. Retroussant haut sa robe sur son bras, elle escalada le premier muret et se lança dans le vide. Deux mètres plus bas, elle se récupéra tant bien que mal.

Plus que deux sauts. Elle s'élança à nouveau, rebondit sur le sol, s'envola une dernière fois... et s'affala brutalement sur le chemin. Elle avait réussi.

Au sortir du virage, elle vit les têtes blanches trottiner vers elle. La novice se ramassa dans la pénombre, se dissimulant à leur vue le plus longtemps possible. C'est quand elles furent à trois pas qu'elle se redressa de toute sa hauteur.

« Halte-là, misérables », cria-t-elle en écartant les bras. Son apparition stoppa les petites folles en plein dans leur élan. « Au nom du Seigneur, je vous arrête », ajouta-t-elle en riant.

Les chèvres ne bougeaient plus, bloc unique à trois têtes, écarquillant leurs beaux yeux sombres, tremblantes, et elle s'en voulut de leur avoir fait peur. « Allez mes belles..., on remonte. »

Elle n'eut pas à les attacher. Les bêtes étaient redevenues dociles, et elles s'en retournaient gentiment à l'enclos. La promenade était finie, mais quelque chose dans leur attitude semblait dire qu'elles s'étaient bien amusées.

Trempée et crottée comme ses cabris, la coiffe de travers et le visage offert à l'orage, Sœur Jasmine s'en revenait aussi à l'Abbaye. Elle fit un signe du bras à Sœur Madeleine qui apparaissait enfin dans le virage, la main sur le flanc pour mieux contenir un point de côté.

« On arrive, lui cria-t-elle. Pas de dégât, bon pied bon œil, tout le monde est là ! » Et elle éclata de rire. Elle avait envie de sauter et de danser sous la pluie. Elle aussi, finalement, elle s'était bien amusée. Bien que très calme, la vie à Saint-Julien était pleine de mini-événements de cette sorte, et elle adorait ça.

Elles reprirent le chemin de l'Abbaye, bras dessus, bras dessous, en chantant à tue-tête comme des ivrognes. « Tu es mon berger, Ô Seigneur. Rien ne saurait manquer... »

En apercevant une ambulance sortir de l'enceinte, et les Sœurs en groupe qui refermaient le portail derrière la voiture, elles comprirent que quelque chose de grave s'était passé. Le cœur battant, elles accélérèrent l'allure, bousculant les bêtes qui se mirent à protester.

« Ah, vous voilà, Sœur Jasmine, dit la Mère Abbesse en les voyant débouler. Laissez donc Sœur Madeleine reconduire ces animaux, et suivez-moi au chapitre. J'ai à vous parler. Que chacune regagne ses quartiers, dit-elle à la cantonade, nous nous retrouverons pour les vêpres. »

Elle prit le chemin du cloître, suivie comme une ombre par la novice. *Mon Dieu, que va-t-elle m'apprendre...* Toute la joie que la jeune fille éprouvait un instant plus tôt, en ramenant les chèvres, se trouvait soudain balayée par la peur et l'inquiétude. Ça sentait la catastrophe. Elle le savait, le devinait. Elle en avait tellement l'habitude.

Quand la Supérieure cessa de parler, il y eut un long silence. Pétrifiée comme si la foudre l'avait frappée, la novice restait tête baissée, fixant ses chaussures boueuses sans paraître les voir. Quand elle redressa la tête, la Mère Abbesse put voir que ses yeux étaient pleins de larmes. *Pauvre enfant...,* se dit-elle, émue par les brusques accès de souffrance par où passait la jeune fille. Mais elle devait rester ferme.

« Ma Mère... ma Mère, je vous en prie, n'y aurait-il pas une autre solution ?

— Aucune autre, Sœur Jasmine. Dernière arrivée

dans la communauté, vous êtes aussi la seule de nous toutes à avoir un passeport en règle. J'ai pris ma décision au moment où j'ai compris que Sœur Guillemette ne pourrait faire le voyage. Il faut toujours deux Sœurs pour la mission en Colombie. C'est la règle et nous y avons souscrit. Vous partirez donc avec Sœur Anne. Dois-je vous rappeler qu'une Sœur fait vœu d'obéissance et d'humilité...

— Et de stabilité aussi, ma Mère ! Je veux, de toutes mes forces, je veux m'établir ici, à Saint-Julien, dans la louange et l'amour du Christ, et n'en bouger jamais. Pourquoi devrais-je retourner dans un monde que j'ai choisi de quitter ?

— Parce que, sans vous, la communauté risque de disparaître ! Sans la récompense qui nous a distinguées, c'en était fait de nous, du chocolat et de Saint-Julien. Voulez-vous donc tout compromettre ? Une communauté qui ne peut plus vivre de son travail est une communauté morte. Le ciel nous envoie un signe aujourd'hui, apprenons à vider notre cœur de nos tourments personnels, de nos désirs et de nos craintes égoïstes. » Elle s'approcha de la jeune fille et lui releva le menton de la main : « Mon enfant, je sais, puisque vous avez eu la force de me confier un peu de votre histoire, avec quelle détermination vous avez voulu vous retirer d'un monde où vous avez beaucoup souffert. Dites-vous que c'est une épreuve que vous envoie le Seigneur pour sonder votre cœur... Non, ne vous rebellez pas ! Moi aussi, parfois, je vous regarde et j'ai quelques doutes. Le malheur vous a jetée dans nos bras, et toutes vous apprécient ici, petite sauvage qui nous avez amené un chat magique... » À l'évocation du chat, Sœur Jasmine eut un pâle sourire. « Nous vous aimons toutes, vous et votre chat gris. Mais le service du Seigneur, absolument, totalement, corps et âme, n'est pas une sinécure. Je vois dans ce voyage l'occasion de tester, de mesurer encore, la force de votre engagement. Vous aurez Sœur Anne à vos côtés, pour vous aider et vous conseiller. Pensez que cette mission est celle de la dernière chance pour la communauté où vous avez choisi de vivre. Si consacrer votre vie à Dieu est votre véritable vocation, où iriez-vous, petite sotte, si l'Abbaye venait à disparaître ? »

Sœur Jasmine renifla et redressa la tête.

« Pardonnez-moi, ma Mère, vous avez raison tandis que je ne pense qu'à moi. J'irai là-bas, comme vous le souhaitez, et je m'efforcerai d'être digne de votre confiance.

— Vous avez toute ma confiance, Sœur Jasmine. » L'Abbesse ouvrit les bras pour clore l'entretien, et la novice s'inclina en signe de respect et d'obéissance.

« Retournez à la chocolaterie maintenant. On nettoie tout, on en profitera pour vous apprendre les rudiments du métier. Dites-vous aussi, mon enfant, que vous allez faire un bien beau voyage... »

En quittant la salle du conseil, la novice se récitait : *Heureux qui, comme Ulysse, a fait un beau voyage...* Elle n'alla pas plus loin. Elle ne connaissait pas le texte en entier. C'était juste la phrase préférée de son instituteur qui lui revenait brusquement en mémoire. Souvenir de l'époque où elle allait à l'école, en Bretagne.

Petite. Voilà, elle se sentait petite. Et, comme quand elle était petite, elle avait peur à nouveau. *Seigneur, écarte de moi le doute, et renforce mon âme.*

Elle nettoya tant bien que mal sa tunique boueuse et partit rejoindre les Sœurs à la chocolaterie. Autant savoir de quoi il était question si elle devait partir à la recherche des fèves. La Colombie... quelle drôle d'histoire. Et puis elle songea au chat, et une unique pensée prit toute la place : pourvu, pourvu qu'on s'en occupe bien pendant son absence.

La nouvelle tomba au moment où la Mère Abbesse pensait que tout était enfin réglé. Jeanne Lefort, de son nom de baptême, portait allégrement ses soixante ans. Grande et svelte, elle était ferme et chaleureuse à la fois. C'était nécessaire quand on avait comme elle, et depuis si longtemps, la responsabilité de toutes les âmes de la communauté.

Depuis plus de vingt ans, elle organisait la vie des Sœurs à Saint-Julien. Et depuis plus longtemps encore elle s'était consacrée à Dieu. Elle avait six ans quand Lolotte, sa sœur cadette, avait contracté le typhus. Rien n'avait été épargné à l'enfant. Dix jours d'agonie insupportable, durant lesquels Jeanne avait partagé le désespoir sans fond de ses parents. Quand tout avait été fini, la fillette qu'elle était alors avait été frappée par les mots du prêtre lors de l'enterrement : « Jésus l'a rappelée à Lui. Elle a rejoint Ses enfants préférés dans les vertes prairies du Seigneur. »

En dépit de son immense chagrin, et au lieu d'être révoltée, la petite Jeanne s'était dit : *Je vais me consacrer au Bon Dieu, lui donner ma vie de vivante, comme ça il n'ôtera plus les petits enfants à leurs parents.*

Et curieusement elle savait que là avait été le début de sa marche vers Dieu. Marche jalonnée de crises, de colère et de désespoir parfois. Il ne lui avait jamais été facile de se mettre totalement entre parenthèses. Il y avait les questions, les doutes inévitables. Mais il y avait aussi l'arc-en-ciel du bonheur, comme elle disait parfois aux Sœurs venues lui confier leur désarroi.

« L'arc-en-ciel du bonheur c'est toute la palette de ce que vous donnez à Dieu, et qu'il vous renvoie, le bon comme le difficile, mais c'est toujours beau, toujours irradiant. Il y aura toujours un arc-en-ciel après l'orage. Cherchez-le. »

Et, quel que fût le problème qu'on venait lui soumettre, elle tournait son beau visage souriant vers la moniale en souffrance, posait son étonnant regard bleu acier sur la femme éprouvée, et trouvait les mots simples et sincères qui allaient l'apaiser. La charge était lourde parfois. Personne ne lui venait en aide quand il lui arrivait de faiblir, elle aussi. Elle savait que c'était son lot, cette immense solitude. Dans ces moments-là, plus encore que par la prière, c'était à la petite photo jaunie de sa sœur trop tôt disparue qu'elle se confiait, pour en retirer chaque fois un souffle de pure tendresse.

C'était ce qu'elle s'apprêtait à faire cet après-midi-là, quand on frappa à sa porte.

« Ma Mère... Mon Dieu ! Sœur Clothilde ! Il y a un inspecteur de police au téléphone, dans le bureau ! Il veut vous parler de Sœur Clothilde ! Vite, ma Mère, vite ! Elle est dans le coma ! »

En raccrochant, quelques minutes plus tard, la Mère Abbesse se sentit vaciller. Cela ne finirait donc jamais. Faudrait-il toujours que chacune de leurs joies soit aussitôt accompagnée d'une peine. Comme si elles devaient toujours tout payer. Chaque satisfaction entraînant une douleur, une punition nouvelle. Cette idée d'équilibre, de balance bonheur-malheur, la révolta. Non, c'était juste une sale période à passer. Une absurde concordance des temps. Rien à voir avec une quelconque volonté divine. *Laissons aux obscurantistes et autres crétins masochistes ces idées d'un autre âge,* décida-t-elle en regagnant sa cellule. La photo de Lolotte lui arracha un sourire. *Rassure-toi, petite sœur.* Elle caressa de la main le visage qui s'effaçait chaque année un peu plus. *Nous en avons vu et verrons bien d'autres...* Pour le moment, elle éviterait d'alarmer les Sœurs. Surtout celles qui prenaient bientôt la route du chocolat.

C'était tout de même bizarre cette histoire d'agression chez la vieille religieuse. Les policiers alsaciens n'y comprenaient rien. Tout avait été mis sens dessus dessous dans la maison de Sœur Clothilde, mais d'après sa voisine, la femme dont le chien avait donné l'alarme, on n'avait rien volé. La boîte en fer avec l'argent de la semaine était bien là, intacte. Il manquait peut-être un grand classeur, avait déclaré la voisine. Celui où la Sœur gardait son courrier, ses papiers bancaires et les relevés de son livret postal. Mais il y avait un tel désordre.

Les enquêteurs avaient fait le tour des maigres possessions de Sœur Clothilde : on ne l'avait pas vue à la banque depuis trois semaines. En revanche, elle était passée à la poste quelques heures avant l'agression, pour l'envoi d'un mandat et d'un colis en recommandé, adressés tous deux à l'Abbaye de Saint-Julien-du-Vaste-Monde. La postière avait retrouvé le duplicata. Elle se souvenait même que le neveu de la vieille religieuse était venu s'assurer qu'elle ne s'était pas trompée dans l'adresse. « Perte de mémoire, avait-il dit. Je passe de plus en plus derrière elle tout vérifier, discrètement, pour ne pas la vexer. »

Son neveu ? s'interrogea la Supérieure. Sœur Clothilde était une enfant trouvée.

« Non », dit-elle au policier au téléphone, rien n'était encore arrivé, mais elle savait de quoi il était question. Elle expliqua le Prix, le trophée, l'argent.

Avant de raccrocher elle se préoccupa une nouvelle fois de l'état de santé de Sœur Clothilde. « Coma premier niveau, répondit-il, dû au choc psychologique et au choc thermique. Elle a passé les deux premières nuits, c'est bon signe. Mais on ne sait pas quand, ni même si elle se réveillera un jour. »

Là, vraiment, Seigneur, Tu nous éprouves toutes... Elle joignit les mains et inclina la tête. Prier. D'abord prier. Pour cette chère Sœur Clothilde à qui on devait tant. Et puis réfléchir aussi.

Quand elle releva la tête, le jour était tombé et la pièce silencieuse lui parut plus austère que jamais. Les yeux grands ouverts dans l'obscurité, Jeanne Lefort, Mère Abbesse de Saint-Julien, avait pris sa décision. On prierait en groupe pour le rétablissement de Sœur Clothilde quand Sœur Anne et Sœur Jasmine auraient quitté l'Abbaye. Pas avant.

Rien ne devait entacher la joie du départ, le lendemain, des deux Sœurs missionnées pour le chocolat. Elle ne leur parlerait pas du drame alsacien pour le moment. Elle s'affolait certainement sans raison, mais cette effraction, juste après leur Prix, la troublait, l'incitait à la prudence. Elle avait besoin d'y penser encore. Elle leur recommanderait la plus extrême discrétion pendant le voyage, entre Saint-Julien et Bogota. Ensuite, tout serait plus facile. Elles seraient sous la protection du vieux guide. Lui seul connaissait l'itinéraire direct pour rejoindre la vallée productrice. Il les mènerait à bon port. Et tout serait dit. C'était arrêté. Moins les voyageuses en sauraient, moins elles auraient de raisons de s'alarmer.

Elle rangea la photo dans son sous-main et quitta la cellule sans allumer. C'était l'heure des vêpres. Il fallait rejoindre les autres.

Déjà montait, dans l'obscurité des couloirs, le bruit léger des robes des moniales qui glissaient vers l'église.

Déjà son cœur battait à l'unisson des autres cœurs. Dans le silence habité des religieuses, la paix revenait à Saint-Julien.

Les Sœurs formaient la cohorte et s'apprêtaient à entrer dans l'église.

« Nous partons ensemble, chuchota Sœur Jasmine en s'approchant de Sœur Anne.

— Regagnez votre rang, Sœur Jasmine, et faites silence, répondit l'autre en lui tournant le dos. »

Ça promet, soupira la novice en prenant sa place en bout de file. *Après tout qu'importe, nous aurons bien le temps de parler, là-bas.*

De son côté, Sœur Anne était partagée entre deux sentiments. Celui d'avoir un boulet à traîner avec cette novice, et celui, plus exaltant, d'avoir la responsabilité d'une jeune âme au cours de leur lointain et important voyage. Elle choisit la deuxième possibilité, et entra enfin dans l'église, le cœur plein d'amour et de confiance.

*

Les nouveaux bureaux de la MMG Company brillaient sous le soleil batave. « Metropolitan Market Grocery » clamaient les logos dorés qu'on avait accrochés sur toutes les surfaces possibles. Sur la façade, bien sûr, mais aussi dans le hall gigantesque, dans les couloirs, les salles d'attente, les salles de réunion, les bureaux, les toilettes, jusque dans les parkings. Pour que personne ne risque d'oublier où il était, ni pour qui il travaillait.

La MMG Company venait de quitter ses anciens locaux, deux immeubles classés au cœur d'Amsterdam, pour cette périphérie du port de Rotterdam. Une nouvelle adresse, beaucoup plus pratique, plus proche du port, des avions et des centaines de containers qui chaque jour venaient du monde entier avec leurs chargements de trésors. Car la Company connaissait une période d'expansion insensée. Tout lui réussissait depuis quelque temps.

Dans le passé, les fondateurs hollandais avaient réussi à toujours maîtriser le poids des actionnaires des fonds de pension américains, au profit de partenaires locaux plus concernés par leurs nombreux négoces. Canne à sucre, betterave, café, manioc... diamants, parfois. De belles affaires. Mais les anciens patrons néerlandais avaient été remplacés par des équipes internationales, plus jeunes, plus agressives. Les méthodes avaient changé, les marchés aussi, mais pas le succès. Il était allé en s'amplifiant ces deux dernières années. Tout comme l'orgueil des nouveaux chefs.

Voilà pourquoi on lisait des Metropolitan Market Grocery sur les murs à l'infini, à en avoir le tournis, la nausée, à en vomir. Voilà pourquoi Jérémie Fernbach passait un très mauvais moment.

« Avez-vous bien compris, Jérémie, les raisons pour lesquelles on vous a envoyé en France, chez ces vieux gâteux du chocolat ? Parce qu'il y a là de quoi s'emplir les poches facilement ! Le chocolat rend fous ceux qui l'aiment ! C'est une passion dévoratrice ! Qui ne s'apaise jamais ! Jamais. Depuis sa découverte, c'est comme ça, et c'est parti pour durer et se développer, encore et encore ! »

Andrew Mac Lagghan marchait de long en large devant son immense bureau de wengé sombre. Écumant de rage. Nommé président du directoire pour l'année à venir, il entendait bien marquer son passage d'une réussite éclatante. Et voilà que la récompense visée, celle qui devait lui ouvrir les portes des adorateurs du cacao et de leur portefeuille par la même occasion, lui échappait ! Malgré tous ses efforts en matière de fabrication et de production. Et pour aller à des bonnes Sœurs en plus, de vieilles religieuses au bord de la misère, qui se payaient le luxe de refuser ses propositions de rachat ou d'association.

Bon, il avait aussi goûté leur chocolat. Une merveille. Elles avaient la main, il devait le reconnaître. Mais il y avait aussi la provenance, la qualité des fèves... Il lui fallait toutes ces informations.

« Savez-vous combien de tonnes de chocolat les gens consomment, Jérémie ! En France, en Belgique, ici, partout... ! Même aux États-Unis la consommation est en pleine croissance. Et vous voudriez qu'on laisse tomber ! Arrêtez de vous ronger les ongles à la fin, c'est agaçant ! Et c'est indigne de vos fonctions de délégué commercial. »

Jérémie enfouit sa main dans sa poche, inquiet, alors que MacLagghan s'approchait de lui à grands pas.

« Alors c'est très simple. Si vous voulez durer à la MMG, et que je passe l'éponge sur votre baisse de forme et de résultats, vous me mettez la main sur l'origine des fèves des bonnes Sœurs ! Et sur leurs recettes par la même occasion. Et vous me trouvez un moyen définitif de les écarter de mon chemin ! Je ne veux rien savoir de vos méthodes. C'est le cacao que je veux ! Le cacao ! C'est clair ?

— Très clair.

— Alors, filez ! Je veux que cette quête soit désormais l'unique obsession de vos jours et de vos nuits. Que vous ne viviez que pour ça, que vous ne pensiez qu'à ça. Votre avenir en dépend. Il n'y aura pas d'alternative. C'est la victoire que j'attends. Sinon... Vous ne voudriez pas que je me fâche ? » demanda-t-il d'un air innocent.

Dans le taxi qui le ramenait à l'aéroport, Jérémie fixait le dos du chauffeur sans le voir. Il avait perdu la première manche. Et la face devant le patron.

Ce serait sans quartier ni pitié maintenant. Ces bonnes femmes n'allaient pas l'ennuyer longtemps...

Le taxi freina brutalement, évitant tout juste une petite vieille qui avait perdu l'équilibre au bord du trottoir. C'est ça. Il allait fondre sur elles comme un rapace sur une hirondelle. À cette idée, il se mit à rire en silence.

Le départ

Exceptionnellement, toutes les Sœurs se retrouvèrent à la chocolaterie pendant le temps libre qui séparait la célébration des vêpres du dîner léger précédant les complies.

Les ombres avaient capturé le jour finissant, mais cette période de gravité quotidienne, habituellement dévolue à la réflexion intérieure, s'effaçait devant l'énergie qu'elles déployaient soudain. C'était comme une prière active. Une volonté affirmée d'accompagner les deux missionnaires en remettant les machines silencieuses en état de marche.

« Mon Dieu, s'exclama Sœur Maria. Regardez, quelques mois d'arrêt et ces broyeuses se sont transformées en momies ! »

Dans l'éclairage succinct, les machines avaient l'air de fantômes trapus. Par petits groupes, elles se mirent à astiquer frénétiquement les monstres d'acier, et à expliquer à Sœur Jasmine le fonctionnement de chacune.

« Voici la machine à conchage...

— Non, Sœur Chantal, commencez par le début. Cette pauvre enfant n'y comprendra rien sinon !

— Alors, voici la broyeuse. C'est là que nous mettrons les fèves que vous allez nous ramener.

— C'est nous qui les ramenons ? demanda la novice.

— Mais non, voyons, corrigea Sœur Anne qui ouvrait une armoire débordant de vieux livres. Réfléchissez un peu : il y en a pour des tonnes et nous ne sommes pas des déménageurs. Ce voyage est destiné à confirmer notre ancien pacte et à pérenniser notre part de récolte. De même que nous n'emportons pas l'argent des transactions avec nous, nous ne ramènerons de là-bas qu'un simple sac des fèves sélectionnées. À réception des lots, nous vérifierons la qualité, et notre Abbesse fera alors le virement bancaire. C'est tout simple. »

Puisqu'elle le dit... Sœur Jasmine était un peu déboussolée. Ce n'était pas la première fois qu'elle venait à la chocolaterie, mais c'était la première fois qu'on lui expliquait tout, qu'elle se sentait vraiment concernée.

« Et tout le monde semble oublier le plus important ! s'exclama Sœur Madeleine en faisant un clin d'œil à la novice. La torréfaction ! C'est quand même là que tout commence. De la qualité de la torréfaction dépend en partie la qualité finale du chocolat. C'est le début de la chaîne. Ensuite, nous passerons par le décorticage, le broyage, l'affinage... »

À chaque fois elle désignait une machine différente.

« N'oubliez pas de parler du conchage, dit timidement Sœur Claire.

— Ni de l'importance du tempérage », tonna Sœur Pierrette.

Elles éclatèrent toutes de rire. Sœur Pierrette avait un tel enthousiasme.

« Je propose que nous chantions pour cette pauvre Sœur Guillemette qui nous manque tant aujourd'hui, dit Sœur Anne pour les calmer. De nous toutes, elle est la plus inventive et la plus docte en chocolat. Elle doit vraiment regretter de ne pas faire ce voyage. »

Les voix s'élevèrent aussitôt, fraîches et douces comme une caresse.

Mon Dieu, faites qu'elle se remette vite, priait la novice, qui se sentait coupable malgré elle de voler le voyage en Colombie à la Sœur chocolatière, comme on surnommait affectueusement l'absente.

La porte s'ouvrit sur les deux Africaines qui portaient des vêtements sur leurs bras.

« Sœur Jasmine, ôtez votre tunique. Il faut que nous mettions la tenue de Sœur Guillemette à vos mesures. »

Troublée à l'idée de se déshabiller devant ses compagnes, Sœur Jasmine chercha des yeux un recoin où s'isoler. Rien. Comprenant sa gêne, Sœur Astrid vint se mettre en rempart devant elle tandis que Sœur Bérénice lui tendait les vêtements à passer. Une veste boutonnée de haut en bas, en épais drap brun, avec une petite croix brodée sur le col, et une jupe assortie, droite, qui battait le dessous du mollet.

« Y a presque deux tailles de différence, murmura Sœur Bérénice, la bouche pleine d'épingles.

— Comme vous allez être mignonne, plaisanta Sœur Madeleine. Vous avez l'air sérieux d'un professeur de théologie.

— Ne l'ajustez pas trop, dit Sœur Anne en levant le nez de ses livres. Il faut qu'elle soit à son aise.

— Nous lui ferons les mêmes pinces de taille qu'à vous, répondit Sœur Astrid sans se laisser impressionner. Question de principe, la même tenue pour tout le monde.

— Et la coiffe ? demanda Sœur Jasmine.

— Pas de coiffe.

— Pas de coiffe ! s'exclamèrent-elles toutes.

— Pas de coiffe. C'est la décision de la Mère Abbesse, reprit Sœur Bérénice en rendant sa tunique à la novice.

Les vêtements seront ce soir dans votre chambre, Sœur Jasmine. Et surtout... bon voyage », ajouta-t-elle soudain en lui serrant la main.

Il se fit un silence, et des « bon voyage » murmurés s'élevèrent de chaque machine. Comme si elles vivaient un moment grave, solennel.

« Allez, trancha Sœur Anne en prenant Sœur Jasmine par la taille et en souriant à l'assemblée brusquement silencieuse. Ne vous inquiétez donc pas. Nombre de Sœurs ont fait le voyage avant nous, c'est sans danger. Le plus important ce sera votre talent de chocolatière quand nous reviendrons. Aller chercher des fèves en Colombie, ça n'a vraiment rien de sorcier, mais maintenir et développer encore la qualité de notre chocolat, voilà le vrai défi.

— Pour le chocolat... hourra ! proposa Sœur Pierrette.

— Hourra ! crièrent les Africaines.

— Hourra..., dirent calmement Sœur Madeleine et Sœur Claire.

— Hourra », s'étrangla Sœur Chantal.

Les autres se signèrent en murmurant une prière, et le silence retomba quand la porte se referma sur les couturières.

« Je vais rester seule ici un moment, déclara Sœur Anne, et parcourir encore un peu les livres de Sœur Guillemette, pour me familiariser. Merci à vous toutes si nous ne nous revoyons pas avant notre départ. Sœur Jasmine, vous devriez vous préparer également. »

Une fois de plus, même si elle avait parlé doucement, les paroles de Sœur Anne avaient force de commandement. Elle avait le charisme et l'autorité d'une future Abbesse, c'était indéniable, disaient les moniales entre elles.

Une à une les Sœurs quittèrent la chocolaterie. Certaines pour lire. Sœur Maria et Sœur Claire pour le réfectoire, Sœur Chantal pour prier dans le silence de sa cellule. Sœur Pierrette et Sœur Madeleine encadraient la novice.

« Oh, regardez... il neige ! »

Les trois femmes levèrent la tête vers le ciel obscur, qui déversait sur elles des millions de flocons. Il devait neiger depuis un moment déjà car le sol était recouvert d'un vrai tapis où l'on distinguait les traces de celles qui venaient de les précéder.

J'aime la neige. Mon Dieu que c'est beau..., songeait la novice.

« Je vais aller voir mes petits malades, décida Sœur Madeleine.

— Ah, non, on va encore geler, s'impatienta Sœur Pierrette. J'aimerais vous montrer quelque chose. Juste pour vous donner une idée de l'endroit où vous allez. Suivez-moi, c'est dans la petite chapelle.

— Je vous retrouve dans un instant », murmura Sœur Jasmine à Sœur Madeleine. Et elle emboîta le pas à l'athlète qui disparaissait déjà dans la mini-tempête de neige.

La petite chapelle désaffectée était glacée, et des nuages de vapeur blanche sortaient de leurs narines tandis qu'elles se dirigeaient vers l'autel. L'électricité refusa de fonctionner.

« Encore, s'emporta Sœur Pierrette. Merde alors... Heu, pardon, mon Dieu. »

Sœur Jasmine se mit à rire. Chaque fois que Sœur Pierrette se laissait aller, sa liberté de ton leur faisait du bien à toutes. La géante continuait à bougonner dans l'obscurité glaciale, malmenant les boutons électriques, triturant les prises. En vain. Elle poussa un énorme soupir.

« C'est foutu. Va falloir refaire toute l'installation. Bon, tant pis. J'aurais voulu vous montrer le parchemin. Il est dans un sale état. Je devrais d'ailleurs m'en occuper un de ces jours avant qu'il ne tombe en poussière.

— Le parchemin ?

— C'est le document, le plan en quelque sorte, avec lequel notre ancienne, Maria Magdalena de Quibda, s'est rendue en Colombie les toutes premières fois. Je ne sais pas si on vous l'a dit, mais la vallée d'où proviennent nos fèves est très difficile d'accès. En tout cas, il y a des itinéraires plus appropriés que d'autres pour s'y rendre. On ne se sert plus de la carte, bien sûr, maintenant qu'il y a nos guides qui connaissent bien les vieilles routes, mais c'est intéressant, émouvant même. Ne me demandez pas où c'est exactement, je n'en sais rien. Et d'ailleurs notre Supérieure tient à ce que nous gardions tout ceci assez secret. Concurrence chocolat, paraît-il. Mais tout est indiqué sur le parchemin, même si ça s'efface chaque jour un peu plus. » Elle éternua. « Circulez. Y a rien à voir, ajouta-t-elle d'un ton mélodramatique.

— Merci en tout cas, Sœur Pierrette. Tout ceci a un côté chasse au trésor qui me plaît bien. J'y penserai quand je serai là-bas.

— Faites attention à vous, mon petit, murmura la moniale. On vous aime bien ici. » Et elle lui donna une bourrade maladroite.

Sœur Jasmine s'éloigna, les yeux embués. Le témoignage d'amitié de son aînée lui réchauffait le cœur. C'était rare à l'Abbaye. Non pas que certaines fussent méchantes ou indifférentes avec elle, mais il y avait tant à faire, tant d'heures à prier et tant d'autres à travailler. Tout un temps découpé, quadrillé, millimétré. Il en restait peu pour l'amitié. Enfin c'était ce qu'elle croyait, jusqu'à ce soir. Finalement, ce voyage avait du bon.

Au lazaret des animaux, Sœur Madeleine l'attendait, assise sur une botte de foin, dans l'ouverture de la porte. Sœur Jasmine s'assit sur la paille à son côté. Tête levée, elles déchiffraient le ciel malade qui continuait de déverser la neige sur la vallée, le gouffre, les collines.

« Je leur ai mis à tous du fourrage sec », dit Sœur Madeleine après un long silence.

La novice hocha la tête sans répondre. Les minutes passèrent, dans le crépitement de velours des flocons.

« Le voici », dit soudain Sœur Madeleine en fixant le cadre noir de la porte que l'ampoule électrique avait dessiné sur le sol.

D'abord, rien. Et puis soudain, comme une ombre qu'on remarquait enfin, la silhouette du chat se dessina. Face au porche, il était encore dans l'obscurité. On ne distinguait que la forme ronde de son corps et ses deux oreilles. Assis sur son derrière, le chat semblait regarder à travers elles, au-delà d'elles.

« Je vous laisse », dit Sœur Madeleine en se levant.

Quand elle eut tourné au coin des bâtiments, le chat se leva et marcha vers Sœur Jasmine. Il resta un moment devant elle, sans paraître la regarder, sans même paraître la voir. Cœur serré, la novice ne faisait pas un geste. Soudain le chat sauta sur ses genoux, mais au lieu de se lover comme à son habitude, il restait là, assis-debout, raide, en lui tournant le dos.

Tout doucement, la jeune fille se mit à lui parler à l'oreille. Plus elle lui parlait, plus les larmes coulaient sur son visage, le long de ses joues, dans son cou. Le chat fermait les yeux, concentré sur les paroles, les mots, la voix. Il tourna enfin la tête et la regarda.

« Ne m'en veux pas, s'il te plaît. Je n'ai pas demandé à partir. Ne sois plus fâché. Jure-moi que tu m'attendras. Le temps qu'il faudra. »

Les yeux plantés dans les siens, le chat émit un son rauque, entre plainte et ronron. Il savait. Il comprenait. Il pardonnait. Elle enfouit sa tête dans la fourrure chaude et embrassa le félin. En échange de quoi, il lui mordit le bout du nez, doucement mais fermement, juste assez longtemps pour qu'elle comprenne la promesse qu'ils scellaient là. Quand la cloche retentit pour le dîner, le chat sauta à bas des genoux de la novice, accepta une dernière caresse derrière l'oreille, et la regarda s'éloigner dans la tempête de neige qui redoublait. Une fois seul, il poussa un soupir et s'enfonça dans l'obscurité protectrice du lazaret, tout empli des frissons et des respirations des animaux malades.

*

Bouaké, au nord de la Côte-d'Ivoire. La fin d'un bulletin radio :

« Les rebelles ont cessé de bloquer les convois. L'acheminement des récoltes devrait reprendre d'ici quelques jours. Tout dépend maintenant des accords que trouveront le gouvernement et les forces loyalistes, mais les marchés internationaux du cacao respirent à nouveau. Ici, Anne-Cécile Bras, envoyée spéciale pour RFI en Côte-d'Ivoire. »

Dans le confort climatisé et moquetté d'une villa de luxe, trois hommes regardaient le poste de radio qu'on venait d'éteindre.

« Alors, qu'est-ce que je vous disais, reprit Oscar DiBonogo pour son visiteur. Le calme est revenu, et la Côte-d'Ivoire garde la main sur le cacao mondial. Bienvenue aux partenaires financiers. Et avis aux amateurs si vous voulez en être ! »

Face à lui, un Européen d'une trentaine d'années, au visage émacié, se rongeait les ongles. À son côté, un exploitant local en tenue de travail, bermuda et chaussettes beiges, finissait son verre de whisky.

« Oui, mais le criollo..., insista le visiteur.

— Chez nous, c'est le forastero qui prévaut, répondit l'Africain d'un ton sec. Trop de maladies, de risques, de soucis avec le criollo. Pas assez rentable. Croyez-moi, le forastero, c'est l'avenir du cacao !

— Tout à fait exact, répliqua l'autre en posant son verre et en étendant deux jambes noueuses sous la table. Qualité, rendement, sécurité. C'est ici que vous trouverez tout ça. Le criollo, c'est bon pour les mamies. C'est du raffinement de bonnes femmes ! »

C'est justement ce que je cherche, pensa Jérémie en prenant congé.

Dans l'avion qui le ramenait en Europe, il se félicita de sa démarche. Ce n'était donc pas en Afrique que les Sœurs venaient chercher leur chocolat.

Ça, au moins, c'était réglé. Le boss serait content.

Il revit la mise à sac de la maison de la vieille, en Alsace. Ils étaient à deux doigts de trouver quand la voisine s'était pointée avec son clébard. Si ça n'avait tenu qu'à lui... Il connaissait les façons de faire parler les morts. Alors, une vieille bonne Sœur, ça n'aurait pas fait un pli. De rage, il arracha une peau sanglante sur son index. Maintenant ils étaient obligés de pister les frangines.

Jérémie détourna les yeux vers le hublot. On traversait un capuchon de nuages. Derrière, ce serait le soleil. Un paysage neuf. La révélation. Il se mit à sourire en pensant que, dès qu'il aurait trouvé la piste du chocolat des vieilles en cornette, pffffuit ! Prestidigitation ! On les écarterait rapido, on prendrait leur place sur la récolte, et en avant la fortune ! À cette idée, il frémit d'excitation et se gratta une peau sèche alors que l'avion s'enfonçait dans le coton.

Dans une heure, il serait à Rotterdam pour rendre compte de sa mission. Il prendrait ensuite la prochaine connexion pour la France. Force et audace. Violence, s'il fallait. Sans état d'âme. Son credo. Tout ce qu'il aimait. Ça n'était plus qu'une question d'heures, de jours peut-être.

Il s'endormit, libérant enfin sa main blessée qui tacha l'accoudoir.

*

La nuit précédant le départ, Sœur Jasmine s'endormit en serrant dans sa main la dent de tigre que Sœur Bérénice avait glissée dans la pile des vêtements pour le voyage. C'était vraiment gentil. C'était aussi vraiment interdit. Une petite croix aurait tout aussi bien fait l'affaire. Mais Sœur Jasmine mesurait l'attention à l'aune du sacrifice. Jamais Sœur Bérénice ne se séparait de sa dent.

« Racines de ma famille..., disait-elle quand on l'interrogeait en l'absence de la Mère Abbesse. Racines contre le Mal. »

Pendant son sommeil, Sœur Jasmine rêva qu'elle arrivait dans une clairière où un immense chat en chocolat dévorait des petits enfants. Elle se retournait en gémissant sans pour autant parvenir à se réveiller. Et, sans cesse, la tête du chat, de plus en plus grosse, s'approchait d'elle et ouvrait une bouche immense garnie de dents de tigre.

Sœur Anne dormit comme un bébé. Rêva, elle aussi. Toujours le même rêve. Au bout d'un long chemin, elle trouvait une porte derrière laquelle une intense lumière irradiait. Elle tendait la main... et le rêve s'arrêtait là. Quand elle y repensa le matin, elle se dit : *La révélation, bientôt j'aurai ma révélation...*

La Mère Abbesse ne dormait pas. Les yeux grands ouverts sur l'obscurité, elle priait sans relâche. *Seigneur, Seigneur... Donne-leur la force, et ne nous abandonne pas.*

Le voyage

Quatre heures n'avaient pas encore fini de sonner que la porte se refermait derrière les deux voyageuses. Dans l'obscurité grise d'un petit jour glacial, elles franchirent prudemment les quelques mètres qui séparaient le portail du taxi venu les chercher. Il ne neigeait plus, mais un épais tapis blanc recouvrait tout. Le sol, les arbres, les murs et le petit chemin. La vieille auto démarra doucement et fit demi-tour devant le porche. Il y avait près d'une heure de route en général, mais là, avec la neige, on avait prévu plus du double.

Sœur Anne décela les dernières notes du chant des moniales, invisibles derrière les murs. La prière des vigiles s'achevait.

« *Deo Gratias* », murmura-t-elle en se signant. *Mon Dieu, ça y est. Nous voici hors les murs.*

Tout le long du trajet qui les menait à l'aéroport de région, elles gardèrent le silence. Dévorant du regard, malgré elles, le vallon qu'elles quittaient, s'emplissant les yeux des aires voisines de l'Abbaye, si proches et pourtant si mal connues.

À l'aérogare, elles durent attendre dans un baraquement sinistre le premier avion qui venait de Paris et que les chutes de neige avaient retardé. Ils n'étaient que douze voyageurs à destination de la capitale, avaient-elles entendu dire par une hôtesse maussade qui se mouchait sans arrêt. Des gens qu'elles ne connaissaient pas. De toute façon, qui connaissaient-elles ?

Enfin l'avion fut annoncé. Il surgit de la brume grise comme une mouche sortirait du lait, vira lentement et se posa sur le tarmac. *Mon Dieu, qu'il est petit !*

Derrière les vitres de la salle d'embarquement, elles virent les voyageurs en provenance de Paris quitter frileusement la carlingue et se hâter vers les bâtiments. Des enfants. Sans doute une école, avec la maîtresse qui traînait par la main un tout petit garçon qui pleurait à fendre l'âme. Derrière le groupe, un couple de vieillards marchait doucement sur la neige fondue en se tenant le coude. Et puis des hommes d'affaires. Enfin ce fut ce qu'elles pensèrent en voyant la dizaine d'hommes, en manteau sombre fermé jusqu'au col, marcher vers la salle de débarquement.

« Ça va être à nous, murmura Sœur Jasmine en se rapprochant de Sœur Anne qui se tenait tout contre la vitre.

— Vous feriez mieux de prendre vos précautions, répondit celle-ci sans tourner la tête. On ne sait jamais combien de temps peut durer un voyage. Les toilettes sont propres, j'ai vérifié. »

Quand même, je n'ai plus trois ans ! se rebella d'abord Sœur Jasmine.

« Vous avez raison, répondit-elle, choisissant d'être aimable. J'y vais. Je vous laisse mon sac de voyage. »

Dans les toilettes inondées de lumière, face au miroir, Sœur Jasmine put enfin voir clairement ce que donnait son accoutrement. Pas folichon, mais ça aurait pu être pire. Comme Sœur Anne, au lieu du voile réglementaire que leur Abbesse leur avait refusé, elle portait une sorte de grand béret noir en laine, tricoté dans la soirée par Sœur Astrid, avec une petite croix, brodée par Sœur Bérénice, qui ressemblait surtout à une fleur de lis. Sœur Anne y avait aussitôt caché tous ses cheveux coupés court, tandis qu'elle-même retrouvait sa longue natte blonde, habituellement cachée par la coiffe usuelle de Saint-Julien. Le tailleur couleur de boue n'était pas du genre à mettre qui que ce soit en valeur. Veste fermée jusqu'au menton. Jupe sac à mi-mollets...

Elle sourit. C'était sans doute pour ça qu'on l'avait choisi ainsi. Pour leur éviter toute coquetterie ou vanité. Strict, raide, qui ne pochait pas, mais qui grattait un peu.

Petit purgatoire, se dit-elle en s'enfermant dans la cabine. Tout en contemplant ses pieds chaussés de courts bottillons de cuir, elle entendit le bruit d'un appel dans le haut-parleur de l'aéroport. Il fallait y aller.

Quand elle voulut ouvrir la porte, le loquet refusa de tourner.

Elle fit une, deux tentatives, avant de se rendre compte que quelque chose bloquait. Non, ça n'était pas possible. Pas maintenant ! Elle secouait le panneau comme une malheureuse quand elle entendit qu'on pénétrait dans les toilettes.

« Sœur Jasmine... mais où êtes-vous donc ? criait Sœur Anne. On ne cesse de vous appeler !

— Ici. Mais il y a quelque chose qui bloque la porte, ou le loquet...

— Mais c'est insensé ! Ça n'arrive qu'à vous. »

Sœur Anne se mit à tirer sur le battant de son côté. Voyant qu'elle n'y arriverait pas seule, elle partit chercher de l'aide.

La porte sur l'aéroport étant restée ouverte, la novice entendit : « Dernier appel... Jasmine Le Guirec... Nous demandons à Sœur Jasmine Le Guirec de se pré-

74

senter au plus vite en salle d'embarquement. Dernier appel... »

Quand enfin on put la délivrer, Sœur Anne bouillait d'impatience et elles durent courir sur le tarmac pour rejoindre l'avion où les autres voyageurs avaient déjà pris place.

Le remue-ménage causé par l'enfermement malheureux de Sœur Jasmine avait eu des spectateurs : les enfants, médusés et ravis qu'une telle bêtise puisse arriver à un adulte, et deux hommes, parmi la poignée de ceux qui étaient arrivés quelques minutes plus tôt de Paris. Un grand brun maigre, de trente ans environ, qui aurait eu du charme s'il n'avait passé son temps à se ronger les ongles. Et une armoire à glace à son côté, un colosse aux cheveux filasse qui paraissait voyager avec lui.

« Ce serait trop bête... », murmura Jérémie.

Les yeux fixés sur les deux femmes à peine entrevues qui filaient vers l'avion, il se repassait en boucle le message du haut-parleur : « On demande Sœur Jasmine Le Guirec... Sœur Jasmine... Sœur... » Une Sœur, une religieuse... La coïncidence serait trop forte. Mais après tout... qui sait. Il fallait agir, et vite.

Quelques paroles échangées, et le colosse se précipita vers les hôtesses.

« Un coup de fil, à l'instant... », il agita son téléphone portable devant elles. « Mon père, accidenté... Je dois repartir d'urgence, tout de suite, immédiatement, là, dans CET avion ! »

Les hôtesses furent admirables. D'une efficacité redoutable. En deux minutes, on délivra un nouveau billet au pauvre garçon qui rejoignit l'avion au pas de charge.

Resté à terre, le second voyageur le regarda s'éloigner. Quand les moteurs se mirent à vrombir, il se tourna en souriant vers les hôtesses secourables et demanda à louer une automobile.

Dans l'avion, tout à leur émotion, les deux Sœurs ne remarquèrent pas l'arrivée *in extremis* de ce dernier voyageur. Elles bouclaient leur ceinture et essayaient de calmer leur frayeur, chacune à sa manière.

« Je ne comprends pas ce qui a pu se passer, répétait la novice.

— Pour un mauvais départ, c'est un mauvais départ. J'espère que ça ne va pas toujours être comme ça avec vous.

— Mais je n'y suis pour rien, Sœur Anne. Ça aurait tout aussi bien pu vous arriver...

— La seule différence c'est que ça ne m'est pas arrivé, à moi. Enfin, c'est un bon coup de semonce. Nous apprendrons à être vigilantes... Ah ! mon Dieu !

— Qu'avez-vous ?

— Rien... rien du tout. » Sœur Anne fermait les yeux et agrippait les accoudoirs, livide. « C'est juste que... enfin, je n'ai pas beaucoup pris l'avion dernièrement... et ça m'impressionne un peu.

— L'avion...

— Par pitié, taisez-vous. Il faut... je ne me sens pas très bien. »

Alors ça, c'est la meilleure. Elle n'a peut-être jamais pris l'avion... Je comprends mieux ses propos aigres : elle crève de trouille !

Un moment tentée par le péché d'orgueil, car, elle, elle avait déjà pris l'avion, et plus d'une fois, Sœur Jasmine se sentit un devoir de charité envers sa coreligionnaire. Lui prenant la main, elle chuchota à son oreille :

« Je suis comme vous, ça me trouble toujours un

peu. Mais à nous deux, nous devrions y arriver et nous réconforter mutuellement.

— Merci... », murmura Sœur Anne d'une voix blanche, les yeux toujours fermés, tandis que l'avion prenait de plus en plus de vitesse sur le sol.

Il y eut une brusque poussée et l'appareil s'arracha à l'attraction terrestre, faisant rugir toute la force de ses moteurs.

La respiration bloquée, les lunettes abandonnées au creux des genoux, Sœur Anne serrait la main de sa voisine de toutes ses forces.

Eh bien, c'est pas gagné, se dit la novice. Elle pensait aux interminables heures de vol qui les attendaient, de la France à Bogota, avec escale à Madrid. C'était la première fois qu'elle voyageait à côté de quelqu'un qui avait peur en avion, et elle se demandait comment Sœur Anne allait supporter tout ça.

« Ahhh... », gémit de nouveau cette dernière.

Le moteur poussait encore son régime, ce qui, joint aux trains d'atterrissage qui rentraient dans le ventre de l'avion, venait de secouer la carlingue abominablement. Non, ça n'était pas gagné.

*

Le soleil entrait à flots dans l'église maintenant, inondant l'autel, caressant les silhouettes inclinées. À nouveau réunie pour la célébration de l'alliance, la communauté tout entière priait. Temps suspendu, dans le silence et dans la paix. Passant à travers le givre aux fenêtres, la lumière d'hiver semblait tenir dans son faisceau le troupeau immobile des femmes en prière.

Mêlées aux volutes qui montaient des encensoirs, les respirations dessinaient un brouillard léger autour des

Sœurs. Écrin de leurs pensées, matière mouvante, palpable et fragile, c'était aussi la seule preuve de vie dans la chapelle glacée. Chacune encore, toute à sa participation au sacrifice de la Croix, vigilante à donner le meilleur d'elle-même, gardait les yeux fermés sur sa prière intime.

Face à elles, incliné vers l'autel, les mains jointes sur la poitrine, le prêtre bougeait les lèvres en silence. *Seigneur, je ne suis pas digne... Mais dis seulement une parole...* Quand il se redressa, il ouvrit les bras vers elles et dit :

« Le Seigneur soit avec vous.

— Amen. »

Elles défilèrent toutes devant lui pour recevoir l'hostie, et retournèrent s'asseoir sans bruit, prolongeant encore un peu le partage du mystère pascal.

Sœur Pierrette gagna l'harmonium et lança les premières notes du psaume. On laissa un instant la musique grave prendre possession de l'église, et tous se mirent à chanter. Aux voix claires des femmes s'ajouta la basse virile du prêtre. Après deux versets mélancoliques, il y eut une montée de plus en plus mélodieuse, de plus en plus rapide, et le chant s'arrêta dans son apothéose et dans sa perfection. Ne restait plus dans l'église que l'émotion de l'élan partagé vers Dieu.

C'est alors qu'on entendit sonner la cloche au portail d'entrée.

*

Quand elles arrivèrent à l'aéroport parisien, une pluie grasse et froide fouettait les hublots minuscules.

Enfin..., se félicita Sœur Anne. Elle avait fini par s'habituer durant le vol, mais l'atterrissage avait été une nouvelle épreuve, et elle avait bien cru qu'elle allait être malade quand on lui avait proposé une madeleine assortie d'une boisson chaude à l'odeur écœurante.

« Je crois que nous avons pas mal à attendre avant le prochain vol... » Sœur Jasmine examinait les billets qu'elle avait tirés du sac qu'elle portait en bandoulière. « Nous devrions aller déjeuner, ça fera passer le temps, et puis ça vous remettra sur pied, dit-elle gaiement à Sœur Anne.

— Je ne vois pas de quoi vous parlez, je vais parfaitement bien. »

Elles se levèrent, suivant pas à pas les autres voyageurs vers la sortie, en tête de l'avion. Les hôtesses leur firent un grand sourire.

« Ce qu'elles sont mal fagotées, entendit la novice en les dépassant. On dirait l'Armée du Salut ! »

Il faisait froid dans l'aérogare, et un mauvais courant d'air plaquait leurs vêtements sur leurs jambes. Heureusement le béret protégeait bien la tête. Elles eurent un instant d'indécision au moment de choisir leur direction. Sortie, livraison des bagages, transit ? Voyageant léger, avec juste un change et quelques sous-vêtements dans les sacs qu'elles avaient gardés en cabine, elles prirent les escalators qui menaient à la zone de transit.

Il était presque 11 heures et le hall vibrait de bruit et de monde : appels dans les haut-parleurs, cris d'enfants énervés, de parents débordés. Un groupe de Pakistanais en turban s'invectivait vertement, et une hôtesse les dépassa en courant, criant à un dos qui s'éloignait : « Monsieur, monsieur... pas par là ! »

Quelle cohue, quel horrible tintamarre, déplorait Sœur Anne, secrètement affolée d'être soudain jetée en pâture à tout ce qu'elle avait rejeté lors de son engagement. Le bruit, la foule, les autres.

Le bruit des autres. Le bruit de la vie des autres.

Elle mesurait soudain l'extrême protection dans laquelle elles vivaient à l'Abbaye, derrière la clôture, dans le silence.

« Je crois que les enfants sont en vacances scolaires », risqua Sœur Jasmine. Aucune réaction. Elle enchaîna : « Je me souviens, quand j'étais petite, en Bretagne, c'était toujours une excitation pas possible au moment des vacances, et...

— Eh bien, ne vous excitez pas trop et suivez-moi, coupa Sœur Anne. Je vois une table libre dans le coin là-bas, nous y serons tranquilles pour patienter. »

Elle fendit la foule pour se diriger vers un guéridon inoccupé, à la terrasse d'une brasserie, où le bruit était un peu moins intense que dans les allées. Elles commandèrent une omelette nature et une carafe d'eau à un serveur aux yeux cernés, et se mirent à attendre.

Sœur Jasmine dévorait tout des yeux. Un an déjà qu'elle vivait à Saint-Julien. Le monde avait-il changé ? À première vue, non. Les hommes et les femmes qu'elle observait étaient bien les mêmes. Rien ne lui paraissait nouveau. Ni le bruit, ni le sentiment de hâte et d'inquiétude qui les entourait. On fumait peut-être un peu moins dans les lieux publics.

Et pourtant, elle ne pouvait se défaire d'une très légère impression d'irréalité. Quoi alors ? Elle comprit soudain que c'était elle qui avait changé. Et, quand elle se souvint de sa vie d'avant et des raisons qui l'avaient menée à l'Abbaye, elle pensa très fort au chat et ferma les yeux. *Tu es là ?*

« Pauvres, pauvres gens..., entendit-elle dans son dos.

— Pardon ?

— Pauvres gens, répéta Sœur Anne, les yeux fixés

sur une table voisine. Quelle tristesse. Mon Dieu, quelle pitié ! »

Elle avait l'air extatique qu'elle prenait parfois quand elle exprimait un moment officiel de compassion. L'objet de son affliction était un couple, un homme et une femme, assis côte à côte, juste en face d'elles.

« Cela fait bien trois minutes qu'ils parlent tout seuls à voix haute, chuchota Sœur Anne en détournant le regard. Chacun de son côté, les yeux dans le vague, on dirait qu'ils entendent des voix et qu'ils leur répondent. C'est incroyable qu'on les laisse seuls ! Et si pathétique... La femme s'est mise à rire tout à l'heure, toute seule..., ajouta-t-elle en baissant encore d'un ton.

— Mais vous n'y êtes pas du tout ! s'exclama Sœur Jasmine en éclatant de rire. Ils ont un mains libres.

— Un... quoi ?

— Un portable mains libres. Un téléphone portable individuel, pour appeler qui ils veulent, quand ils veulent, où ils veu... » Elle s'interrompit : « Vous savez bien ce qu'est un portable ?

— Non. Et si c'est pour avoir l'air aussi idiot, je n'ai aucune envie de savoir ce que c'est ! »

Sœur Anne était devenue écarlate et pinçait les lèvres. La novice luttait contre le fou rire en regardant le couple qui continuait ses échanges avec d'invisibles interlocuteurs.

« Un téléphone portable mains libres est un appareil avec un petit écouteur glissé dans l'oreille, et un micro incorporé. On n'a pas besoin de tenir son téléphone. C'est pratique pour conduire.

— J'ai beau vous paraître dépassée, je ne les vois pas conduire que je sache ! »

Sœur Anne était vexée, c'était évident. Depuis combien d'années s'était-elle retirée du monde ? Douze ans... quinze ans ? Il y avait eu bien des changements pendant tout ce temps. Ça devait lui faire bizarre de ne plus retrouver les choses comme elle les avait quittées. Pour minimiser l'incident, Sœur Jasmine tenta d'abonder dans son sens.

« C'est vrai que utilisé comme ça, ça fait un peu drôle.

— Je ne vous le fais pas dire. » Le ton était toujours sec, mais il y pointait un brin d'humour. « Et, à part cette invention sublime, y aurait-il autre chose dont vous devriez me parler ? C'est le moment ou jamais de faire mon éducation, il me semble. »

Ne sachant pas si elle pouvait la prendre au mot, Sœur Jasmine regarda toutefois autour d'elle. Là... Non, ça, elle devait connaître, quoique... Elle se racla la gorge et chuchota :

« Vous voyez le grand Black là-bas ?

— Black ?

— Pardon, le grand Noir, l'Africain, quoi. Vous savez ce qu'il fait près du mur ?

— ...

— Il tire de l'argent de son compte. Plus besoin d'aller à la banque, il suffit de trouver un distributeur, de taper un code secret, et on prend l'argent liquide dont on a besoin.

— Vous savez, Jasmine, j'ai beau vous paraître un monument du passé, j'ai quand même entendu parler des distributeurs bancaires et des cartes de crédit. Ce n'était tout de même pas le Moyen Âge quand j'ai rejoint l'Abbaye ! » Elle se mit à rire. « Même s'il est vrai que je ne m'en suis jamais servie. Mais c'est tout comme. Notre confesseur en possède une. Une carte de crédit. Je le sais, il me l'a montrée.

— Vous en avez de la chance. La carte du confesseur ! C'était pour vous vendre des indulgences au moins ?

— C'était surtout pour acheter du chocolat... soi-disant pour sa mère ! »

Elles riaient à présent toutes les deux. Simplement, joyeusement. Comme elles le faisaient à l'Abbaye chaque fois que le plus petit événement amusant traversait leurs vies de recluses.

« Mon Dieu ! 14 heures, dit soudain Sœur Anne en se levant. J'avais promis de téléphoner à l'Abbaye avant none. Attendez-moi là avec les sacs, voulez-vous, je file à la poste.

— Ah ! ça, vous auriez eu un portable..., commença Sœur Jasmine narquoise. Bon, bon, j'arrête. Allez-y vite, et embrassez-les toutes pour moi. Je ne bouge pas jusqu'à votre retour. »

Elle sortit un livre du Dalaï Lama de son sac. *Jasmine... Elle l'avait appelée Jasmine tout à l'heure.* Un instant rêveuse, elle finit par se plonger dans sa lecture. On n'embarquerait pas avant un bon moment, autant s'organiser pour passer le temps.

Quand Sœur Anne revint s'asseoir auprès d'elle, bien plus tard, elle lui parut soucieuse.

« Tout va bien ? »

Avant de répondre, son aînée la regarda pensivement.

« Oui, on peut dire que tout va bien là-bas. C'est notre chère Sœur Clothilde, en revanche, qui ne va pas fort. Il y a eu un cambriolage chez elle, en Alsace, et elle a été malmenée par les voleurs. La Mère Abbesse m'a dit qu'elle était à l'hôpital, dans un profond coma...

— Prions pour elle, s'exclama Sœur Jasmine en se mettant aussitôt à genoux.

— Relevez-vous ! Relevez-vous immédiatement ! »
Sœur Anne avait saisi le bras de la novice et la forçait à
se relever. « Je sais, cela va vous surprendre, mais jusqu'à nouvel ordre, jusqu'à notre arrivée à destination,
nous ne devons plus prier ainsi. »

Elle parlait à voix basse. Le visage tout près de celui
de la moniale.

« Comment ? » La jeune femme était médusée. « Ne
plus... prier ?

— En tout cas, plus de cette façon visible, publique. » Elle la força à s'asseoir près d'elle. « Je sais, moi
aussi ça m'a fait drôle, mais notre Supérieure a été très
claire. C'est une décision qu'elle a prise dans la nuit, et
c'est un ordre qu'elle me demande de vous faire passer
puisque je suis la responsable du voyage. À partir de
maintenant et jusqu'à l'arrivée dans la vallée, il nous
est recommandé de ne plus montrer ostensiblement que
nous sommes des religieuses, des moniales. Nous ne
devons plus prier devant le monde, plus nous appeler
« ma Sœur » en public.

— Mais pourquoi ?

— Le vœu d'obéissance devrait vous suffire, mais
je crois avoir compris que c'est lié à l'accident de
Sœur Clothilde. Notre Mère s'inquiète. Elle voudrait...,
elle pense préférable que nous apparaissions..., par
exemple, comme un genre de professeurs de lettres à
présent. Si on nous posait trop de questions... » Sœur
Anne cherchait ses mots, embarrassée. « Bref, on nous
recommande surtout une infinie discrétion quant à
notre mission chocolat. » Elle murmura, en détachant
chaque phrase : « Notre Mère craint qu'on ne nous
jalouse. À cause de ce Prix que nous avons reçu. Qu'on
s'intéresse trop à nous, quoi. Pour nous nuire, soupira-
t-elle. Pour tout vous dire, Jasmine, je crains beaucoup

plus pour la santé psychique de notre Supérieure. Cela me désole, mais je vous avoue qu'elle m'a paru curieusement tourmentée. Ce n'est pas son genre, vous le savez. J'ai bien peur que tous les soucis de ces derniers temps n'aient pesé sur elle plus que nous ne le pensions. Nous proposer cette mascarade... Enfin, jusqu'à nouvel ordre, c'est elle qui décide de nos conditions de voyage. J'ai promis notre obéissance et notre discrétion, il en sera ainsi. »

Sœur Anne jouait maintenant avec ses lunettes. « Nous n'en mourrons pas, ajouta-t-elle plus bas, avec un clin d'œil à la jeune fille qui paraissait très troublée. Les voies du Seigneur sont impénétrables, et Dieu reconnaîtra les siens, comme on dit. Il n'y en a que pour quelques jours. À notre retour, nous verrons bien dans quel état mental notre chère Mère se trouve. Jusque-là, nous prierons dans nos âmes à son rétablissement. » Et elle replia ses lunettes pour clore la conversation.

On dirait que ça l'amuse, remarqua Sœur Jasmine à qui il fallait un peu de temps pour digérer les dernières nouvelles. *Serait-il possible qu'elle songe déjà à la succession de la Mère Abbesse...* Certaines Sœurs pensaient qu'elle y était destinée. Mais bien plus tard. Pour sa part, l'autorité de Sœur Anne était indéniable, mais il y avait des pans de sa personnalité encore obscurs, des zones secrètes, cachées, très personnelles, qui lui semblaient incompatibles avec la mission d'ouverture d'une Mère Abbesse. Tout comme ce côté cassant qu'elle avait parfois.

« Ah, j'entends qu'on nous appelle ! s'écria Sœur Anne de sa voix haute et claire. Venez, Jasmine, c'est par là. »

Elle saisit son sac de voyage, et s'éloigna vers les aires d'embarquement sans se retourner. Elle marchait droite comme un i, menton dressé, ouvrant son chemin dans la foule comme un navire rentrant au port.

Il sembla à la novice qui la suivait qu'elle avait même gagné quelques centimètres.

*

« Alors ça..., vous êtes un vrai connaisseur ! »

Sœur Angèle rosissait de plaisir devant l'homme qui lui faisait face. C'était le premier visiteur de la journée, et il y avait bien des chances pour que ce soit aussi le seul, malgré les vacances de la Toussaint qui démarraient.

Le soleil était revenu après quelques nuées grises, mais la neige avait dû décourager les éventuels acheteurs de faire la route jusqu'à elles. Celui-là, il fallait le gâter.

« Je vous laisse goûter encore ces deux carrés, dit-elle en poussant vers lui la minuscule assiette de dégustation. Je vais voir notre Mère Abbesse. C'est elle qui décide pour l'hôtellerie, mais je pense qu'il n'y aura pas de problème. »

Encore un citadin qui vient se ressourcer à notre beau silence, se disait-elle en se hâtant vers le chapitre. *Gloire à Toi, Seigneur, qui envoies vers Tes servantes les brebis égarées...*

Malgré la vie de silence et de recueillement menée à l'abri de la clôture, l'Abbaye de Saint-Julien s'ouvrait parfois sur le monde en suivant les préceptes fondamentaux de la Règle de saint Benoît concernant l'accueil monastique. *Accueille joyeusement chaque hôte, car, dans chaque pauvre qui frappe à ta porte, tu reconnaîtras Jésus.*

Ce visiteur-là ne demandait asile que pour quelques

jours. Le temps de retrouver la place de Dieu dans sa vie, avait-il dit en lui souriant.

Il parlait comme un livre. De plus, ô merveille, c'était un connaisseur en chocolat. À peine une bouchée et il lui avait dit : « C'est du criollo, n'est-ce pas ? » C'était si rare d'avoir affaire à des gens cultivés. Quand elle reviendrait le chercher, il faudrait qu'elle pense à lui dire qu'elles avaient reçu un Prix pour leur chocolat. Petite vanité qu'il comprendrait. Et il se réjouirait avec elles. Dans le monde entier, les amateurs de chocolat étaient un peu comme une grande famille.

Elle fut légèrement déçue quand il fut décidé que ce serait Sœur Bernadette qui installerait le visiteur dans la chambre d'hôte. Mais c'était aussi une belle preuve de déférence, la cellérière étant le numéro deux à l'Abbaye. Elle se réconforta en se disant qu'elle avait dû bien présenter la requête. Elle avait fait montre d'observation, parlant de l'extrême amabilité du demandeur, décrivant aussi la tension nerveuse qu'elle avait décelée dans ses gestes, sa voix contenue, ses mains... Il avait vraiment besoin de calme, avait-elle conclu. Et quand elle avait ajouté qu'il était tombé pile sur la nature de leurs fèves, après une simple bouchée... C'était là que leur chère Abbesse avait fait un signe de tête à Sœur Bernadette.

Bon, on l'envoyait chercher Sœur Pierrette et Sœur Madeleine de toute urgence. Ce soir, la Mère Abbesse convierait leur hôte à sa table, il fallait prévoir un menu décent. Elle trouverait bien l'occasion de lui reparler avant son départ.

La soirée fut très réussie. Le visiteur se promena d'abord un peu timidement dans les zones ouvertes aux hôtes de passage, s'enquit de l'activité menée à la chocolaterie, et demanda à Sœur Pierrette s'il pouvait l'aider à changer les plombs à la petite chapelle.

Elles le trouvèrent toutes charmant. Et discret. Voyant qu'il errait seul le long des allées pavées de neige, pensif, les bras dans le dos, s'arrêtant parfois un long moment pour scruter le ciel qui devenait mauve, la Mère Abbesse, qui l'observait depuis son étage, le fit convier à les rejoindre au moment du temps libre.

« Y aurait-il quelque chose en quoi nous puissions vous être utiles ? lui demanda-t-elle quand elles furent toutes réunies en salle de lecture.

— Les demandes les plus simples sont parfois les plus délicates à formuler, répondit-il après un silence.

— Nous en avons l'habitude. Voyez-vous, nous vivons ici retirées du monde, mais il nous est très proche néanmoins. De même que nous étudions les ouvrages anciens, nous lisons beaucoup de ce qui se fait aujourd'hui. Il nous est indispensable de nous tenir au courant du train du monde si nous voulons pouvoir intercéder pour le salut de l'humanité tout entière.

— Vous lisez la presse ? demanda-t-il vivement.

— Nous avons une sélection de ce qui nous paraît le plus sérieux.

— Et vous regardez la télévision ?

— Non. Il y a un vieux poste quelque part, mais on ne l'a pas allumé depuis des lustres. » Elle rit doucement. « C'est quand même une vie de contemplation que la nôtre. Le silence est pour nous l'écoute assidue de la parole de Dieu. Ici, chacun rentre en soi-même pour mieux s'ouvrir à l'autre. La simplicité et la joie nous mènent. Et le travail. « Car ils seront vraiment moines ceux qui travaillent de leurs mains », cita-t-elle. À Saint-Julien, c'est essentiellement la chocolaterie qui nous fait vivre. Notre chocolat vous intéresse ?

— Comme un gourmand, uniquement comme un gourmand, je le confesse. » Et il parut rougir à cet aveu bénin. « Non, la raison de mon arrêt chez vous, c'est la fatigue, le stress qui s'accumule. Je travaille dans la banque, c'est important, mais sans intérêt humainement... Je viens de perdre mon père, dit-il soudain, et j'ai senti le besoin d'une pause. D'un temps de réflexion. »

Pauvre, pauvre garçon, compatissait Sœur Angèle qui commençait à se dire qu'il lui rappelait son propre neveu. Un quasi-vaurien à qui elle trouvait toutes les excuses.

Que les gens sont compliqués, pensait Sœur Claire, *pourquoi ne pas avoir commencé par ce deuil.*

Pardon, Seigneur, mais je ne crois pas un mot de ce qu'il me dit, songeait la Mère Abbesse en souriant affablement à son hôte. *Il a trop vite changé de sujet de conversation. Je pense qu'il aura droit à la tisane de Sœur Madeleine ce soir.*

Elle se leva et dit :

« Je vous propose de nous accompagner maintenant aux vêpres du soir. C'est la meilleure des prières quand on a perdu un être cher. Que l'on soit pratiquant ou pas. Vous dînerez ensuite à ma table. C'est simple, mais nous servons du vin, bien sûr. Et nous terminons toujours par une des excellentes tisanes de Sœur Madeleine. Vous verrez, c'est à la fois fort et très désaltérant. Ensuite, nous observons toutes la règle du silence. Pour la nuit. »

Il vit si bien que, de retour à sa chambre, à peine allongé sur le lit étroit, il plongea tout habillé dans un profond sommeil peuplé de créatures en cornette.

J'espère que je n'ai pas trop forcé sur la dose, s'inquiétait Sœur Madeleine en fermant le lazaret pour la nuit. La Mère Abbesse voulait que ce pauvre garçon dorme paisiblement. Elle allait être servie. Il ne bougerait pas de son lit jusqu'au matin.

« Bonsoir tous », dit-elle à voix haute. Dans l'obscurité de la grange, le chat cligna ses yeux fauves. Comme un signal. Et la neige se remit à tomber.

*

Le petit troupeau des voyageurs à destination de Bogota, via Madrid, s'était regroupé dans la salle d'embarquement quasi déserte.

Pour les Sœurs, l'heure du grand voyage approchait. La fatigue montait en vagues successives, et elles avaient bien du mal à garder les yeux ouverts. *Si seulement je pouvais dormir tout du long,* s'inquiétait déjà Anne. *Nous ne sommes pas bien nombreux...,* remarquait Jasmine. Ses yeux se fermèrent malgré elle, ne lui laissant que les bruits alentour comme contact avec le monde extérieur.

Elle entendait les hôtesses bavarder en espagnol. Une langue qu'elle avait un peu fréquentée autrefois, trop peu, sans doute, car elle avait du mal à suivre la conversation. Elles riaient beaucoup, faisant presque autant de bruit que la famille nombreuse, quelque part derrière elle, qui ne cessait de se disputer au sujet d'un paquet égaré.

« Aïe !

— Oh, excusez-moi, mademoiselle. »

Un monsieur au teint bistre venait de lui marcher sur les pieds. Il se confondit en excuses, et la novice le vit se diriger vers les toilettes. Elle sourit en refermant les yeux : *Anne, ma Sœur Anne, prenez vos précautions !*

Arrivé dans les toilettes, M. Gonzalez sortit un nécessaire de toilette de son attaché-case. Une nuit dans l'avion. Il avait intérêt à se raser maintenant, sinon ce serait un vieil ours piquant que Mme Gonzalez accueillerait à Bogota. Il sourit à l'idée de retrouver sa famille au bout du long voyage. Et reprit un air sérieux en entendant qu'on pénétrait dans les toilettes. *Allez, la mousse maintenant...*

Ce fut la toute dernière image qu'il eut de lui avant le grand soleil qui explosa tout. Son visage de Père Noël, à la belle barbe blanche.

*

Au bout d'une longue attente, elles purent se lever, franchir un nouveau sas douanier, tendre leurs billets aux hôtesses qui avaient repris un air sévère, et tituber vers le bus qui attendait au bas des marches.

Attente encore. Froid qui pique. Fatigue. Personne ne parlait.

Il manquait un voyageur. Les appels se répétaient au micro. Enfin, il arriva et fut enregistré avec les autres.

Le retardataire, une armoire à glace avec un chapeau ridicule qui semblait trop petit pour sa tête, se fit vertement tancer par les hôtesses exaspérées. Gêné, il essayait de se faire tout petit, de passer inaperçu, de se fondre dans le groupe des voyageurs qui faisaient la gueule. Jasmine lui fit un grand sourire, n'oubliant pas que, quelques heures plus tôt, elle aussi avait failli retarder un décollage. L'homme parut étonné, troublé même. Et puis, léger signe de tête et pâle sourire, il monta dans le bus et s'assit seul au fond.

Trois minutes plus tard, ils s'installaient dans l'avion. *Mon Dieu, c'est reparti. Que Ta volonté soit faite...* Anne avait déplié couvertures et oreiller, bouclé sa ceinture, et attendait le départ, légèrement penchée en avant, tendue comme un coureur dans les starting-blocks.

Si elle arrive à s'endormir, ça passera mieux. Heureusement, nous sommes au fond, c'est plus calme. Jasmine voulait attendre la collation avant de s'abandonner au sommeil. Et prendre le temps de repenser à tout ce qu'Anne lui avait dit tout à l'heure. C'était quand même incroyable. Il y avait aussi autre chose dont elle voulait lui parler, mais elle n'arrivait pas à se souvenir de quoi. Bah, ça lui reviendrait plus tard. Cela n'était plus urgent maintenant qu'elles étaient dans l'avion.

Quand l'hôtesse passa avec le petit chariot, Anne dormait comme un bébé.

« *¿ Cómo lo quieres el té, natural o con leche*[1] ? » chuchota la femme en uniforme.

— *Con leche*[2] », répondit la novice.

D'avoir compris ces deux mots d'espagnol et de s'être fait comprendre à son tour, lui parut un signe positif, encourageant. Finalement, ce voyage s'annonçait on ne peut mieux.

*

0 h 15. Une hôtesse annonça soudain l'escale à Madrid.

Ayant le sentiment de venir tout juste de s'assoupir, le réveil au sortir d'un sommeil profond leur parut extrêmement violent.

---

1. « Le thé, tu le veux comment, nature ou au lait ? »
2. « Au lait. »

« Tout le monde doit descendre pour que l'on procède au nettoyage de l'avion », répétaient les hôtesses dans le micro, montrant, théâtrales, l'amas de Kleenex sales et humides qui jonchaient les allées.

Anne et Jasmine rejoignirent le troupeau hagard des voyageurs en transit.

Ils déambulaient tous, raides, pâles et défaits, dans les couloirs vides et trop éclairés de l'aéroport. *On ressemble aux esclaves ouvriers de « Metropolis ».* Jasmine avait vu le film de Fritz Lang juste avant... avant de venir à Saint-Julien, décida-t-elle, coupant court à tout souvenir personnel. Elle remarqua que, tout en restant relativement groupés, les gens s'isolaient sur quelques mètres. Pour bâiller, râler, ou somnoler à leur aise. Elles firent de même et s'installèrent dans un recoin sombre où des halogènes défectueux permettaient de se reposer les yeux.

« Prions..., murmura Sœur Anne. Dans nos cœurs, prions. »

Côte à côte, sans parler, sans même remuer les lèvres, elles rendirent grâces au Seigneur, louèrent Sa grande bonté, et Lui confièrent leur vie et leur âme. Presque en face d'elles, dans un autre coin sombre, le voyageur en retard interrogeait son téléphone portable. *Personne au bout du fil,* remarqua la novice. *Travail, amour, ou famille ?* Elle essayait de deviner quel type d'interlocuteur il tentait d'appeler. De nouveau, en le regardant, quelque chose lui venait en mémoire, mais loin, si loin qu'elle n'arrivait pas à bien savoir quoi. C'était agaçant à la fin.

Pour se distraire et se dégourdir les jambes, elle fit quelques pas jusqu'aux boutiques duty free aux lumières criardes. Fermées, verrouillées, cadenassées, les boutiques tentaient d'appâter les voyageurs, coûte que coûte, derrière leurs grilles de protection. Il se dégageait comme une force vivante et féroce dans ce déploiement de néons, de croix et d'étoiles clignotantes. *Todos los Santos*, lut-elle en lumière hachée.

Dans une vitrine sale, une Vierge bleu pâle, au voile d'or, s'éclairait régulièrement par en dessous comme un sémaphore, rivalisant avec un Jésus en tunique blanche et stigmates sanglants. Toutes les trois secondes, son cœur rouge vif se révélait, au moment même où il ouvrait ses yeux bleu lagon sur le pauvre monde. *Bienvenue chez les marchands du Temple*, se dit-elle en regagnant sa place. Comme on était loin des simples et rudes beautés de l'Abbaye.

Enfin, les brebis égarées et pitoyables furent demandées à nouveau par des hôtesses qui avaient dû passer le temps d'escale à se refaire les yeux. On réintégra un avion qui avait perdu ses papiers sales au profit d'un nuage odorant et tenace de désinfectant. À vomir. Elles en vinrent à souhaiter d'urgence le prochain plateau repas, *bistec y patatas fritas,* pour respirer d'autres effluves avant de piquer du nez à nouveau. C'était sans compter sur l'arrivée bruyante et joyeuse d'une trentaine de mâles madrilènes gagnés au cours de l'escale.

« ¡ *Hola, guapa*[1] ! » Un premier voyageur s'avança dans l'allée, un verre à la main, et lui fit un clin d'œil. Surprise, Jasmine répondit d'un vague hochement de tête. Bientôt toute la cohorte se dirigea vers l'arrière. En jean et tee-shirt bariolé, sauvagement parfumés, ils avaient tous à la main un gobelet de plastique transparent, rempli de whisky par les hôtesses.

---

1. « Salut, beauté ! »

On dirait une secte avec leurs précieuses timbales.
Une équipe sportive ? Non, bien trop rondouillards.
Qu'est-ce qu'ils vont faire en Colombie ?

Chacun glissait un compliment au passage, avec un clin d'œil de connaisseur, et ils se rassemblèrent dans le minuscule espace libre, juste derrière la rangée de fauteuils où se tenaient les deux femmes.

Commença alors une bamboula épouvantable. Ils buvaient, riaient, utilisaient les toilettes comme si c'était une attraction foraine. Plus exactement, ils hurlaient de rire, se tordaient de rire, tombaient par terre de rire, quand ils ne ponctuaient pas chaque histoire de hurlements et de grands coups de poing dans le dossier des fauteuils. Plusieurs fois déjà, Jasmine avait dû dégager ses cheveux, arrachés par une solide poigne appuyée sans vergogne sur le dossier de son siège.

Grands seigneurs, ils commençaient par s'excuser, puis lui tapaient sur l'épaule pour lui demander d'où elle était. Espagnole ? Ou bien Italienne ? Non ? Colombienne ? Russe, alors ! Non ? Allemande ? Ou alors Américaine ?

Pour avoir enfin la paix, Jasmine bredouilla : « Française. »

Et là, miracle. Horreur, plutôt. L'attention des buveurs se détourna de leur gobelet sans fond, et ils la dévisagèrent, l'œil allumé, comme si elle venait de leur faire miroiter mille et un paradis en plein vol. Ils réveillèrent même un vieux qu'on traîna vers le fond pour lui montrer : « Des Françaises... »

Tirée de son sommeil par le troupeau bêlant, et d'une humeur de dogue, Anne se dressa soudain sur son siège, hurlant qu'ils devaient regagner leur place, se taire et laisser les gens dormir. Rassemblant toutes ses connaissances en espagnol, elle cria que si elle ne pouvait pas dormir, elle allait... « ¡ *Matar a uno*[1] ! »

Silence total. Des visages de gosses aux grosses moustaches la regardaient comme si elle était la méchante fée qui prend tous les joujoux. Un à un, ils s'éloignèrent en silence, emportant avec eux leur whisky dans leur hanap de fortune, s'écartant enfin d'elles, boudinés dans leurs jeans et blessés dans leur orgueil. Au bout de quelques minutes, deux ronflaient déjà comme des sonneurs.

Anne enfonça son béret sur ses yeux et se réinstalla pour la nuit. Du côté de l'allée, Sœur Jasmine s'enveloppa dans la couverture, s'apprêtant à faire de même. Un bruit léger lui fit rouvrir les yeux. Quelqu'un pleurait. C'était une toute jeune femme, deux rangs plus avant, dont les hurlements des machos madrilènes avaient dû masquer les pleurs. Serrant contre elle un ours en peluche, elle triturait un mouchoir en papier qui avait connu des jours meilleurs.

Voyant que les larmes ne cessaient pas, Jasmine se faufila dans l'allée.

« Ça ne va pas ? » Regard de biche affolée. « Je peux vous aider ? Dites-moi ce qui ne va pas », chuchotat-elle en se glissant sur le siège voisin.

D'abord effarouchée, tremblant comme une feuille, la jeune femme commença à parler dans un français basique. Elle était colombienne, s'appelait Maria Luisa, et avait vingt ans. Depuis un an, elle vivait en France, travaillant comme femme de ménage ; un an sans voir sa petite fille qui l'attendait avec sa grand-mère à l'aéroport. Il n'y avait pas de papa mentionné. Visi-

---

1. « Je vais en tuer un ! »

blement, elle appréhendait beaucoup l'accueil qui lui serait réservé.

Le simple fait de parler sembla apaiser la jeune affligée, et ce fut avec un sourire d'ange qu'elle laissa Jasmine regagner sa place un peu plus tard. « *Gracias... muchas gracias* [1] », murmura la Colombienne en lui tendant timidement une image pieuse. Une Vierge colorée aux pieds de laquelle dormaient des enfants de toutes races et couleurs. « *Es la Virgen de los Pobrecitos, para ti* [2]... »

Émue par cette détresse, Jasmine n'arrivait plus à s'endormir. De toute façon, il semblait que l'avion descendait, entamant les formalités d'atterrissage. C'était trop tôt. Ce ne pouvait pas déjà être Bogota.

« *Cartagena de las Indias* », murmura l'hôtesse à quelques personnes assoupies.

Allons bon, une escale imprévue... L'œil collé au hublot, la novice dévorait des yeux le site extraordinaire autour duquel s'était développée la ville fortifiée. Les deux presqu'îles qui gardaient l'entrée du port étaient illuminées comme pour une fête. La nuit avait ce bleu soutenu annonçant déjà le jour qui vient. La mer était d'un gris foncé, et une multitude de petits bateaux, posés dessus comme des jouets, scintillaient sous la houle. C'était magnifique.

« Il est 4 heures du matin, la température locale est de 27 degrés », susurra une hôtesse.

Mon Dieu..., mais il fait combien ici dans la journée !

Maria Luisa se leva. Ses jambes flageolaient tandis qu'elle empruntait l'allée jusqu'à la porte de sortie,

---

1. « Merci, merci beaucoup. »
2. « C'est la Vierge des Miséreux, pour toi... »

poussant devant elle d'énormes paquets de cadeaux. BHV disait le papier d'emballage. Au moment de sortir, elle se retourna vers Jasmine et lui envoya un sourire brave et plein de larmes que la novice reçut en plein cœur.

Bonne chance, Maria Luisa. Buena suerte[1].

Une heure plus tard, l'hôtesse annonçait l'aéroport international d'El Dorado. 5 heures du matin. Huit degrés. Nuit noire.

L'avion amorça sa descente vers Santa Fe de Bogota. Elles échangèrent un regard. La mission chocolat avait vraiment commencé.

_____

1. Bonne chance.

LA COLOMBIE

Santa Fe de Bogota

Juste sur deux notes. La même et unique phrase, mélancolique, comme un disque rayé dans la nuit froide.

El Señor está contigo [1]...

Un campesino solitaire chantait dans les rues voisines. Quittant les tours gigantesques du quartier des affaires, hérissées de panneaux lumineux, sa mélopée passait sur des immeubles bas et trapus, glissait sur des maisons égarées, aplaties, apeurées au milieu des tours colossales, et gagnait les sierras toutes proches qui entouraient la ville.

Brouillard léger de la terre qui se réchauffait. Çà et là, des déchirures de nuages blanc-bleu étaient suspendues, immobiles, au-dessus de ce qui devait être des vallons, des canyons et des cours d'eau encore assoupis.

La montagne est partout, drôle de ville. Jasmine ferma la fenêtre de leur chambre et regagna sa couche sur la pointe des pieds. Dans le lit voisin, Anne dormait profondément.

Elles n'avaient mis qu'une demi-heure pour gagner la ville et rejoindre la pension où elles étaient attendues. Pendant tout le trajet, les yeux dans le vague, Anne

---

1. Le Seigneur est avec toi.

avait gardé à la main la lettre de recommandation de la Mère Abbesse. Tout y était. L'adresse de la Pension Marisol, et le nom de leur guide, Ignacio La Paz, qui devait venir les chercher le lendemain après-midi. Pour plus de sûreté, au cas où l'avion aurait du retard, il y avait aussi son adresse dans les faubourgs. De sa belle écriture penchée, la Supérieure avait même rajouté : « Et ensuite, bonne route à vous vers les montagnes du chocolat. »

Anne avait peu parlé. Elle avait murmuré une courte prière, et ajouté à voix basse : « Mon Dieu, que je suis fatiguée... Dormons vite. » Mais la novice savait qu'elle avait eu un choc à l'aéroport.

Dans le hall, après la douane et juste avant la sortie, elles avaient retrouvé quelques-uns des voyageurs en provenance de Paris. La famille nombreuse, silencieuse et blême à force de fatigue, une poignée de Colombiens accueillis bruyamment par des amis, le retardataire qui continuait à raser les murs, et le groupe des Espagnols. Un peu flapis par leurs agapes, mais pas rancuniers, ces derniers avaient lourdement insisté pour les déposer quelque part, montrant les grosses limousines voyantes qui les attendaient à l'extérieur. Elles voulaient aller en ville ? à leur hôtel ? au restaurant ? en discothèque peut-être ? ou alors chez un fiancé ? Cette dernière supposition les avait vraiment mis en joie.

Ils s'étaient regroupés autour d'elles, pas méchants mais collants, et terriblement bruyants. En mauvais français, ils expliquaient que la ville était pleine de dangers, surtout pour deux femmes seules au petit matin. Voulant faire les utiles, ils en rajoutaient. Roulant des yeux, leur prenant le bras familièrement, ils chahutaient, évoquant meurtres, viols, enlèvements... C'en fut trop pour Anne, récemment libérée d'une calme vie de silence, de discrétion et de prière. Elle les repoussa avec agacement, les écartant de la main comme un nuage de moustiques.

« Vieille mademoiselle... ¡ *culo frio !* [1] » lança un des plus jeunes, ce qui les fit tous hurler de rire.

Sur le terre-plein, Anne monta dans le premier taxi de la file, un vieux tacot sans âge qui sentait la sueur et le tabac froid, et indiqua leur destination. Elle n'avait plus parlé jusqu'à l'hôtel.

C'est un coq qui les réveilla quelques heures plus tard. Un coq qui devait venir de la campagne toute proche, et qu'on élevait maintenant comme nombre de ses congénères sur le toit des maisons basses de la vieille ville. Ils se signalaient les uns aux autres, d'un toit à l'autre, rivalisant d'audace, paradant, se passant le relais, inlassablement. Ils finirent par s'installer dans une cacophonie générale et joyeuse qui électri- sait la ville. *Comment dit-on Cocorico en colombien ?* se demandait Jasmine. Comme s'ils avaient donné le signal, quelques voitures se firent entendre, et le bruit des immenses transhumances quotidiennes monta bientôt jusqu'à leur chambre. Pour un peu, on aurait pu croire que le lacis des *calles*, *avenidas* et *carreras*, qui parcouraient la ville en tous sens, se croisait juste au pied de leur hôtel.

Elles s'agenouillèrent au pied du lit et se mirent à prier. Avec le décalage horaire, elles n'avaient plus les repères de la liturgie des Heures suivie à l'Abbaye, alors elles se débrouillèrent comme elles purent.

À Toi, Seigneur, tout honneur et toute gloire, dans les siècles des siècles, Amen.

---

1. « Elle a le cul froid ! »

Elles se succédèrent pudiquement dans le cabinet de toilette. N'osant pas décacheter la minuscule savonnette enveloppée de papier vert pâle de l'hôtel, elles se servirent du morceau de savon qu'elles avaient chacune emporté de Saint-Julien. Brosse à dents, peigne et brosse à cheveux furent également utilisés. Dans le silence.

« Vous pourriez presque vous coiffer à la Louise Brooks, s'exclama Jasmine en voyant Anne, tête en bas, brosser ses cheveux vers l'avant.

— Je vois à peu près de qui vous parlez, mais je n'ai aucune intention de lui ressembler, encore moins de faire preuve de coquetterie. Je les brosse en tous sens pour ôter la poussière, rien d'autre. » Elle releva la tête, repoussant ses cheveux vers l'arrière. « Voilà, le béret, mes lunettes..., je suis prête. Si vous l'êtes aussi, descendons pour le petit déjeuner. »

Dans la *sala del desayuno*[1], un vieillard maigre et mal rasé montait la garde devant un buffet couvert de victuailles et de fruits tropicaux dont elles ignoraient le nom. Un minuscule chien jaune aux dents de travers semblait veiller sur le trésor avec lui. Le vieux leur indiqua les pots de café, de lait, montra jambons et pâtés divers, et les guida vers une table où un panier rempli de galettes de maïs jaune et de sachets de beurre les attendait.

« *¿ Quieres huevos con las arepas*[2] ?

— Heu... non, je ne crois pas. Ce sont bien des œufs qu'il nous propose ? murmura Anne. Ah, j'ai bien

---

1. Salle du petit déjeuner.
2. « Vous voulez des œufs avec les galettes ? »

peur d'avoir oublié le peu d'espagnol appris au lycée. Voyons... *Por favor, señor... ¿ frutos*[1] *?*

— *Sí, sí, claro que sí*[2]. » Il leur offrit un sourire à trois dents. « *¡ Pero cuidado "turista"*[3] *! »*

Le roquet jaune parut rire lui aussi.

« Quand même, murmura Anne quand il eut rejoint son poste de guet, ils ne font que nous mettre en garde ici. Hier, maintenant. On est en Colombie, d'accord, mais c'est une drôle de façon d'accueillir les voyageurs. Allez, moi, je me fais une cure de fruits colombiens, rien d'autre. »

Elle écarta de la main bananes, figues et ananas, pour sélectionner les fruits qu'elle ne connaissait pas. Des gros, ronds et orange, aux pépins noirs, d'autres jaune pâle à l'écorce dure, et d'autres encore qui ressemblaient à de la pastèque.

« Vous ne trouvez pas que le beurre a un drôle de goût ? demanda soudain Jasmine. On dirait qu'il est tourné.

— Eh bien, n'en mangez pas, voyons, ça vous évitera d'être malade. Vous devriez vous mettre aux fruits, comme moi. C'est tellement bon pour la santé ! »

Elle se leva pour aller presser le contenu de son assiette au mixeur branché près des boissons chaudes. Le résultat lui semblant un peu épais, elle y rajouta un grand verre d'eau fraîche.

« Ah, c'est délicieux. Si nous avons tous les jours le même régime, je sens que je vais me plaire en Colombie ! »

Sous la table, Jasmine fit signe au petit chien qui vint vers elle en trottinant, ses griffes clapotant sur le

---

1. « S'il vous plaît, monsieur, je voudrais des fruits. »
2. « Bien sûr, bien sûr... »
3. « Mais faites attention à la "turista" ! »

plancher de lino ciré. Il attrapa le morceau de galette beurrée avec des délicatesses de duchesse, malgré ou à cause de ses dents de traviole, et lui lécha la main doucement.

« Riquiqui !... ¡ *Aquí* !... cria le vieux sans bouger de son fauteuil.

La novice eut l'impression que le chien lui faisait un clin d'œil. Il poussa un gros soupir, émit un minuscule couinement, arrondit le dos, glissa sa queue entre ses pattes, et s'en retourna en se dandinant vers la momie du buffet. Mi-figue, mi-raisin, aurait pu dire Anne qui se refaisait un jus de fruits. Le numéro était tellement au point que Jasmine en déduisit qu'ils devaient jouer souvent à ce jeu de maître-esclave. Sans doute à chaque arrivée de voyageurs. C'était peut-être l'unique amusement de leur vie.

Elles avaient du temps avant la venue du guide, et décidèrent d'en profiter pour visiter la ville et voir quelques églises. Riquiqui et son maître les persuadèrent de prendre un taxi pour se rendre dans le centre : « *Para la seguridad*[1] », ricanèrent les deux vieux complices.

« Située à 2 600 mètres d'altitude, adossée aux contreforts de la Cordillère centrale, la ville de Santa Fe de Bogota s'étend sur plus de 70 kilomètres du nord au sud. Si les températures oscillent tout au long de l'année entre 14 et 18 °C, les nuits sont froides, les matins généralement ensoleillés, les après-midi chauds, et les fins de journée noyées sous des pluies torrentielles. » *Torrentielles, ils doivent exagérer.* Jasmine tourna la page de son guide. « Le plateau où la mégapole s'est

---

1. « C'est pour votre sécurité. »

développée est une savane fertile, envahie de fleurs et de cultures diverses, s'étendant à perte de vue. C'est une combinaison entre ville moderne, vieux bourg et campagne. Et partout, indispensable aux Bogotanais pour se diriger, la montagne. »

« C'est vrai qu'on la voit de partout cette montagne ! » Elle leva les yeux du petit dépliant qu'elle lisait à voix haute pour Anne.

À chaque intersection les rapprochant du centre, elle voyait en effet la montagne, dominant toute la ville de sa masse énorme et sombre. Si elle était utile pour se repérer, elle dégageait aussi quelque chose de puissant, de menaçant, qui la mit mal à l'aise.

« Qu'est-ce que ça roule mal », remarqua Anne.

Depuis un moment déjà, le taxi avançait quasiment au pas.

« Las Reinas[1] », dit le chauffeur en guise d'explication. Il avait l'air ravi.

« Des reines ? Quelles reines ? C'est une démocratie ici, déclara Anne qui commençait à trouver le temps long et la température trop élevée. Et puis, c'est quoi tout ce bruit ? »

On entendait quelque chose de sourd, de grave. Des tambours ? À un vaste carrefour, elles tombèrent sur le défilé qui ralentissait la circulation. On n'avançait plus du tout. Les voitures klaxonnaient, pare-chocs contre pare-chocs, laissant tout juste la place à l'immense cortège.

Étonnante parade militaire, semblable à une procession de zombies en transe, avec tambours, trompettes et drapeaux. Les premiers soldats étaient habillés en vert pomme et portaient des toques, comme des ché-

----

1. « Ce sont les Reines. »

chias hautes, recouvertes d'extraordinaires plumes du même vert. Ils avaient tous un poignard à la ceinture, sur lequel ils gardaient la main. Suivaient des policiers par centaines, des tanks, des Jeep, et encore des fantassins en treillis, à la même démarche mécanique et raide, au même regard vide. Autour d'eux, la cohue était indescriptible, le bruit épouvantable.

Seule la foule impavide indiquait que le pays n'était pas en guerre.

Il commençait à faire vraiment chaud, et Jasmine tenta d'ouvrir la fenêtre. Bloquée. Peut-être même cimentée à la portière. *« Para la seguridad »,* confirma le chauffeur. Des badauds s'étaient collés à la voiture. Pas de visages gais, mais des hommes, moustache arrogante et regard fier, qui les dévisageaient sans gêne, en silence. Quelques toutes jeunes filles aux beaux yeux sombres, terriblement endimanchées pour l'occasion, les regardaient à la dérobée. *On n'est pas loin du maquillage de pute,* songea Jasmine.

Et partout, le son du tambour, angoissant, monotone et sinistre. Comme l'annonce d'une implacable malédiction divine. Insupportable.

À force de gestes et de bribes d'espagnol, elles réussirent à arracher le chauffeur au spectacle hypnotique de la parade, et réclamèrent : *« ¡ Iglesias ! »* Après de longues et délicates manœuvres il parvint à s'extirper des embouteillages et prit la direction de la place Bolivar et de la cathédrale.

« C'est une église à deux clochers, comme presque toutes les églises colombiennes, commenta Jasmine, le nez à nouveau dans le dépliant. Plusieurs fois reconstruite, à cause des tremblements de terre. Le guide dit aussi que certains pensent que c'est plutôt parce qu'elle a été bâtie sur l'ancien emplacement d'un temple primitif des Indiens Muiscas, et que leurs dieux se vengent...

— Balivernes, assurément ! »

Mais pourquoi elle dit ça ? Qu'est-ce qu'on en sait après tout ?

« ... On dit aussi qu'elle renferme des tableaux du XVIIIᵉ siècle signés par...

— Ah non, pas encore le défilé ! » coupa Anne.

Les voitures ralentissaient, et on entendait à nouveau de la musique. Mais d'un genre totalement différent. Rumba, paso doble, tango... *« Las Reinas »*, répéta le chauffeur, extatique.

Arrivant enfin sur la place, elles virent qu'une nouvelle cohue s'était formée. Plus gaie que la précédente. Plus folle aussi. Adossé à la grande porte qu'il bloquait entièrement, un orchestre typique s'était installé sur le parvis de la cathédrale, en plein milieu de la foule, et jouait, à en faire exploser les tympans de ceux qui étaient les plus proches. Des couples en costume coloré, bleu, vert et blanc, faisaient une démonstration de danse, assez sensuelle, et la foule criait « ¡ Olé ! », chaque fois que l'homme renversait sa cavalière et qu'on découvrait la culotte de cette dernière.

« Mon Dieu..., murmura Anne, où sommes-nous tombées ? »

À la fin de la danse la foule scanda : « ¡ Reinas ! ¡ Reinas ! ¡ Reinas ! » Et la tension monta encore d'un cran. C'était une véritable fourmilière humaine maintenant qui trépignait devant l'église.

« *Iglesia cerrada*[1] », leur indiqua le chauffeur qui était descendu de voiture avec ses passagères pour fumer un gros cigare. *Ahora... ¡ las Reinas !* »

_____
1. « L'église est fermée. »

Elles finirent par comprendre que la reine de Colombie, reine de beauté, et ses vingt-sept demoiselles d'honneur quittaient aujourd'hui Bogota pour faire le tour du pays. Allant de ville en ville, de fêtes en fêtes, avant l'épreuve finale face aux concurrentes étrangères. L'élection aurait lieu dans une quinzaine de jours, à Cartagena de las Indias, sur la mer des Caraïbes, tout au nord du pays.

Bloquées par la foule sur le devant du parvis, Anne et Jasmine essayaient de faire bonne figure, sursautant malgré elles à chaque coup de pétard comme si on leur tirait dessus.

Enfin, les reines de beauté firent leur apparition. Juchées sur deux chars fleuris qui leur permettaient d'échapper aux débordements éventuels, elles envoyaient des sourires et des baisers à la foule en délire. Splendides. Vertigineusement, irréellement belles. Grandes et minces, parées de bijoux rutilants et quasi nues sous leurs tuniques de gaze, longs cheveux dénoués et brillants, elles étaient la revanche vivante de tout un peuple à leur entière dévotion. La reine de Colombie se distinguait par sa couronne d'émeraudes, et par sa beauté. S'il était possible d'être plus belle que belle.

Troublées par la presque nudité des filles, et par les cris des hommes qu'on aurait crus en plein rut, les religieuses étaient les seuls éléments immobiles du parvis. Partout, ça hurlait, criait, gesticulait. *Qu'elles sont belles !* s'extasiait intérieurement Jasmine. *Jamais vu ça de ma vie,* reconnaissait Anne, qui les aurait préférées toutefois un peu plus vêtues.

Cette dernière porta soudain la main à sa bouche. Elle avait failli vomir. Un spasme violent la secoua tout entière. Jasmine se tourna vers elle, et vit qu'elle était

110

couverte de sueur. « Qu'avez-vous ? » Mais déjà Anne glissait au sol, doucement, comme au ralenti. Elle luttait pour ne pas s'évanouir, là, au milieu de la foule hystérique. Mais elle avait trop chaud, mal au cœur, mal au ventre aussi. Agenouillée près d'elle, Jasmine chercha le chauffeur du regard. Parti, évanoui, évaporé dans l'air brûlant. L'affolement la saisit, tandis que les chars terminaient leur tour de la place et regagnaient les somptueux mobil-homes mis à la disposition des déesses.

« ¿ Está enferma tu amiga[1] ? »

Ô miracle, Vénus était descendue sur terre. C'était une des Miss, enveloppée dans un grand peignoir en éponge qui cachait aux Terriens sa beauté ravageuse. Ne restait plus qu'une gamine secourable, adorable, chaleureuse. « Venga conmigo[2] », dit la beauté.

Sur un signe, un jeune costaud souleva Sœur Anne comme une plume et l'emmena, inconsciente, vers la caravane.

Mon Dieu, mais qu'est-ce qui lui arrive ? se demandait Jasmine, égarée, en pénétrant à son tour dans le mobil-home derrière la jeune femme.

On allongea Anne sur une couchette, et toutes les Miss vinrent voir si elle allait bien.

« ¡ Fuera, fuera ! dit Vénus en tapant dans ses mains. ¡ Déjadla respirar[3] ! »

Elle dégrafa le haut du tailleur d'Anne sous les yeux inquiets de Jasmine. « ¿ Qué le pasa a tu amiga ? demanda-t-elle. ¿ Despecho ? ¿ Tristeza de amor ?[4] »

---

1. « Elle est malade, ton amie ? »
2. « Suis-moi. »
3. « Allez, filez ! Laissez-la respirer ! »
4. « Qu'est-ce qui lui arrive, à ton amie ? Le *despecho* ? Un chagrin d'amour ? »

Au mot *amor*, les Miss se turent. Certaines pouffèrent derrière leurs mains, d'autres se rapprochèrent pour voir la femme qui avait un chagrin d'amour. On sentait à quel point c'était important pour elles, le chagrin d'amour.

« Non, ça doit être la chaleur..., commença Jasmine.

— Française, tu es française ! s'exclama Vénus. J'ai appris mon français à l'école, tu sais. J'aime beaucoup, et aussi le vin français, la Joconde, et les galants hommes ! »

Toutes les Miss battaient des mains à présent. Démaquillées, on voyait qu'elles avaient dix-sept ou dix-huit ans au maximum. Ravissants bébés aux longs cheveux, aux longs cils, le cœur encore plein de rêves.

« Nous sommes des religieuses », dit Jasmine.

Regrettant presque aussitôt sa confidence devant le silence qu'elle provoqua.

« ... Bien, dit Vénus après un instant de surprise. Bien, si tu as choisi d'aimer Dieu. Il a de la chance... Oh, regarde, ton amie se réveille ! »

Le trouble d'Anne découvrant tous ces visages purs penchés sur elle ne fut rien à côté de sa confusion quand elle vit qu'on avait dégrafé sa tunique et qu'on devinait son soutien-gorge.

« Je voudrais rentrer à l'hôtel, dit-elle en refermant sa veste. Je serai mieux là bas... Merci de votre aide. »

On leur commanda un taxi. Que les Miss insistèrent pour payer d'avance.

« Tu sais, je fais des études d'ingénieur. D'autres sont secrétaires, vendeuses ou mannequins. On a toutes un peu de sous. Sûrement plus que toi. Alors laisse-nous te faire ce cadeau. Tu nous porteras chance.

— C'est gentil... Comment vous appelez-vous ?

— Clavel. Clavel Pilar Consuelo de Santander y Puto.

— Moi, c'est Jasmine. Sœur Jasmine. »

Elles s'embrassèrent, tapotèrent gentiment le dos de Sœur Anne, toujours frissonnante et livide, et le taxi prit la route de la Pension Marisol. En les voyant arriver Riquiqui aboya pour prévenir son maître.

« ¡ *Las frutas ! El primer día, hay que tener cuidado con las frutas*, répétait le vieux. *Siempre lo digo, ¡ jamás me escuchan*[1] ! »

— Je vais monter me reposer un peu, commença Anne. Vous me préviendrez quand le guide... »

Elle porta brusquement la main à ses lèvres et fila vers l'étage, laissant Jasmine dans le salon.

Curieux pays. Gens de toute sorte, surprises à chaque coin de rue... Quel drôle de monde Tu as bâti là, Seigneur.

La novice s'installa dans un des fauteuils de l'entrée. Puisqu'elle était seule, sans témoins, elle allait prier. Prier pour les ravissantes à l'âme tendre, pour les belles de Colombie. Elle sentit que quelque chose tirait sur sa jupe. Riquiqui, la gueule en biais, lui apportait une balle. Prier pour les chiens aux dents de traviole aussi.

L'après-midi passa sans nouvelles du guide. Vers 18 heures, Jasmine monta prendre des nouvelles de la malade. Anne se redressa sur son lit dès que la porte s'ouvrit.

« C'est le guide..., il est arrivé ? Je descends de suite.

---

1. « Ce sont les fruits ! Les premiers jours, il faut faire attention avec les fruits. Je le répète toujours, et jamais personne ne m'écoute ! »

— Reposez-vous encore un peu, Anne. Ignacio La Paz n'est pas là, et n'a pas donné signe de vie. De toute façon, il est bien trop tard pour prendre la route aujourd'hui. Reposez-vous. Nous verrons demain.

Le lendemain matin, toujours pas de nouvelles. Après un solide petit-déjeuner où Anne évita soigneusement les fruits et l'eau fraîche, elles décidèrent de se rendre par elles-mêmes chez le guide. Il habitait sur la colline de Monserrate, la montagne qui dominait Bogota, à près de 3 000 mètres d'altitude. Il y avait sans doute eu confusion sur le jour du rendez-vous, inutile d'attendre l'après-midi pour se mettre en route.

Riquiqui et son maître les accompagnèrent au bureau de change du coin de la rue, et leur firent escorte jusqu'au bus qui allait les mener au funiculaire.

Quand le car démarra, le petit chien jaune s'assit sur son derrière pointu et les regarda s'éloigner, la gueule en biais, l'air perplexe. *Adieu toutou... buena suerte Riquiqui.*

Pendant la montée poussive du vieux funiculaire suisse, elles furent à nouveau frappées par les différences de taille entre la ville coloniale, centre historique reconnaissable aux vieux toits de tuiles, et la ville moderne qui s'étendait à perte de vue. Fragilité et petitesse, contre immensité vertigineuse. Pot de terre contre pot de fer.

Elles descendirent près d'une rue pavée en pente raide, et se joignirent à la foule qui montait vers l'église, dans des odeurs délicieuses d'eucalyptus. Il faisait beau, pas encore trop chaud. Des ânes en sueur les doublaient en trottinant, le dos chargé de sacs de légumes. Elles dépassèrent des dizaines de pèlerins en prière qui faisaient le chemin à genoux jusqu'au sanctuaire de Monserrate.

Anne échangea un regard heureux, détendu, avec la novice.

« Vous vous sentez mieux ? demanda celle-ci.

— Jamais été aussi bien ! Je me sens neuve et pure comme l'enfant qui vient de naître, et je crois que je me fais bien à l'altitude. »

La ruelle San Isidro débordait de vie. Boutiques de souvenirs, restaurants chic et gargotes à trois sous, pèlerins aux yeux clos et aux lèvres murmurantes, badauds rieurs. On y trouvait de tout : des charmeurs de serpents qu'elles évitèrent soigneusement, des diseuses de bonne aventure aux lourds jupons colorés, des arracheurs de dents, des guérisseurs aux philtres mystérieux. Et tout ce chemin, de croix pour les uns, d'amusement et de commerce pour les autres, menait à l'église, sommet imparable de la montée.

« Ah..., nous voici enfin près du but, souffla Anne en lâchant son sac de voyage pour se décrisper la main. Que dit notre papier ? Voyons un peu... calle San Bernardino. Bon, elle est où cette calle-là ? »

La feuille à la main, elle tournait sur elle-même pour s'orienter, cherchant le nom des rues. Une femme entre deux âges s'approcha pour l'aider.

« *Calle San Bernardino... quiero ver al señor La Paz... Ignacio La Paz*[1], articula Anne qui était aux anges de si bien parler espagnol.

— La Paz ? Oh, Ignacio ! » La femme s'agita soudain en faisant de grands gestes et en hochant la tête. « *Venga, venga conmigo. Es por aquí*[2]. » Et elle leur

---

1. « Je voudrais voir M. La Paz, Ignacio La Paz. »
2. « La Paz ? Oh, Ignacio ! Venez, c'est par ici. »

désigna l'entrée d'une ruelle, juste derrière l'église : « *Numero cuarenta y dos... Aquí está Ignacio*[1].

— C'est rassurant, murmura Anne après avoir remercié la femme, voici enfin quelqu'un qui connaît notre guide. Je ne vous cache pas que je finissais par m'inquiéter un peu. Allons-y. »

Au bout de quelques mètres seulement, la ruelle surprenait par son calme. Des gens marchaient, silencieux, des enfants endimanchés semblaient attendre sagement la permission d'aller jouer. Même les chiens se taisaient. Ce calme était un véritable apaisement. Devant le numéro 42, il y avait un petit attroupement.

« *¿ El señor La Paz ?* demanda Anne de sa voix claire. *¿ Ignacio La Paz ?*

— *Aquí...* » Un jeune homme s'effaça pour les laisser passer. « *En este piso, por favor*[2]. »

Elles furent menées à une petite pièce remplie de monde. Les gens s'écartèrent, et elles se trouvèrent enfin face à Ignacio La Paz. Tout beau, tout propre, qui inspirait confiance dans son costume du dimanche.

Tout raide aussi dans son cercueil.

3 heures sonnèrent au clocher de l'église. Le monde était parti. Il ne restait qu'une vieille servante qui rangeait déjà tout, et les deux moniales, abîmées dans leur prière silencieuse.

Seigneur, reçois cet homme en Ta maison, donne-lui Ta lumière, et éclaire sa route de Ta bonté.

Dans la chaleur épaisse qui s'insinuait peu à peu dans la maison comme une maladie, Jasmine ajouta :

Seigneur, montre-nous la direction maintenant.

---

1. « Numéro 42... C'est là que vous le trouverez. »
2. « Par ici, je vous prie, c'est à cet étage. »

Fais-nous un signe, que nous puissions continuer à Te servir, Aide-nous à trouver le chemin.

Car le problème était entier. Où devaient-elles aller ? Dans quelle direction ? Les montagnes, bien sûr.

Mais ce pays, grand comme deux fois la France, semblait fait tout entier de montagnes. Vers quelles montagnes exactement ? Elles regrettaient soudain de ne pas avoir posé davantage de questions avant le départ. Il est vrai que les moniales n'en posaient jamais concernant la Colombie et le chocolat. Puisqu'il y avait un guide qui se chargeait de tout, depuis toujours. Et son père avant lui. Et voilà qu'il était mort. Sans descendance, ni personne pour prendre la relève.

Elles s'étaient trop reposées sur lui, sur sa présence, ses connaissances, sans jamais prévoir de solution de rechange.

Elles burent sans un mot le café que la vieille leur proposa. Immobiles près du cercueil, le front brillant de sueur, accablées de leur impuissance.

Dehors, un chien se mit à hurler dans l'indifférence générale.

Saloperie de chien ! Il l'avait pas volé.

Accroupi contre le mur de la calle San Bernardino, le colosse aux cheveux filasse terminait un beignet à la viande luisant de graisse, sous le regard implorant d'un chien maigre rongé de vermine. Quand il jeta au loin le tamale et la feuille de bananier qui l'entourait, le sac d'os à quatre pattes se jeta dessus, léchant frénétiquement le reste des sucs de viande, avant de mâchouiller la feuille cuite.

« Et maintenant, va crever de tes coliques ! Bâtard ! » L'homme cherchait des yeux une autre pierre à envoyer sur le chien quand son portable sonna soudain. Il bondit sur ses pieds avec une agilité surprenante pour sa masse énorme. « Oui ? »

En écoutant, son visage s'éclaira peu à peu. Il ne parlait pas, écoutait seulement, ponctuant de grognements les informations qu'il recevait.

« Bien... bien... Super. Mais les Sœurs, tu veux plus que je m'en occupe ? finit-il par demander. Ça serait facile, y a personne ici, ils font tous la sieste. »

Au bout du fil, on dut lui demander de surseoir à ses projets. « Comme tu veux. J'aurais préféré régler ça une fois pour toutes, mais je ferai comme tu dis. »

Après avoir raccroché, il s'assura que la porte derrière laquelle les Sœurs avaient disparu était toujours fermée, fit provision de pierres et de petits cailloux, et s'accroupit à nouveau contre le mur. Doucement, régulièrement, il frottait un silex sur son bras qui se mit à rougir.

À deux mètres de lui, peureux, affamé, le chien maigre ne le quittait pas des yeux. De part et d'autre, l'attente commençait.

16 heures. La porte du défunt s'ouvrit pour laisser passage aux moniales. Elles avaient à peine fait quelques pas dans la ruelle qu'elles entendirent des cris et un chien qui hurlait.

Juste devant elles, un homme cherchait à prendre appui contre le mur de la maison voisine, tout en lançant une pierre sur un chien qui s'enfuyait. L'homme tituba un instant, et s'effondra sous leurs yeux. Abandonnant leurs sacs de voyage, les deux femmes se précipitèrent pour lui porter assistance. Son bras droit était couvert de sang.

« C'est ce chien..., murmura-t-il. Sale bête ! Je donnais à manger à deux chatons, là... dans la maison voisine, et il nous a sauté dessus. J'ai bien cru qu'il allait les dévorer vivants !

— Vous avez de la chance, dit Anne en examinant son bras. Il n'a pas réussi à vous mordre, c'est juste une belle éraflure. J'ai de l'alcool sur moi. Je vais vous désinfecter, au cas où.

— Et en plus d'aimer les chats, vous parlez français, dit lentement Jasmine qui le dévisageait. Mais, je vous reconnais ! Vous avez fait le voyage avec nous, depuis Paris. C'est vous le retardataire ! Je me disais aussi...

— Ah ! c'est ça, dit le géant en se relevant. Bien sûr. J'avais l'impression de vous connaître moi aussi. Vous êtes les deux Sœurs...

— Non, dit Anne.

— Oui », dit Jasmine au même instant.

Petit moment de silence, le temps de tamponner la blessure et de reboucher le flacon d'alcool.

« Je dis ça, reprit-il, parce que ma tante était religieuse, et que sa tenue ressemblait un peu à la vôtre. Pardon si j'ai été indiscret. Merci en tout cas pour les soins. Je ne sens quasiment plus rien. » Il adressa un sourire éclatant à Anne. « Je suis ici en vacances pour deux semaines, alors si je puis vous aider en quoi que ce soit, n'hésitez pas. C'est une ville, un pays même, que je connais bien. Comme beaucoup, je fuis l'hiver européen pour devenir colombien tous les ans à cette époque. Alors..., profitez-en. »

Sa proposition ne les laissait pas indifférentes. Mais elle donna lieu à un conciliabule serré entre les deux femmes. La mort d'Ignacio La Paz les avait jetées dans une confusion totale. Sans se l'avouer, ce qui aurait achevé de les terrifier, elles étaient totalement perdues, dans ce pays inconnu, sans leur guide. Rien ne se passait comme prévu. Elles se sentaient comme deux poissons tombés du bocal.

Elles avaient bien songé à téléphoner à l'Abbaye, mais entre le décalage horaire et les heures de prières où les Sœurs débranchaient le téléphone pour ne pas être dérangées, elles risquaient d'attendre longtemps avant que quelqu'un ne leur réponde. Et puis, se retourner vers leur Supérieure, le lendemain même de leur arrivée, c'était faire aveu de faiblesse. Cela ne s'était jamais produit. L'idée d'être les premières à faillir les mortifiait.

On revenait à la question cruciale. Pouvaient-elles faire confiance à cet homme ?

Et, si ce n'était pas à lui, à qui d'autre sinon ? Elles ne connaissaient personne.

« Il a le physique d'une brute, mais il nourrit des chatons affamés », soulignait Jasmine. Il les avait défendus contre ce chien féroce. C'était en sa faveur. Et si c'était le signe que le ciel leur envoyait, justement ? Le signe réclamé par la novice. Elle penchait pour qu'on s'en remette à lui.

Prudemment, sans jamais rien révéler de leur mission exacte, Anne parla tourisme. Mine de rien, elle demanda comment on pouvait se rendre dans la région où se cultivaient les cacaoyers. Justement, il connaissait bien l'endroit. L'an passé, il y avait fait un saut. Un endroit reculé, des montagnes magnifiques.

« C'est ça, des montagnes sauvages, confirma Anne dont le moral venait soudain de grimper d'un cran. Nous voudrions nous mettre en route le plus vite possible. »

La fin d'après-midi passa comme un enchantement. Leur nouvel ami, Giani Girolami, avait-il décliné avec fierté, les conduisit lui-même à l'aéroport de Puente Aéreo qui desservait les vols nationaux. *Nous ne savions même pas qu'il y avait un second aéroport !* Il s'occupa lui-même de prendre les billets. *Son espagnol est tellement meilleur que le nôtre !* Et les mit dans l'avion qui devait les mener à destination. *Merci mon Dieu... Sans lui, où serions-nous allées !*

Ce ne fut qu'une heure plus tard que Jasmine commença à se poser des questions.

*

Quand il eut raccroché d'avec la Colombie, Jérémie Fernbach arracha une dernière peau à son index et demanda à voir Andrew MacLagghan.

Tout en attendant d'être reçu, il repensait à son passage à l'Abbaye.

Il était sûr qu'on l'avait drogué à Saint-Julien. Quelle qu'ait été la raison, car il n'imaginait pas une seconde qu'elles aient pu faire le rapprochement avec l'Alsace, elles l'avaient bien eu en le faisant dormir de la sorte. Mais tel est pris qui croyait prendre. Elles n'avaient pas pensé qu'aux heures où elles se réunissaient toutes à l'église il aurait la totalité du domaine pour lui tout seul. Il en avait profité.

Des cuisines aux caves, des chambres au réfectoire, il avait tout visité.

Glissant comme une ombre dans les granges, les couloirs, les allées. Il avait traversé une sorte d'infirmerie pour animaux. Un enclos de chèvres maussades.

Rapide, silencieux, déterminé. Les maigres possessions intimes des Sœurs, les culottes monacales et les soutiens-gorge sans fanfreluches, ne lui avaient pas même arraché un sourire. Juste un rictus ironique. Plus le temps passait, plus sa quête l'enfiévrait.

C'est alors qu'il pensa à la petite chapelle. Celle où il avait proposé, la veille, d'aider une sorte de colosse en robe à changer les plombs. Il fallait se presser. Bientôt elles reviendraient de leur prière.

La chapelle, plus glaciale encore que dans son souvenir, pouvait accueillir une cinquantaine de personnes. Des bancs, qu'on devinait sans peine inconfortables, avaient été poussés dans un coin, pour permettre d'aligner les seaux chargés de recevoir l'eau des orages. Ou, comme aujourd'hui, de la neige accumulée sur le toit. Car le toit fuyait, bien sûr. Comme dans nombre de lieux qu'il avait visités depuis le matin. Quelle décrépitude. Il était temps qu'on en finisse avec ce mouroir.

Il avançait à pas de loup dans la nef minuscule, aux aguets, quand il eut une illumination. Comme c'était simple. Le ciel lui-même était de son côté.

Il avança, courant presque, laissant la buée de sa respiration flotter légèrement derrière lui.

L'autel était débarrassé. Ni chandelier, ni crucifix, ni fleurs... En revanche, dans un rayon de soleil oblique, il y avait un vieux tabernacle en bois ouvragé, aux ferrures anciennes et à la façade vitrée. Et, derrière la porte vitrée, là, tout près, à portée de main, quelque chose qui ressemblait à un parchemin. Enfin. Il était là le signe qu'il cherchait. Jérémie tendit la main...

Des voix. Les Sœurs revenaient. Il fallait faire vite maintenant. Il tourna la poignée... et la porte du tabernacle s'ouvrit, laissant glisser dans sa main une sorte de vieux vélin, à la fois doux et cartonné par endroits. Malgré le peu de lumière dans la chapelle, on devinait des lignes, comme un dessin, certaines apparemment anciennes, à peine lisibles, d'autres plus nettes. Un plan ! Son cœur fit un bond dans sa poitrine. Il se saisit du parchemin ancien, conscient des précautions à prendre avec un tel trésor. Après, ce serait aux scientifiques de déchiffrer le tout. Lui, il avait réussi sa partie, trouvé la piste sur laquelle on l'avait lancé.

Bien. Le patron serait content. Les Sœurs étaient K.-O. debout.

Il faillit s'en grignoter à nouveau le doigt, mais les voix se rapprochaient.

Il se tapit dans l'ombre, invisible, bien décidé à défendre sa prise si, par malheur, une des Sœurs venait par là. Par malheur pour elle.

Il était resté là longtemps. Jusqu'au moment où elles avaient commencé à préparer le repas. Il s'était alors glissé hors les murs comme une couleuvre et avait regagné sa voiture. Après, ç'avait été un jeu d'enfant.

Et maintenant, il attendait les félicitations du patron. C'est pour ça qu'il avait décommandé le meurtre des deux religieuses. À quoi bon maintenant ? Grâce au plan, ils allaient enfin connaître la provenance exacte de leurs fèves, et prendre leur place sur le marché du cacao.

Il suffisait de s'en débarrasser pour un moment. On allait les envoyer au diable. Dans un endroit d'où elles n'étaient pas près de revenir. Il sourit.

L'enfer vert. Pour des religieuses, il n'y avait pas mieux.

« Ma Mère ! Ma Mère ! Mon Dieu... venez voir ! » Sœur Chantal déboula dans la salle de lecture. « Le tabernacle ! dans la chapelle... Venez vite, c'est affreux ! »

Suivie des Sœurs, la Mère Abbesse se rendit à la chapelle.

Quelqu'un avait façonné une sorte de bonhomme de neige qu'il avait déposé sur l'autel, devant le tabernacle ouvert. Et vide. Mais, au lieu d'une brave tête avec un nez en pointe de carotte, le bonhomme présentait un visage plat où des graviers tenaient place d'yeux, de nez et de bouche, et, plus bas, une branchette courbe évoquait un état d'excitation bien irrévérencieux dans une Abbaye.

On n'arrivait pas à savoir si c'était le vol ou ce dernier détail qui avait le plus choqué Sœur Chantal.

La Supérieure glissa la main dans le tabernacle, découragée. On leur avait volé un document ancien, sans valeur pour des étrangers, mais sentimentalement irremplaçable pour elles. Elle se redressa et demanda :

« Avez-vous vu notre visiteur ce matin ?

— On cherche notre hôte de la nuit ? demanda Sœur Pierrette qui arrivait en séchant ses mains sur son tablier. Je l'ai vu partir en voiture il y a moins d'une heure.

— C'est affreux, Sœur Pierrette. Je crois bien qu'il nous a volé le vieux parchemin. Celui de notre ancienne, Sœur Maria Magdalena de Quibda. Regardez, le tabernacle est vide, et il a laissé cette preuve atroce de son passage sur l'autel. »

Elle désigna le bonhomme de neige qui commençait à fondre un peu, et qui avait moins belle prestance à tous points de vue. Elle se retourna soudain vers Sœur Pierrette dont le rire tonitruant faisait trembler les vitres de la chapelle. La moniale essayait de parler, mais le fou rire la reprenait sans cesse, inondant ses joues de larmes de joie.

Malgré elles, certaines Sœurs ne purent s'empêcher de rire à leur tour. C'est si communicatif un fou rire, et Sœur Pierrette était si drôle. Quand celle-ci

124

put enfin se calmer, elle se moucha d'abord un grand coup, retardant de la main les questions des unes et des autres.

« Il n'a rien volé ! » Et devant les mines stupéfaites : « Il n'a pas volé le parchemin, parce qu'il est avec moi, à l'atelier. J'aurais peut-être dû vous le dire, ma Mère, mais vous avez eu tant de soucis dernièrement. Bref, le parchemin m'a semblé mal en point la semaine dernière, alors, avant-hier, je l'ai mis en réfection à l'atelier de reliure. Je voulais vous faire la surprise...

— Mais non, je l'ai bien vu hier en apportant les seaux, clama Sœur Chantal. Il était là, dans le tabernacle. Je le regarde toujours quand je viens ici, et je fais une petite prière pour notre ancienne.

— Ce que vous avez vu, c'est mon chiffon à poussière. Mon chiffon à tout faire ! Cire pour le bois, encre de Chine pour l'atelier, graisse au garage... Que sais-je encore. J'ai remplacé le parchemin avec mon vieux chiffon – qui va bien me manquer d'ailleurs – pour que personne ne s'inquiète. Ah ça, c'est une belle prise ! » termina-t-elle en éclatant de rire à nouveau, imitée par toutes les Sœurs, Abbesse comprise.

Elles rirent tant que la pauvre Sœur Clarisse s'étrangla gravement, et qu'il fallut rentrer d'urgence pour lui donner un calmant.

*

« J'ai trouvé ce que vous cherchiez, commença Jérémie quand il fut enfin reçu. Mais, je vous préviens, le document est très ancien, et le message est certainement codé. » Il étala alors sur la table une grande toile sale, avec les précautions d'une jeune mère pour son nouveau-né. « Tout est là », dit-il en balayant l'objet de la main, et en invitant les personnes présentes dans la pièce à le rejoindre au-dessus de la merveille.

Trois hommes s'approchèrent et se penchèrent sur la table, le visage grave.

Sous leurs yeux, la carte mystère. Avec des taches, dues sans doute à l'âge du document, et des gribouillis dans lesquels on pouvait imaginer... une montagne, un lac, ou encore une forêt.

« Maintenant, il ne nous reste plus qu'à le faire parler. » Jérémie se penchait sur sa trouvaille, la scrutant des yeux, cherchant le défaut de la cuirasse. « Et tu nous diras tout, fais-moi confiance », dit-il au torchon.

Vraiment, il y avait des jours où il adorait ce qu'il faisait.

Amazonie

À perte de vue.

À travers les nuages, partout, tout autour, jusqu'à l'horizon, tous les horizons, la forêt amazonienne. Dense, moutonnante, interminable.

Le fleuve ocre se tordait curieusement, comme un gigantesque serpent qui aurait des problèmes de digestion avec quelque monstrueuse proie avalée trop vite, trop vivante. Formidable impression de force, d'énergie. À la limite de l'indécence.

Inlassablement, sous le petit avion, des ramifications orange – les bras serpentesques du fleuve – se perdaient dans un dédale végétal sans début et sans fin. Même depuis cette hauteur, les boucles paresseuses du fleuve et les têtes crépues de la forêt étaient un vivant mensonge pour qui se laisserait tromper par leur air paisible. Un leurre pour les imprudents, les rêveurs, les naïfs.

Jasmine avait une boule dans la gorge tandis que le petit avion entamait les formalités d'atterrissage. *Mais où sont les montagnes ?* Elle n'osait pas se tourner vers Anne, assise du côté de l'allée, curieusement silencieuse, et qui devait elle aussi se poser des questions.

Déjà, la lecture de la brochure écornée trouvée dans la poche dorsale du siège devant elle l'avait alertée. On n'y parlait que de l'Amazonie colombienne.

« 400 000 km² de jungle, un quart de la superficie totale de la forêt amazonienne qui fournit plus de la moitié de l'oxygène de la planète, et s'étend sur sept pays d'Amérique du Sud : Brésil, Colombie, Venezuela, Pérou, Équateur, Guyane et Bolivie. Une immense zone plate et sauvage, baignée, détrempée, par le premier fleuve au monde pour son débit, juste derrière le Nil côté longueur. Un écosystème unique au monde... » Là, son esprit avait connu un premier moment de panique. *Mais où étaient les montagnes ?*

En somnambule, elle avait continué à lire le nom des territoires : Caquetá, Putumayo, Amazonas et Grand Vaupés. Elle les avait trouvés sur la carte à moitié déchirée de la région, en dernière page. Une flèche partait vers le haut, vers des zones non représentées sur le papier, et se coupait en deux ensuite.

Une moitié filait vers un Bogota virtuel, sur la droite. L'autre montait tout droit vers le nord, vers le bord de la page déchiquetée, où l'on devinait une indication non moins virtuelle : *Los Andes*. Les montagnes, donc. Mais pas là. Ni sur la carte déchirée, ni sur le bout de terre où elles allaient atterrir dans quelques instants.

Un coup d'œil sur sa droite. Anne était plus tendue que jamais, mais pas par la peur cette fois. Une fureur muette la raidissait tout entière, et un muscle palpitait à hauteur de sa mâchoire. « Eh bien..., nous allons enfin savoir où vous nous avez menées ! »

Glaciale.

Consternée, Jasmine décrocha sa ceinture et la suivit en silence dans l'allée.

Monstrueuse impression de suffocation en haut de la passerelle. Il devait faire plus de 30 °C. En trois pas, le temps de rejoindre la bicoque en planches et zinc qui tenait lieu d'aéroport, elles ruisselaient de sueur dans leurs tenues hivernales.

Bienvenida a Leticia. Leticia, un comptoir au milieu de nulle part, isolé du monde, à zéro degré du niveau de la mer. Un des lieux les plus chargés en humidité qui soit.

« Leticia, la belle clairière dans l'enfert vert » clamait un panneau métallique rouillé. Il parlait aussi de singes, de caïmans, de tarentules.

« Allons nous renseigner dans ce bureau. Visiblement, votre bel ami nous a expédiées au diable vauvert ! Nous en reparlerons plus tard. Pour le moment, j'ai l'intention de quitter cet endroit au plus vite. »

Nouvelle déconvenue. Il était impossible de rejoindre directement la région andine depuis Leticia, tenta de lui expliquer l'unique responsable aéroportuaire.

Il restait deux possibilités. Soit attendre l'avion qui passait tous les trois jours. Il allait d'abord au Pérou, pour en repartir le lendemain soir à destination de Bogota, mais seulement après avoir desservi deux ou trois comptoirs aussi reculés que celui-ci. Soit on attendait une semaine, le nouveau vol direct pour Bogota. Éventuellement, on pouvait aussi...

Le préposé n'eut pas l'occasion de finir sa phrase, la colère d'Anne éclatait enfin.

« Vous alors..., avec vos idées stupides ! éructat-elle en se tournant vers Jasmine. Je le savais que cet homme était douteux ! Je l'ai toujours su ! Seulement il aimait les chats. Ah, la belle affaire ! Quelle meilleure preuve de sincérité à vos yeux ! Mais quand cesserez-vous d'être aussi niaise, aussi bécasse... aussi futile ! dit-elle en cherchant son souffle et ses mots. Grâce à vous, notre mission est fichue, perdue, enterrée ! »

Elle aurait pu se méfier, elle aussi, au lieu de

m'accuser de tout, pensait la novice qui n'osait toutefois pas lui répondre.

« À cause de vous la communauté va disparaître », continuait Anne.

Elle était écarlate, luisante de sueur, fiévreuse, inconsciente des regards posés sur elle. Des gens s'étaient rapprochés. Des pauvres gens qui essayaient de comprendre les raisons de sa fureur. « Je hais cet endroit ! J'étouffe dans ce... trou à rats ! J'en ai marre, mais marre... » Elle était au bord des larmes.

« *Se puede también*... on peut aussi... » continua le préposé. Il interrompit le discours d'Anne qui devenait assez incohérent, et tâcha de leur expliquer l'autre, la dernière possibilité pour rejoindre les montagnes.

Le lendemain après-midi, un groupe de chercheurs et de botanistes allemands quittaient Leticia en pirogue. Un voyage qu'ils faisaient plusieurs fois dans l'année. Ils pourraient certainement les emmener. Leur expédition remontait l'Amazone un moment, et puis rejoignait le fleuve Putumayo. Par voie navigable, on gagnait ainsi un grand bivouac sur la rivière, d'où il leur serait possible de rejoindre ensuite les montagnes. En bus.

« Nous pourrions peut-être prendre le train ? » demanda Anne que le voyage en pirogue tentait mollement.

Les trains ! C'était ce qui manquait le plus en Colombie. Alors, ici..., à Leticia... Une femme s'approcha, portant un cageot de légumes, et parla à l'officiel.

« Eh bien, voilà, c'est réglé. Chincho va vous accompagner à l'hôtel où elle est cuisinière. C'est là que descendent les Allemands justement. C'est à quelques kilomètres. Elle me dit qu'il y a toujours de la place... Et ce n'est pas cher, ajouta-t-il après un regard aux tenues défraîchies des deux Françaises. Je vous confie à elle.

N'ayez pas peur. Ici, tout le monde se connaît, et on aime les visiteurs. Même ceux qui se sont perdus...

— *On* nous a perdues, précisa Anne, pincée. Eh bien, allons-y... Jasmine. Allez, réagissez un peu... Et souriez, puisque nous avons enfin trouvé une solution à vos bêtises. »

Dehors, moment d'embarras. Il n'y avait pas la moindre voiture. Juste la vieille Mobylette de Chincho, et le Solex à bout de souffle d'un jeune homme qui se dit prêt à les accompagner. Anne monta en amazone derrière la cuisinière, le sac de voyage bien calé sur les genoux, et Jasmine se mit à califourchon derrière le garçon, tirant sur sa jupe autant qu'elle pouvait. Elles traversèrent une première bourgade, genre bidonville, et empruntèrent une piste qui avait l'air exclusivement faite de trous et de nids-de-poule.

Il faisait beau et chaud en cette fin de journée, mais la route défoncée portait les stigmates des pluies violentes de la région.

À la sortie d'un second village, le jeune homme indiqua une cahute qui ne payait pas de mine. Le meilleur restaurant du coin, dit-il fièrement. « *¿ Rico, no ?* » Elle ne répondit pas, hochant simplement la tête : *Oui, ça avait l'air bien...*

Elle était surtout attentive à anticiper les trous de la chaussée et les secousses. Formidablement attentive à tout ce qui l'entourait.

Bien. Elle se sentait bien ici. Elle commençait à s'habituer à la chaleur, et quelque chose dans l'air, dans le sourire des gens croisés au bord de la route, la remettait d'aplomb après la scène qu'Anne venait de lui faire. Puisqu'il y avait une solution de rechange, tant pis si elles s'étaient perdues...

Pardon. Tant pis si cet homme avait essayé de les

égarer. Ç'aurait été dommage de ne pas voir ce coin d'Amazonie. Même les chiens au bord des fossés avaient un air aimable et tranquille, bien loin de l'aperçu qu'elles avaient eu de Bogota.

Au *Parador Ticuna,* on les appela tout de suite Anna et Chasmina.

Adorable petit hôtel. Très simple. Jolie terrasse couverte de monceaux de feuilles de bananiers, énormes caoutchoucs enroulés comme des pieuvres autour de chaque pilier, bougainvillées fleuris au bord d'une minuscule piscine... Le charme même. Dans l'opulence végétale, déjà. La chambre, c'était autre chose. Un *no man's land* de presque cinquante mètres carrés qui devait parfois servir de dortoir puisqu'on y comptait cinq lits.

« En tout cas, les dessus-de-lit sont propres », commenta Anne, ravie. Avant de se rendre compte que l'unique chaise avait perdu son dossier, la lampe, son ampoule, que le placard était défoncé – *il y avait des éléphants par ici ?* – et que le vieux frigo *« a disposición de la clientela »* dégageait une odeur étrange qui avait imprégné les murs. Du côté des fenêtres, tous les grillages étaient arrachés, soulevés sur un coin, comme si une main puissante – *un gros serpent ?* – s'y glissait régulièrement.

Une brise douce s'était levée tandis qu'elles se rafraîchissaient à l'unique lavabo de leur immense suite délabrée.

« Allons marcher un peu avant le dîner, proposa Anne, parfaitement calme à présent. Nos Allemands n'arrivent que demain à midi, profitons-en pour rencontrer les indigènes. Nous aurons l'air moins sottes si nous connaissons mieux les coutumes locales. »

Sans un regard pour le couple de touristes qui batifolait bruyamment dans la mini-piscine, Anne salua Chincho qui allumait un brasero sur la terrasse, et elles se retrouvèrent sur la piste jaune qui passait devant l'hôtel. Il faisait encore très chaud, mais elles ne transpiraient plus grâce à la brise. Personne ne les arrêta ni ne les dévisagea, malgré leurs tenues abominablement salies et fatiguées. Les gens avaient le type indien, et tous leur souriaient, paisibles. Elles croisèrent des gamins rieurs à motocyclette, et deux chiens errants, polis, qui les suivirent à distance.

Des nuages arrivèrent soudain au grand galop. De gros oiseaux noirs se mirent à tournoyer dans le ciel... Et ce fut la pluie. Un orage violent, qui fit voler la population vers les maisons, tandis que les creux de la route s'emplissaient d'eau tiède, et que les gargotiers fermaient boutique. Dans une bicoque, au bord du chemin, on leur servit deux verres d'une délicieuse boisson translucide à base de sucre de canne, gratuitement, parce qu'elles avaient dit bonjour. Jasmine était troublée. *Seigneur, Tu voulais que nous venions ici rencontrer Tes autres enfants, sois-en remercié, et bénis leur séjour sur cette terre.*

Quelques minutes plus tard, l'orage avait passé. Brusquement. La route séchait déjà et le ciel était presque noir quand elles rentrèrent à l'hôtel.

Sur la terrasse, le couple de nageurs roucoulait en sirotant un cocktail exotique. Chincho s'affairait aux fourneaux.

« *Sancocho y empanadas* », décida-t-elle en menant les deux femmes à une petite table, au bord du jardin.

Comme elles ne comprenaient pas, elles n'osèrent refuser. Assaisonné de safran, de cumin et de manioc, accompagné d'une avalanche de bananes vertes et d'oignons doux grillés, le plat de poisson était délicieux.

Les chaussons de légumes frits à la sauce piquante et le verre de vin qui accompagnait le tout leur mirent le rouge aux joues.

« Je me suis un peu emportée, tout à l'heure », commença Anne en tournant autour de son doigt son anneau de consécration. Un anneau en bois tout simple, gravé du seul mot « Amour ».

« J'ai remarqué.

— Dès demain, nous retombons sur nos pattes, heureusement. Mais vraiment... ne faites plus confiance comme cela au premier venu.

— Nous étions deux, il me semble. Je ne vous ai pas obligée...

— L'incident est clos, je vous dis. Comprenez-le, c'est mon rôle d'aînée de vous parler ainsi et de vous ouvrir les yeux quand vous êtes dans l'erreur. Mon rôle aussi de faire que notre mission s'accomplisse le mieux possible, tout en veillant à la constance et à l'épanouissement de votre vocation. »

La novice ne répondit pas, profitant de ce qu'une gamine débarrassait la table.

« Je vous laisse commencer à la salle de bains, dit-elle enfin avec un sourire. Je voudrais profiter de la paix de ce jardin pour méditer un peu justement. Je vous rejoins plus tard. » Et elle s'éloigna dans les bruits, froissements et gloussements de la nuit, laissant Anne regagner seule la chambre. Elle avait du mal à accepter les reproches constants de son aînée. Elle lui devait obéissance, bien sûr. C'était la règle. Tout comme elle devait apprendre à faire preuve d'humilité, d'oubli d'elle-même, de ses envies et de ses préférences. Mais comme c'était difficile parfois. Surtout quand cela lui paraissait injuste. Elle se mit à prier en silence, implorant l'aide du ciel pour devenir conforme à ce qu'on attendait d'elle à Saint-Julien, pour devenir la moniale qu'elle avait choisi d'être. Pour la réussite de leur mission, également.

Quand elle rejoignit la chambre, au bout d'une heure, Anne dormait déjà.

Elle avait accroché ses vêtements sur un cintre en fer, et les avait suspendus à l'extérieur sur la minuscule terrasse qui précédait la chambre, pour éviter l'odeur du vieux frigo, sans doute.

Jasmine fit de même, ajoutant leurs bonnets de laine au sommet des deux silhouettes. Elle adressa une courte prière au Seigneur, et se glissa dans les draps frais en soupirant d'aise.

Quelle journée... Et Giani, se pouvait-il qu'il les ait sciemment égarées ? Elle ne comprenait rien à cette histoire. Juste avant de s'endormir, elle pensa à ce qui les attendait le lendemain, et elle eut l'impression très nette que l'aventure ne faisait que commencer.

Les oiseaux les réveillèrent à 6 heures du matin. Vu le calme, tout l'hôtel devait dormir encore. Jasmine entendit Anne se livrer à ses ablutions matinales, et traverser la pièce vers la porte d'entrée.

« Mon Dieu... Oh, non... ! »

Elle sauta à bas du lit et la rejoignit à l'extérieur.

« Les vêtements ! On a pris les vêtements que j'avais mis là, hier... »

Pieds nus sur le carrelage, dans une ample chemise de nuit blanche qui lui couvrait les bras jusqu'aux coudes et les jambes jusque sous le mollet, Anne paniquait, faisant et refaisant le tour de la minuscule terrasse. « Je n'ai rien d'autre. Tout était là... »

Il fallut se rendre à l'évidence, les vêtements avaient disparu.

« Je vais me renseigner. » Jasmine chercha autour d'elle ce qui pourrait lui servir de jupe, et enroula un drap autour de sa taille, par-dessus le tee-shirt qu'elle avait mis pour la nuit.

Sur la terrasse, une *abuela* édentée et gâteuse, qui balayait mollement les feuilles de bananier en chantonnant, ne lui fut d'aucun secours. Elle se rendit à l'entrée de l'hôtel où le gardien de nuit buvait un café fumant avant de finir son service. Il ne fut pas non plus d'une grande utilité, comprenant à peine ce qu'elle essayait de lui dire. Il fallut attendre l'arrivée de Chincho et l'allumage des feux en cuisine pour que leur mésaventure soit prise au sérieux.

« *Dios mío*, vous avez laissé vos affaires dehors ? Mais c'est dangereux ! Ça attire les rôdeurs. Ils passent sous les grillages. Guillermo a beau faire le guet, il est vieux et un peu sourd, et souvent il dort. Et on vous a tout pris ? »

De retour à la chambre, on fit le compte des trésors. Il leur restait leurs bottillons de cuir, heureusement, et leurs sous-vêtements. Plus le chemisier bleu pâle à manches longues d'Anne, et le tee-shirt blanc de Jasmine. Elles devaient s'équiper au plus vite.

Sanglée dans un uniforme de serveuse prêté par Chincho, Jasmine partit derrière le veilleur de nuit en Solex jusqu'au marché le plus proche. Un vrai souk.

Elle laissa de côté les innombrables robes fleuries en Nylon que les vendeuses voulaient absolument lui fourguer, tout comme les prétendus vêtements indiens qui sentaient le polyamide à plein nez, et se dirigea vers les allées réservées aux hommes. Elle savait ce qu'il leur fallait.

De retour à l'hôtel, elle eut droit au regard incrédule d'Anne.

« C'est tout ce que j'ai pu trouver, trancha-t-elle en lui tendant un pantalon de brousse aux nombreuses poches et une veste saharienne à ceinture incorporée, à peu de chose près la copie conforme de sa propre tenue. Ce sont les seuls vêtements appropriés qui restaient. Sinon, c'était robe moulante, avec semis de petites fleurs au décolleté. Pour un voyage en pirogue, j'ai pensé que ceux-ci conviendraient mieux. »

Maussade, Anne contemplait le pantalon avec gravité.

On dirait qu'elle n'en a jamais vu.

« Je file sur la terrasse le temps que vous vous prépariez. Les Allemands sont arrivés. Je vais m'assurer qu'ils peuvent bien nous emmener. »

Restée seule, Anne continuait à fixer sa nouvelle tenue comme si elle déchiffrait des hiéroglyphes. *Il y avait si longtemps...* Elle poussa un soupir et commença à s'habiller.

« Alors, c'est entendu. Nous serons là à 16 heures. *Danke.* »

Jasmine serra la main de Konrad, l'ethnologue responsable de la mission, et échangea un signe de tête avec Gunther et Max, les deux botanistes.

Ils étudiaient les orchidées. Enfin, c'était ce qu'elle avait cru comprendre.

Elle ne parlait pas allemand, ils n'avaient que trois mots de français, et leur espagnol était pire que le sien. C'était donc dans un anglais basique qu'ils s'étaient mutuellement exprimés.

De son côté, elle avait dit : « Professeurs... *French teachers... Holidays... visiting country* [1]. »

---

1. « Professeurs de français... en vacances... on visite le pays. »

Cela avait paru suffire à Konrad. C'était le plus âgé des trois, soixante ans, l'air sévère, mais sympathique. Les deux autres avaient la trentaine. Max était maigre et pâle comme une chandelle, Gunther, massif et très rouge. *Sans doute un problème avec le soleil*, compatit-elle.

La température commençait tout juste à baisser quand ils se retrouvèrent au bateau. Chincho avait tenu à marcher avec elles jusqu'au bord du fleuve pour leur première vision de l'Amazone, en vrai, à portée de main. Immense, sale, déroutant. Des paysans s'affairaient autour de longues pirogues qu'ils abordaient par des marches taillées dans le sol. Le fleuve était si capricieux qu'il avait fallu prévoir des degrés sur les rives pour s'adapter à ses fluctuations.

Konrad paya les Indiens qui avaient aidé au chargement, et donna le signal du départ en distribuant les places : Max à la pointe, puis Anne, puis Gunther, puis Jasmine. Il serait lui-même à l'autre extrémité, près du moteur. Il n'avait pas plus tôt sauté dans la pirogue que celle-ci s'enfonça dangereusement, presque au ras de l'eau.

« On n'est pas trop lourds ? s'inquiéta Anne.

— Stabilité *good* », répondit-il.

En quelques minutes, ils quittèrent le rivage où Chincho, de plus en plus petite, continuait à leur faire des signes. La pirogue fendit l'eau sombre, au teuf-teuf régulier du moteur, et sembla glisser vers la rive d'en face. Personne ne parlait. Tous regardaient l'horizon liquide.

Si on m'avait dit..., songeait Anne. Elle était encore troublée d'avoir perdu ses vêtements, ceux qui la rattachaient à Saint-Julien, à ses habitudes, à son paysage intérieur et son univers extérieur. Ceux qui définissaient si bien son choix et sa vocation, qui en étaient la paraphrase exemplaire. C'était comme si son identité se dissolvait dans l'air chaud avec cette nouvelle tenue, comme si il allait être plus difficile d'être en accord avec elle-même dans cet accoutrement digne des pires films d'aventures. Elle regrettait aussi son grand béret de laine. Chaud, bien sûr, mais tellement pratique pour cacher ses cheveux. Avec le chapeau de brousse que Jasmine leur avait trouvé, elle se sentait un peu nue. On voyait ses cheveux courts, son crâne, sa nuque. Elle n'en avait plus l'habitude.

Derrière elle, Gunther craqua une allumette et enflamma une cigarette.

Et puis, me retrouver en pantalon. Après tant d'années... Elle se revit, regagnant à cheval la maison de ses ancêtres. Pauvres mais fiers.

Elle se remémora l'été de ses quinze ans. Son père était déjà fatigué à cette époque, mais elle ne s'en rendait pas compte. Ce qui importait avant tout, avant son père, avant sa mère et même avant sa sœur, c'était ce sentiment de liberté qu'elle avait quand elle dévalait la colline à cheval. Et puis, plus grande, il y avait eu les bals. Plein de bals joyeux, prétextes pour s'amuser et rencontrer du monde. Pour l'arrivée du printemps, pour celle de l'été, pour la fin de l'été. Elle avait cru toucher au bonheur... quand, soudain, son père était mort. Sa mère avait découvert des dettes effroyables, et sa sœur... oh, sa sœur... Depuis toujours Daphné était... spéciale. Aujourd'hui encore Anne avait du mal à évoquer ce dont souffrait sa cadette. On dirait quoi aujourd'hui, qu'elle était neurasthénique ? Dépressive tendance grave ? Ou simplement méchante...

Quand leur quotidien avait volé en éclats, quand son propre avenir avait explosé... *Heureusement, sois mille fois béni, Seigneur...* Elle avait eu la révélation de sa vocation. Soudain tout était rentré dans l'ordre. Plus de souffrances, plus de regrets. Dieu était venu et avait pris toute la place. Le bonheur, enfin.

De contentement, elle laissa flotter sa main dans l'eau...

« Mais qu'est-ce... » Gunther, derrière elle, venait de lui saisir le poignet. *Mais qu'est-ce qu'il veut, celui-là ?*

« Piranhas ! »

À ces mots, tout le monde parut se réveiller dans la pirogue.

« Vraiment... il y a des piranhas par ici ? s'exclama Jasmine.

— *Everywhere*, dit Gunther en montrant le paysage aquatique tout autour.

— C'est sûrement une plaisanterie pour nous effrayer, rétorqua Anne d'un ton supérieur. Faites comme s'il n'avait rien dit. »

Mais Gunther voulait absolument leur prouver qu'il avait raison. Il sortit un appât de son barda et le jeta à l'eau. Aussitôt l'eau sembla grouiller, bouillir par en dessous.

« On ne voit rien du tout, déclara Anne en chaussant ses lunettes pour scruter l'eau. Ça peut être n'importe quoi. Je crois que nous avons affaire à un fanfaron, murmura-t-elle à l'intention de Jasmine, penchée elle aussi sur l'eau noire.

— *Look !* »

Avec une épuisette, Gunther arracha un paquet d'eau à la rivière qu'il jeta au fond de la barque. L'eau s'évapora rapidement sur le bois chaud, laissant place à deux piranhas qui tressautaient comme des ressorts. D'un rouge orangé, les deux bestioles montraient une double rangée de dents impressionnantes.

« Quelle horreur ! » Anne s'était levée d'un bond.

« Assis ! ordonna Konrad. *Take care*... Faire attention. Avec eux autour, si on coule, on mort. »

Elle se rassit aussitôt, troublée, jetant un regard inquiet sur l'eau qui frôlait toujours les bords de l'embarcation. De son côté, Gunther avait rassemblé les deux monstres dans son chapeau et pris un nouvel appât dans son sac.

« *Look* », dit-il à Jasmine penchée vers lui.

Malgré le manque d'eau, les piranhas se jetèrent sur la chair avariée, activant leurs dents comme d'implacables scies minuscules. Ils faisaient un bruit de castagnettes tandis que le gros ver disparaissait comme par enchantement.

« Si nous dans *water*, on pareil... *Rápido*... », s'extasia Gunther en rendant les cannibales à la rivière.

Ils ont vraiment une sale tronche. Jasmine était ravie de les voir disparaître dans le fleuve immense. Elle se réinstalla prudemment. Face au danger, elle adoptait l'économie de mots et de gestes. Pas comme Anne, hélas.

Tourmentée par un frelon, celle-ci multipliait les gestes, tentant d'écarter l'hyménoptère qui tournait autour de sa tête, buté. C'était là qu'il voulait aller. Soudain, de la main, elle projeta ses lunettes dans l'eau. « Oh, non... »

Konrad râla un peu et arrêta le moteur, Gunther et Max passèrent leurs épuisettes dans l'eau. Trop tard, les lunettes s'étaient enfoncées dans l'obscurité liquide, et personne n'avait envie de plonger pour tenter de les retrouver.

« Maintenant, sages », gronda le vieil ethnologue.

Teuf-teuf. La pirogue reprit sa route. Le soleil déclinait. Ils se taisaient.

Au début, ils avaient navigué comme en pleine mer,
tellement c'était vaste, devinant à peine la rive en face.
Rive qui s'avéra être un détour de leur propre côté de
navigation, leur expliqua Konrad tant bien que mal.
Pour le moment, Max semblait être sur le qui-vive.
Penché à l'avant de la pirogue, tendu, il scrutait le
rivage dont ils s'approchaient.

Un bout de terre entre le ciel et l'eau. Un magma
vert entre le bleu du ciel et le brun de l'eau. Plus on
approchait, plus les tonalités de vert éclataient. Allant
du jaune acide au bleu soutenu, la forêt amazonienne se
révélait à leurs yeux. La pirogue longea les rives inhos-
pitalières, longtemps.

Heureusement qu'on ne va pas là-dedans... Anne
s'était finalement remise de la perte de ses lunettes.
Ce n'était pas ici qu'elle allait lire le journal. Tout ce
qu'elle voulait maintenant, c'était arriver enfin au premier bivouac où ils allaient passer la nuit. La chaleur
avait monté d'un cran et ce voyage l'épuisait.

Elle faillit crier quand, sur un mot de Max, la pirogue
bifurqua vers la jungle.

Le bras du fleuve dans lequel ils s'engageaient à présent faisait moins de trois mètres de large. Un entonnoir
par rapport à l'immensité qu'ils quittaient.

Teuf-teuf-teuf... Le moteur peinait dans la salade.

Le bateau s'enfonçait dans un couloir de plantes
d'eau et de nénuphars énormes. Des arbres effondrés
se mêlaient aux algues omniprésentes. Les murs végé-
taux, tout autour d'eux, semblaient vivants, mouvants.
Parfois, un oiseau jaune et bleu quittait le sommet

d'arbres immenses et se jetait plus loin dans la forêt inextricable en poussant un petit cri.

À deux reprises, ils durent dégager leur route bloquée par les palétuviers. On stoppait alors le moteur. À part quelques oiseaux, le silence était total. *Une cathédrale dans la jungle.* Les deux femmes se taisaient, impressionnées.

« *Schnell, schnell* », marmonna soudain Konrad qui scrutait le ciel, l'air inquiet. La luminosité baissait sérieusement.

« Qu'est-ce qu'il y a... *what* ? demanda Jasmine.

Un fabuleux coup de tonnerre lui répondit. Le vent se leva et la pluie fondit aussitôt sur eux, incroyablement violente et pénétrante. En quelques minutes, ils furent plus trempés que des noyés. C'est à ce moment que la pirogue vint buter contre la terre.

Il n'y avait plus de bras de rivière, plus de canal. Plus d'avancée possible. Rien que la pluie qui s'abattait sur eux sans discontinuer. Et la jungle tout autour.

« Nous sommes égarés ! » Anne s'était à nouveau dressée dans la pirogue, sans que personne ne songe à la faire rasseoir.

« Mais où sommes-nous ? » Jasmine s'était relevée à son tour.

Immobile sous la pluie crépitante, Konrad fixait la berge. Il tira une sorte de crécelle de sa veste et la fit retentir. Une fois, deux fois.

Agitant le moulinet bruyant, il continuait à guetter.

« Mais dites-lui qu'on n'est pas au foot ! cria Anne. On est dans la jungle ! Perdus ! S'il attend un agent de police pour le remettre dans le bon... »

Elle s'interrompit. De la forêt noyée d'eau et de brume, il lui avait semblé entendre quelque chose... un craquement, une autre crécelle ? Et soudain elle les vit.

Trois points rouges, immobiles, à quelques mètres à peine de la pirogue.

Mon Dieu, des Indiens... Il ne manquait plus que ça. Derrière le rideau des hautes herbes, graves, silencieux, les Indiens les regardaient. C'était le haut de leur pagne rouge vif qui avait permis de les voir. Sinon, ils se fondaient totalement, peau brune, cheveux noirs, dans le marigot. Konrad agita une nouvelle fois son moulinet. Un Indien fit de même de son côté... avant d'éclater de rire et de courir vers le bateau. Dix gamins se jetèrent sur les Allemands qui distribuèrent des stylos à bille. Konrad leur parla dans un dialecte que les moniales entendaient pour la première fois, et désigna les deux voyageuses. À nouveau, des rires fusèrent. Ensuite, tout le monde quitta la pirogue. Deux costauds se chargèrent des paquets, les autres retournèrent l'embarcation et firent signe aux femmes de venir s'abriter dessous. Cahin-caha, glissant dans la gadoue orange, la troupe se mit en marche.

Les porteurs devant, avec Konrad et Max, les femmes sous le bateau porté par les plus jeunes, Gunther en dernière position.

Les yeux au sol, Jasmine remarqua des colonnes de fourmis dans la boue, portant chacune un brin de feuille morte sur leur dos. *Elles se protègent, comme nous. Quel exemple, Seigneur !* Ses bottes pesaient une tonne, et elle se sentait boueuse et crottée de la tête aux pieds. Devant elle, dans la vapeur d'eau, elle distinguait la saharienne d'Anne, trempée. Et son pantalon, trempé également, sous lequel on devinait sa fine silhouette. Elle n'était pas la seule à l'avoir remarqué.

À un trébuchement nouveau, Gunther se précipita et rattrapa Anne en la tenant par la taille.

144

« Ça va, ça va..., merci, dit-elle, mais je tiens encore sur mes pieds.

— *You are welcome*, répondit-il avec un éclatant sourire. *Franzose... schön*[1] ! »

Enfin, alors qu'elles titubaient de fatigue, on arriva à un village. Toutes les familles, à l'abri dans les huttes ou sur le seuil de leurs pauvres cahutes, les regardèrent passer en riant. Une vache maigre, toute blanche, plantée au milieu du sentier, ralentit encore un peu leur marche vers la maison du chef.

« *We sleep there*, expliqua Konrad. Chef Ticuna *my friend*. Sa femme, ma... filleule. » Il avait l'air ravi de se souvenir du mot.

Ladite filleule arriva, nue jusqu'à la taille, enceinte jusqu'à ses grands yeux sombres, seize ans maximum.

Décidément, on aura tout eu, songeait Anne qu'on présenta au chef. Rieur, édenté, approximativement entre trente-cinq et soixante ans, il lui secoua la main trois fois, et embrassa chaleureusement Jasmine, visiblement plus dans sa tranche d'âge. Impassible, la novice s'inclina cérémonieusement.

Après des palabres interminables, on leur apporta du poisson roulé dans une feuille de bananier et un saladier de riz brun. Elles mangèrent sans même s'en rendre compte, tant elles étaient fatiguées. On les dirigea ensuite vers la cabane qui allait leur servir d'abri pour la nuit. Il pleuvait toujours. Elles n'y faisaient même plus attention, et s'effondrèrent sur les nattes sèches qu'on leur désigna. Déjà, elles dormaient.

Des chuchotements. Des murmures, et des petits rires. Quelque chose de doux lui effleurait le front...

---

1. « Je vous en prie. Les Françaises... jolies ! »

Jasmine ouvrit les yeux. Trois visages d'enfants étaient penchés sur elle. Trois petits Indiens...

Elle bondit. Non, ça c'était un singe ! Sa surprise mit le groupe en joie. Deux petits garçons entièrement nus étaient accroupis près de sa natte. Entre eux, un ouistiti qui les tenait par le cou.

Dans un coin de la cabane, Anne dormait encore, le dos tourné à la porte.

« Comment tu t'appelles ? » demanda Jasmine en tendant la main au petit singe. Ça fit rire les gamins qui lui offrirent une banane. « Oh, mais c'est bon ça..., dit-elle en épluchant le fruit. Tu en veux, petit ouistiti ? »

Sous les yeux ravis des enfants, elle partagea le fruit en deux et lui en donna une moitié. Les couinements de joie de l'animal, qu'elle gratouillait entre ses délicates oreilles, firent arriver un autre singe, un macaque. Plus gros, moins gracieux, il se pendait lourdement à la porte de la cabane. Curieux, mais apeuré. En se dandinant, il s'approcha de la natte où dormait Anne et la contempla un moment. Comme elle ne bougeait pas, il lui donna de petites tapes dans le dos.

« Humm... Oui, oui... Ça va, je me lève », murmura-t-elle. De nouveau une tape, plus forte. « Ça va..., j'arrive », dit-elle en se retournant.

Le hurlement qu'elle poussa les fit tous sursauter. Le ouistiti piaillait à n'en plus finir en s'accrochant aux gamins. Affolé par les cris, le macaque montrait les dents à Anne, ce qui la faisait hurler davantage.

« Attendez..., il n'est pas méchant. » Jasmine avait bondi pour se mettre entre eux. « Vous vous êtes mutuellement fait peur. Regardez..., il va revenir vous voir.

— Il n'en est pas question. Il va me mordre. Ôtez-moi cette bête de là ! »

Les gamins avaient filé avec leur joujou hurleur, et la novice se retrouvait seule face au macaque perturbé. À force de douces paroles, et grâce au reste de banane qu'elle lui tendait, le singe se laissa peu à peu approcher. Il finit par lui prendre la main, timidement, et la regarda. Un vrai regard. Innocent. Un regard qui la bouleversa par sa douceur. Qui exprimait inquiétude, curiosité, simplicité. Sa main ridée était douce et chaude dans la sienne. Enfin apaisé, le macaque se pencha par-dessus son épaule pour voir si l'autre femme criait toujours, et la regarda à nouveau, comme si elle était sa maman et qu'elle allait lui expliquer. *Mon Dieu, comme il me regarde !*

Le singe découvrit alors sa tresse. Ça l'intrigua, il tira un peu dessus, contempla l'extrémité, la porta à sa bouche, tira plus fort.

« Ho ! là, doucement. Tu vas me faire mal. »

Jasmine récupéra sa natte en riant. Sœur Anne la regardait, les yeux ronds.

« Eh bien, vous... Vous n'avez pas peur ?

— C'est peut-être de l'inconscience, mais je me suis dit qu'avec les enfants...

— Mais il aurait pu vous mordre !

— Il fallait bien vous défendre... »

Comme on ne s'occupait plus de lui, le macaque tourna le visage de Jasmine vers lui, poussant de petits cris en découvrant les dents.

« Tu veux me montrer quelque chose ? On y va, dit-elle en se levant et en le prenant par la main. Et puis j'ai faim. Vous nous rejoignez ? » demanda-t-elle à Anne par-dessus son épaule.

Restée seule, Anne fixait le cadre de la porte par où la novice venait de disparaître. *Vous êtes vraiment une curieuse fille, Jasmine...*

« Départ... *after lunch*[1] », avait annoncé Konrad. Et il était retourné chez le chef avec un carnet et un petit magnéto. On les entendait rire à intervalles réguliers. Gunther et Max étaient absents, partis depuis l'aube à la chasse aux orchidées.

Elles nettoyèrent tant bien que mal les taches de boue séchée sur leurs vêtements, puis se joignirent à un groupe de femmes qui les invitaient à les suivre en leur faisant de grands gestes. Toutes les Indiennes portaient le même pagne coquelicot. Les plus jeunes avaient de vieilles tennis sans lacets, les plus vieilles allaient nu-pied.

Après avoir suivi le sentier de la veille qui descendait vers le fleuve, elles arrivèrent à une clairière en bordure de jungle et pénétrèrent dans la forêt.

« Vous croyez que c'est bien prudent ?

— Regardez comme elles sont détendues, dit Jasmine, nous ne courons certainement aucun risque. »

La forêt dense et sombre, pleine de bruits sourds, la fascinait. Chaleur étouffante, arbres écroulés, guirlandes de lianes dont on ne savait si elles dégringolaient des sommets ou sortaient de la vase pour se lancer à l'assaut des troncs, tout était démesuré. L'odeur entêtante d'humus en décomposition était omniprésente. Elles contournèrent d'énormes termitières, accrochées à deux mètres du sol sur les troncs les moins larges. À ras de terre, des araignées grasses comme des oies arpentaient des buissons de minuscules fleurs bleu pâle, alors que tout en haut, inaccessibles, des orchidées sauvages aux formes troublantes semblaient les surveiller. Dans une nouvelle clairière, les femmes se dispersèrent en criant, courant vers des arbres pourris

_____

1. « On partira après le déjeuner. »

qui semblaient les mettre en joie. Elles en sortirent des grappes de gros vers translucides qu'elles jetèrent dans les sacs qu'elles portaient en bandoulière.

« Ce sont leurs appâts de pêche », expliqua Anne, faisant la savante.

Beurk et beurk ! Jasmine s'éloigna pour ne pas avoir à en ramasser.

Quand la cueillette miraculeuse fut finie, elles prirent le chemin du retour.

« C'est bien joli ce petit cours de sciences naturelles et cette vie de Robinson, grommela Anne, mais j'ai hâte qu'on reparte maintenant. Nous devons être au bivouac ce soir, prendre le bus demain, et je vous avoue qu'il me tarde. On est quand même venues ici pour le chocolat...

— Chut ! la coupa Jasmine.

— Pardon ?

— Chuuut ! Vous m'avez bien recommandé la plus extrême discrétion sur les raisons de notre voyage.

— Mais enfin... ici, dit Anne montrant la jungle épaisse autour d'elles.

— Justement. Même ici. Nous devons nous taire. Tout le temps. On ne sait pas qui écoute. C'est vous qui l'avez dit. » Et elle s'éloigna d'un air important.

Elle se fout de moi ! Anne était décontenancée. C'était bien la première fois. *Grand bien lui fasse, je ne suis pas troublée par son ironie. Je sais bien, moi, quand et à qui nous pouvons parler. Qu'elle fasse la bécasse si ça lui chante. Ça n'est pas elle qui fera la loi !* Perturbée soudain par l'animosité qu'elle développait contre la novice, elle termina le chemin en murmurant des Notre-Père. Décidément, toute cette sauvagerie leur montait à la tête. Vivement le retour à la vie civilisée. Et le bus.

Elle n'avait plus que ça en tête. Un autobus. Sans singes ni piranhas, sans femmes nues ni araignées. Un truc normal, quoi. Il leur fallait achever la croisière en pirogue, mais bientôt... demain. À cette idée, elle se mit à sourire, et rentra au village comme illuminée.

Les gros vers ne servaient pas d'appât. C'était le déjeuner. Un trésor, une aubaine. Une gâterie rare, réservée aux visiteurs de marque.

Les deux moniales avaient beau se dire qu'ainsi grillés on aurait dit des écrevisses, elles gardaient le souvenir des grappes d'asticots géants de la forêt, et furent incapables d'en manger. Elles chipotèrent même le riz.

Est-ce que j'en avalerais, si ma vie en dépendait ? se demandait Jasmine. Oui, mais voilà, sa vie n'en dépendait pas. Pas aujourd'hui, pas maintenant, et ça changeait tout. *Plutôt mourir de faim*. Anne se sentait l'âme d'une végétarienne. Les Allemands, en revanche, firent honneur aux agapes et se resservirent, à la grande joie du chef, qui secouait la tête en regardant les Européennes, consterné.

Enfin, on se prépara pour le départ. Elles allaient reprendre leurs places dans la pirogue quand elles comprirent qu'il y avait un léger changement : Konrad ne venait pas. Elles le découvrirent quand il poussa la pirogue du pied et confia le moteur à Gunther.

« Max et Gunther, très bien aussi... Bon voyage, *good*... ! »

Il leur fit un grand geste de la main, imité par tous les Indiens, hilares.

Tout s'était passé si vite qu'elles n'avaient pas eu le temps de réagir. Déjà le village s'éloignait et la pirogue filait dans les palétuviers.

Nous ne sommes plus que quatre. La seule chose

qu'Anne appréciait était la ligne de flottaison, nettement au-dessus de l'eau à présent. C'était réconfortant. Elle fut tirée de ses pensées par les exclamations des deux Allemands.

« Bah... Bah... », ils grimaçaient et crachaient dans l'eau. Elles comprirent que c'était à cause du déjeuner, des vers qu'ils avaient ingurgités. Ils s'étaient donc forcés ! Elles se mirent à rire avec eux. On ne se comprenait pas bien, mais dans le monde entier certaines grimaces sont éloquentes.

Gunther sortit une bouteille de son sac et en but une grande rasade avant de la faire passer à Max, à l'avant. La bouteille revint à Gunther quand Max se fut rincé la bouche à son tour. Les moniales riaient de bon cœur en assurant le passage de l'alcool. Elles en auraient des choses à raconter quand elles rentreraient à l'Abbaye...

Elles rirent moins quand il fut évident que Gunther gardait la bouteille près de lui. Pas pour se rincer la bouche.

Anne se retourna un instant pour le regarder. Juste assez pour qu'il lui propose le flacon d'alcool. Il le lui tendait, insistant, avec un grand sourire. *Ça ne doit pas être le soleil qui l'a rendu si rouge.* Elle refusa en secouant la tête, et s'obligea à fixer son attention sur la route liquide devant elle. C'était monotone, assommant.

Près d'une heure passa. La chaleur poissait, leur collant les vêtements au corps. Gunther ne cessait pas de boire. Elle s'en rendait compte au petit bruit liquide qu'elle entendait régulièrement dans son dos. *Cette bouteille est donc sans fond...* Il se mit bientôt à chanter, aussitôt accompagné par Max. D'abord des chansons toniques, genre chansons à boire justement, qui les faisaient rire. Puis, des airs plus doux, mélancoliques, sentimentaux. Elles se taisaient. Le dos raide et droit, le regard fixé sur l'horizon.

Et leur silence créait malgré elles une césure, une frontière glacée dans le bateau. Entre leur franche gaieté et leur franche réprobation.

Gunther jeta la bouteille vide dans le fleuve, frôlant exprès au passage la tête d'Anne. Provocateur. Elle frémit à peine. Il rota profondément, et se racla la gorge :

« Madame fâchée ? Madame faire la grosse gueule ? »

Comme elle ne réagissait pas, il se pencha en avant et lui tapa sur l'épaule.

« Non, non... ça va. Je dors. *I sleep* », répondit-elle en se retournant.

Elle était au supplice, mais tenta un pauvre sourire.

Gunther était écarlate, les yeux injectés de sang, et dégageait une haleine épouvantable.

« Madame *sleep* ! avec Gunther ? *Jawohl... jawohl* !
— Mais non, voyons. »

Elle allait se détourner quand il lui saisit la main :

« *Love ring !* Amour... *good*, *good*, dit-il en indiquant l'inscription sur son anneau de bois. Écrit dessus ! *Grosse program...* »

Il lui rendit sa main et lança à Max une longue phrase en allemand qui les fit rire grassement. C'est alors que Jasmine se mit à crier :

« Un crocodile... Là !... j'ai vu un crocodile ! »

Elle tendait le doigt vers un point sur la plaine liquide qui s'étendait à perte de vue. Affolée. L'effet fut immédiat. Aussitôt dégrisé, Gunther scruta le fleuve tout autour d'eux, tandis que Max sortait un court fusil de son sac. *Et en plus ils sont armés !* Anne était consternée.

152

« Là... je l'ai vu par là... », la novice montrait une zone où l'eau était agitée. On ne distinguait rien, mais l'endroit était recouvert de longues algues. Parfait pour un repaire de sauriens.

« Pas bouge... », dit lentement Gunther.

Sans quitter des yeux la plaque d'eau mouvante, il augmenta progressivement la vitesse du moteur. Max veillait, le fusil sur les genoux. Ils ne parlaient plus. Tendus. Conscients de la précarité de l'embarcation. Le voyage continua dans le silence.

Le soleil tapait dur et Anne sentait une migraine venir. Elle transpirait, avait du mal à avaler et se sentait un peu fiévreuse. Jasmine serrait dans sa main le collier de plumes multicolores et de dents de requin que les gamins lui avaient donné au moment du départ. Elle y avait accroché la dent de tigre de Sœur Bérénice. *Racine contre le mal*. Elle entendait encore les mots de l'Africaine. *En tout cas, ça avait marché*.

Le jour s'assombrissait quand ils arrivèrent enfin à un débarcadère qui abondait en pirogues de toutes tailles et de toutes couleurs. Des enfants couraient le long des berges, criant, riant, les saluant de la main. *Je me demande ce qu'ils feraient de plus si on était Christophe Colomb, les soutes pleines de trésors*.

Puis les débarcadères disparurent, les enfants aussi. Seul un roquet les suivit un peu, jappant furieusement dans la nuit qui tombait à toute vitesse. *Mais on va où..., là, maintenant ?*

Anne recommençait à s'inquiéter, et montrait des signes d'impatience.

« Bivouac..., annonça enfin Gunther. Bateau *finish*... Terminus. »

Dans une dernière boucle de la rivière elles découvrirent un vaste espace arasé entouré d'arbres gigantesques. Des tentes étaient dressées un peu partout, et on devinait des silhouettes qui circulaient dans la lueur des feux de camp. *Dieu merci ! Nous y sommes.* Gunther fit virer le bateau afin d'amener le moteur du côté de la rive.

« Ah..., voyage fini, dit-il quand la pirogue vint cogner le sol. J'espère mesdames contentes. » Il avait retrouvé son calme et, deux doigts au front, saluait ses passagères comme un commandant de vaisseau, faussement classe. « Maintenant... déclarer la présence avant la tente. »

Ah bon ! il y avait des formalités dans ce bout du monde ! Docilement, elles les suivirent le long du sentier, vers les tentes et les autorités.

En fait d'autorités, elles virent deux Indiens bouffis, vêtus à l'occidentale, avachis dans leur guitoune en zinc qui sentait l'alcool. Gunther signa un papier et montra qu'ils étaient quatre en présentant quatre doigts de sa main. Haussement d'épaules en face. On lui indiqua où s'installer pour la nuit, et les Indiens retournèrent à leur bouteille de mezcal.

De nouveau, le sentier. *Aide-nous, aide-nous, Seigneur.* Anne était sur le qui-vive. *Pas question de partager ma tente avec cet alcoolique.* Elle entendait des bribes de phrases dans toutes les langues possibles. Des rires, des bruits de vaisselle. Un peu partout ça sentait la viande grillée... Elle remarqua aussi qu'elles étaient les seules femmes. À chaque tente dépassée, elles avaient droit à des commentaires : « *Buena sera, amor... Habibti... Yallà*, la gazelle[1] ! »

---

1. « Bonsoir, chérie... Salut, poulette... Par ici, les gazelles ! »

Un Américain leur barra le passage en criant : « *My God... Indiana Jones'sisters are there*[1]! »

Gunther plaisanta avec lui à leur sujet, parla de revenir boire un coup plus tard, avant de désigner un coin sombre : « *We sleep there*[2]! » Jetant son sac au sol, il se mit aussitôt à monter la tente avec Max.

Les deux femmes ne bougeaient pas, debout dans la pénombre, leurs sacs à bout de bras.

« Maintenant, laissez-moi faire... », murmura Anne. Elle ouvrit les bras vers Gunther, et lui fit un grand sourire : « *Danke, danke...*, Gunther. *Thank you very much. Danke* aussi, Max. »

Ils la regardaient sans comprendre.

« Merci beaucoup, beaucoup ! Maintenant nous allons rejoindre des amis. Ne vous dérangez pas pour nous, nous connaissons le chemin, ajouta-t-elle en donnant une bourrade à Jasmine. Allez, *goodbye*... Au revoir !

— *Goodbye* ? » hurla Gunther. Il ne pouvait pas bouger car ils étaient en train de tendre la toile sur les piquets.

Elles en profitèrent pour filer alors qu'il criait des *Madam... Madam !* dans leur dos.

« On va où, là ?

— Tout droit... passez deux tentes, plongez dans la troisième... et si le Seigneur est avec nous, nous sommes sauvées ! »

C'est ainsi qu'elles firent irruption dans la tente de deux hommes, torse nu.

Un grand vieux avec une barbe blanche qui débouchait une bouteille de vin, et un autre, plus jeune, qui

---

1. « Seigneur... les sœurs d'Indiana Jones ont débarqué ! »
2. « On va dormir ici ! »

finissait de se raser. De saisissement, ils restèrent le geste en l'air, regardant débouler, incrédules, ces deux femmes abominablement crottées qui hurlaient dans leur cambuse. Le souffle court et les yeux fous, elles semblaient préparer un mauvais coup. Ça n'aurait rien eu de surprenant. On en voyait de belles par ici. Au bout de quelques minutes, ils comprirent enfin qu'elles demandaient de l'aide, en français. C'étaient des Françaises, comme eux.

« Ne dites rien ! Taisez-vous... Ou plutôt dites oui ! Je vous ai entendus parler français, en passant tout à l'heure ! ... On nous en veut, on nous a perdues, et là on voudrait... Nous sommes des Sœurs, voyez-vous, pas des professeurs de lettres ! »

Anne boulait son texte. Incompréhensible, affolée.

« C'est Gunther ! parce que l'anneau, là, oui, c'est l'amour !... mais pas l'amour, vous comprenez ? Alors c'est d'accord ? »

Elle les dévisageait tous deux, les implorant du regard.

« Bien. Avant tout, mesdames, goûtez-moi ce châteauneuf-du-pape. »

D'autorité, barbe blanche mit un verre à chacune dans la main, et le remplit. « C'est la dernière bouteille qui me reste, et on se préparait à la boire en solitaires. Ç'aurait été dommage. Jacques, mon ami, approchez un siège pour nos invitées. C'est le ciel qui nous envoie si jolie compagnie. »

Jacques s'essuya le visage et déplia deux fauteuils de toile dans lesquels les moniales vinrent s'effondrer.

« Là... on se calme. Parfait. Si j'ai bien compris, vous souhaiteriez dîner avec nous ? Aucun problème. Ce bel éphèbe va décongeler quelques côtelettes de plus pendant que nous dégusterons ce nectar. » Il servit deux autres verres qu'il posa sur une petite table pliante en acier. « Permettez seulement que nous nous rendions présentables. »

Ils enfilèrent des chemises blanches en épais coton et revinrent vers leurs invitées-surprises.

« Madam ! Madam !... Où t'être cachée, madam. Répondre à Gunther..., cria alors une voix dans le sentier.

— Chuuut..., murmura Anne en se ratatinant sur son siège. C'est lui, articula-t-elle.

— Vous êtes ici chez moi, répondit barbe blanche. Mes invitées. Et rien de fâcheux ne saurait vous arriver en notre présence, n'est-ce pas, Jacques ?

— Absolument. C'est assez petit, ajouta le jeune homme en montrant l'intérieur de la tente, mais il est tout à fait possible de s'y tenir à quatre. Et comme c'est de ma responsabilité, c'est aussi très propre. J'espère que vous l'aurez remarqué. » Il fit un clin d'œil à Jasmine.

Elle lui répondit par un sourire. Elle commençait à se détendre.

« Mais nous sommes deux goujats. Nous ne nous sommes pas encore présentés, reprit le barbu. Cet apprenti éthologue, que je traîne avec moi depuis deux ans dans ce cloaque, s'appelle Jacques de la Pradière. Aristo pure souche, encore très jeune, mais néanmoins capable de deux ou trois bricoles fort utiles dans notre chasse aux grands serpents. »

Amusé, Jacques salua la main sur la poitrine.

« Quant à cette otarie bavarde qui vous empêche de boire, ma modeste personne, on m'appelle Germain Francastel. Pour vous servir, mesdames...

— Nous sommes..., commença Anne.

— Vous nous le direz bien plus tard. Pour le moment,

je propose que nous vous laissions faire un brin de toilette, votre sœur et vous.

— Nous ne sommes pas sœurs ! Nous sommes... Sœurs.

— Eh bien, ça promet un dîner passionnant ! On vous laisse à vos ablutions maintenant. Voici le broc, la cuvette, et voici un linge propre. Prenez tout votre temps. Et n'ayez pas peur, nous montons la garde au pont-levis. »

Elles se retrouvèrent seules dans la grande tente où tout était parfaitement rangé. Un lit de camp à chaque extrémité, un bureau pliant au milieu, un réchaud et un coin toilette.

« Allez-y, Jasmine. Je souffle un peu pendant que vous vous rafraîchissez... » Anne trempa les lèvres dans son verre et but une gorgée. *Du châteauneuf ! J'en avais oublié le goût...* Les souvenirs affluaient. Heureux. Malheureux. Elle ferma les yeux. *Pas maintenant, Seigneur, pas maintenant.*

« Voilà, j'ai fait au plus vite. Je vous laisse la place. » Jasmine achevait de natter ses cheveux. Elle avait le visage un peu rougi par la course en pirogue et ça lui allait bien.

Anne se regarda dans le petit miroir où Jacques se rasait un moment plus tôt. Elle aussi avait bruni et, sur elle aussi, c'était joli.

La soirée leur fit à tous un bien fou. Aux moniales d'abord, parce qu'elles se sentaient enfin en sécurité. On entendait bien de temps en temps les appels de plus en plus avinés de Gunther, mais elles n'y prenaient plus garde. Aux deux hommes ensuite, car elle égayait un quotidien purement masculin depuis des mois, tout en leur permettant de déployer leurs bonnes manières.

« J'ai bien compris que vous aviez perdu votre

chemin, et que ces Allemands vous trouvaient plus sympathiques que vous n'auriez voulu, mais pouvez-vous me dire ce que vous êtes venues faire ici ? demanda Germain Francastel en reposant un os de côtelette dans son assiette.

— C'est un peu délicat, secret même. Nous effectuons une mission pour notre Abbaye. Il nous faut rejoindre les montagnes où se cultivent les cacaoyers...

— Ventredieu !

— Pardon ?

— Vous avez quelque chose à voir avec le chocolat ? demanda-t-il en roulant des yeux. Vous venez pour les fèves ?

— C'est cela, mais...

— Mais alors, vous êtes des Sœurs Chocolat ! s'écriat-il en se levant brusquement. Je croyais que c'était fini. Je croyais qu'il n'y avait plus de Sœurs Chocolat !

— Sœurs Chocolat ? »

Elles le dévisageaient toutes deux, les yeux ronds.

« Bien sûr, vous ne pouvez pas savoir. Vous êtes trop jeunes », marmonna-t-il. Il les regardait soudain autrement. Même Jacques semblait intrigué par ses paroles. « Mon Dieu, ça me ramène loin en arrière... » Il avait un peu perdu de sa superbe et semblait plongé dans ses souvenirs. Troublé. « Laissez-moi vous dire. »

Il se mit à leur raconter une histoire. Leur histoire. Sauf qu'il la racontait depuis le pays des fèves.

Sœurs Chocolat, c'était le nom que les indigènes donnaient aux Sœurs qui venaient de France. Il y avait vraiment eu une grande et belle époque à un moment, lorsque les Sœurs Chocolat étaient des vedettes pour tous les villageois. Elles avaient tant fait pour eux. Et puis le pays avait connu tout un tas de crises, politiques, économiques et sociales. Toutes les activités avaient été touchées. La violence, le cartel, la guérilla... Le café avait pris toute la place. On les avait moins vues.

Elles l'écoutaient passionnément.

« La dernière fois que j'ai vu des Sœurs Chocolat, c'était il y a... mon Dieu, presque vingt ans ! Il y en avait une très âgée, que le guide devait aider à marcher, et une autre, plus jeune, qui était charmante. On avait bien sympathisé. Bernadette... ou Guillemette...

— Sœur Guillemette ! s'exclamèrent-elles.

— Je la remplace. Elle s'est cassé la jambe la veille du départ.

— ... Guillemette, oui, murmura-t-il, ému. On avait bien sympathisé... »

Ils sortirent sur le devant de la tente pour boire un café. Il faisait bon, et les quelques allées et venues sur le chemin donnaient l'impression d'être dans un banal camp de vacances. Seuls les crapauds-buffles apportaient une note exotique.

Devant se mettre à l'affût dès 4 heures le lendemain matin, les Français alertèrent par radio leurs pisteurs colombiens. Il fut convenu qu'on viendrait chercher les deux femmes dans le milieu de la matinée pour les mettre sur le chemin du bus. Germain leur apporta une aide appréciable. Elles devaient se rendre dans la vallée de Rio Gordo, et il leur avait fait un dessin sur un papier, parce que l'endroit était difficile à trouver, et difficile d'accès. C'était peut-être pour ça que le meilleur cacao du monde avait mis du temps à faire parler de lui. Entre ravins et montagnes, les fèves étaient bien gardées !

Jacques devait encore vérifier ses pièges avant de se coucher. Ils cherchaient un anaconda géant qui avait été aperçu venant boire sur la rive voisine. Si Jasmine souhaitait venir avec lui, il lui montrerait comment on capturait le monstre avec de simples nœuds coulants. Elle accepta, impressionnée, et ils s'enfoncèrent dans l'obscurité, laissant Germain à ses souvenirs et Anne à ses bâillements.

C'est alors que Gunther fit son apparition. Bras dessus bras dessous avec l'Américain rencontré plus tôt, il était fin soûl quand il découvrit Anne assise devant la tente avec Germain.

« *Madam*, enfin !... tu viendre avec Gunther... » Et il tenta de lui prendre le bras.

« Halte-là ! laissez cette jeune femme, je vous prie, s'interposa Germain. Elle est avec moi. » Comme Gunther insistait, il tonna : « On ne touche pas à une Sœur Chocolat, c'est compris ! *Chocolate Sister is with me, you understand*[1]*?* ajouta-t-il pour l'Américain.

— *Chocolate*..., dit l'Américain, surpris. *She's in "chocolate"*[2] *?* »

Il avait l'air stupéfait, et dévisageait soudain Anne, les yeux ronds.

« Parfaitement, monsieur. Et je vous prierai de nous laisser en paix. »

Gunther aurait bien résisté, mais il ne tenait plus sur ses jambes, et l'Américain l'entraîna, lui balançant des *chocolate* à n'en plus finir. Ils disparurent dans la nuit vers le bouge local, et le calme revint.

Germain prépara les lits pour leurs invitées, sortit deux sacs de couchage pour Jacques et lui-même, et fit ses adieux à Anne qui luttait contre le sommeil. Refusant ses remerciements, il lui recommanda une fois

1. « La Sœur Chocolat est avec moi, c'est compris ! »
2. « Elle est dans le "chocolate" ? »

encore la plus grande prudence, et partit à la rencontre des chasseurs d'anaconda.

Vingt minutes plus tard, tout le monde était couché. Un ivrogne chercha bruyamment son chemin parmi les tentes. Des chuchotements s'élevèrent, flottant mollement dans la brume qui montait du fleuve. Une poule d'eau gloussa... Petit à petit, le camp s'endormait.

Dans la boue tiède des rives, le grand serpent guettait ses proies.

On vint les chercher au petit matin, bien plus tôt qu'elles ne pensaient.

La nuit dans un vrai lit les avait mises en pleine forme, et elles suivirent gaiement les deux Colombiens envoyés par Germain. Curieux hommes que ces pisteurs. Autant le Français était volubile et avenant, autant les deux hommes étaient taciturnes. Les regardant presque sévèrement.

Encore un pays où la place des femmes est à conquérir de haute lutte, pensait Anne en marchant derrière eux. La rencontre avec les deux Français l'avait apaisée. Tout lui paraissait bénin maintenant, léger, et la perspective d'être bientôt rendue dans la vallée de Rio Gordo gommait les aléas du voyage.

Les hommes leur firent prendre une nouvelle pirogue, longeant la rive bordée de palétuviers, jusqu'à un minuscule débarcadère où une Jeep les attendait.

Elles s'installèrent côte à côte à l'arrière.

La piste qu'elles suivaient n'avait rien d'une autoroute, peu de véhicules y circulaient d'ailleurs, mais ce début de retour à la civilisation les grisait. Laisser la forêt amazonienne derrière elles, quel soulagement ! Elles acceptèrent avec gratitude le café proposé par les Colombiens, qui cherchaient sans doute à racheter par ce geste leur froideur et leur manque de conversation. Et puis, le café, orgueil national, était difficile à refuser.

L'allure régulière de la voiture commença à les bercer. Anne piqua du nez la première. Jasmine lutta un peu contre le sommeil, jusqu'au moment où ils croisèrent un de ces immenses panneaux déjà remarqués aux portes de Bogota : *AQUÍ PASÓ BOLIVAR* [1].

Elle eut un petit sourire, *Maintenant on dira : ici passèrent les nouvelles Sœurs Chocolat*. Son menton s'inclina sur l'avant et elle se mit à dormir.

Un coup de frein les réveilla. Le paysage avait complètement changé. Ce n'étaient pas encore les montagnes, mais on devinait au loin l'amorce des premiers contreforts andins. Plus tard, avec le bus, elles prendraient de l'altitude. Pour le moment, la voiture stationnait à un croisement de plusieurs routes.

Surgissant d'un chemin forestier, une seconde Jeep avec deux passagers fit son apparition et s'approcha de leur véhicule. Palabres entre les conducteurs. On les dévisageait froidement, ouvertement. Repalabres.

Ils se la jouent un peu. Jasmine avait hâte de se dégourdir les jambes. *On dirait presque que nous sommes de dangereux malfaiteurs face à la police des routes, c'est tout juste s'ils ne vont pas nous fouiller.*

Elle ne croyait pas si bien dire.

Après s'être engagés sur un chemin où la seconde Jeep les précédait, il y eut une nouvelle halte à un nouveau croisement. Une autre Jeep attendait.

On les pria de descendre, et on demanda à voir le contenu de leurs sacs.

---

1. Ici passa Bolivar.

Jasmine faillit refuser, mais Anne trouvait leurs précautions tout à fait légitimes et les laissa faire.

« Au moins, ils verront que nos seuls biens sont du savon et un tube de dentifrice ! C'est normal, Jasmine. Ils ne nous connaissent pas. Nous avons une dégaine pas possible... ils vérifient que nous ne sommes pas des bandits de grand chemin, des trafiquants, des coupe-jarrets assoiffés de sang... »

Elle se mit à rire devant le regard incrédule de la novice.

Ça, c'est pour vous apprendre que je sais moi aussi manier l'ironie, ma chère Jasmine.

« Mais... je pense avoir vu un fusil dans la dernière voiture.

— Enfin, Jasmine, depuis que nous sommes en Colombie, vous avez bien remarqué tout de même que tout le monde ici était armé, non ? »

Anne en rajoutait dans la décontraction, rien que pour l'agacer, la braver.

Ces Colombiens envoyés par Germain leur rendaient service, qu'est-ce qu'il lui prenait de faire la fine bouche. Ah, c'était plutôt à Bogota qu'elle aurait dû être prudente. Évidemment, ils étaient moins jolis garçons que ce Jacques de la Pradière. Elle avait bien vu qu'il la dévorait des yeux, et que Jasmine, vraie sainte nitouche, avait fait semblant de ne rien remarquer. C'était curieux, autant la novice lui avait semblé, un moment, plus à même qu'elle de gérer la situation, autant maintenant elle sentait que c'était elle qui reprenait le manche, la conduite, la direction des opérations. Elle s'avança vers celui qui avait fouillé les sacs :

« On arrive bientôt ? *Soon ? Llegamos próximo ?*

— *Llegamos*, répondit-il presque sans la regarder.

164

Dinero. ¿ Tienes pesos ? You have money[1] *?* ajouta-
t-il.

— *Yes.* Ici *dinero.* »

Et elle frappa sa taille, expliquant par là qu'elle portait l'argent sur elle.

C'était une des rares choses que Sœur Guillemette
avait eu le temps de lui dire à Saint-Julien. Un peu
d'argent dans le sac. L'essentiel dans une ceinture de
taille. Elle était parée.

« *Vamos*[2]*...* », dit l'homme.

Il les invita à monter dans sa Jeep où on avait installé
leurs sacs et elles reprirent un des innombrables chemins forestiers qui sillonnaient ce bout de forêt.

« Il me tarde de voir l'arrêt du bus, soupira Jasmine.

— Ne soyez pas impatiente. Je suis sûre qu'on va y
être très vite. »

Ce ne fut pas à un arrêt de bus qu'ils les menèrent,
après mille et un détours dans la forêt, mais à une clairière. Des Jeep étaient garées sous un auvent de toile
verte, et des jeunes gens en armes et treillis passaient le
temps en buvant du café près des véhicules. À l'orée de
la forêt, une immense tente était dressée, adossée aux
grands arbres, recouverte de la même toile vert foncé.

« Mais où sommes-nous ? commença Jasmine.

— Ce doit être une sorte de péage... », hasarda Anne,
bien décidée à ne pas se laisser reprendre la gestion des
opérations.

On leur fit signe d'avancer, et on leur indiqua deux
sièges à l'avant de la tente. Un homme brun en sortit
et vint vers elles. Grand, barbu, vêtu lui aussi d'un
treillis, il s'assit en face des deux femmes et se mit à

---

1. « De l'argent, des pesos, vous avez de l'argent ? »
2. « Allez, on y va... »

165

les regarder sans rien dire. Anne lui adressa un grand sourire tandis que Jasmine se ratatinait sur sa chaise.

Toujours aucune parole échangée. Lasse de ce silence, Anne se raclait la gorge, prête à parler, quand il lança : « *Chocolate ?* »

Surprise, presque choquée par cette entrée en matière brutale, elle le regardait sans répondre, puis elle comprit. Germain. C'était Germain Francastel qui avait dû révéler la raison de leur présence en Colombie. Elle prit une grande respiration, le regarda droit dans les yeux, et confirma : « *Chocolate. Yes.* »

Il continuait à la regarder en plissant les yeux. Comme s'il cherchait à voir au-delà des apparences. Comme s'il mesurait quelque chose.

Il prend la mesure de notre mission, se dit Anne. *Eh oui, mon cher monsieur, nous prenons tous les risques pour le chocolat.* Pour la première fois de sa vie, elle se sentait en conformité avec tous ces rêves idiots qu'elle faisait à l'Abbaye. Ceux où elle était importante, où elle bravait tempêtes et dangers. Elle fit mine d'ôter une poussière sur son genou et répéta : « *Chocolate.* C'est ça... *Our mission.* »

Il la dévisagea encore un instant, puis demanda :

« ¿ *Cuánto ?*... Combien ? »

— Alors là, je serais bien en difficulté pour vous répondre ! Combien ? Mais comme d'habitude, autant qu'on pourra acheter, bien sûr. Plus, si vous nous faites un petit prix... » Comme il la regardait avec saisissement elle ajouta :

« Pour tout vous dire, nous avons failli ne plus jamais en avoir. Une catastrophe. Alors comme on a un peu d'argent... Zou ! *Chocolate !* »

Jasmine lui tirait le bras par la manche, essayant de lui dire quelque chose.

« Laissez, Jasmine. Je parle avec ce monsieur. Donc, on en prendra autant qu'on pourra. Et on reviendra plus souvent aussi. C'est bien simple, chez nous, tout le monde en veut. Des plus jeunes aux plus vieux, c'est devenu une vraie manie, un vrai péché, si j'ose m'exprimer ainsi, et d'ailleurs... »

Elle n'alla pas plus loin. Il venait de bondir sur ses pieds en hurlant quelque chose qu'elles ne comprirent pas. Des hommes en armes accoururent et elles se retrouvèrent debout, luttant vainement contre cette armée qui leur tombait dessus. Le combat fut de courte durée. Vêtements déchirés, chapeaux arrachés, elles avaient été ligotées, puis jetées à même le sol.

« Mais..., mais... », essayait de crier Anne.

Personne ne l'écoutait. Leur interlocuteur hurlait devant la tente. Engueulait les hommes de la Jeep. Ceux-ci répondaient dans un espagnol trop rapide, trop typique pour qu'elle puisse comprendre. Ça gesticulait dans tout le camp. De nouveaux soldats arrivaient de la forêt, l'arme au poing, l'air mauvais.

« Mais qu'est-ce que j'ai dit ? bredouillait Anne qui commençait à avoir peur. Qu'est-ce qu'ils font ? »

Elle s'était blessée à la pommette quand on l'avait jetée sur le sol, et elle sentait que cela saignait.

« Nous sommes dans de sales draps, murmura Jasmine. Ce sont des revendeurs ou des passeurs de drogue. Quelque chose comme ça.

— Mais rien à voir avec nous, nous parlions chocolat...

— *Chocolate !* Vous parliez de *chocolate*. Un des surnoms de la cocaïne en Amérique du Nord et sans doute aussi par ici. »

Anne était trop choquée pour répondre.

« Ils ont dû nous prendre pour des acheteurs potentiels, nous mener à leur chef, et penser ensuite qu'on se moquait d'eux. Nous en prendrons autant que nous pourrons, pour les jeunes et les vieux », dit-elle en citant son aînée.

Une main puissante venait de les soulever du sol.

« ¿ *Qué hacemos con ellas*[1] ?

— *Mátalas esta tarde. Hazlas desaparecer en la selva*[2]. »

On les remit sur pied brutalement, les poussant dans le dos avec le canon d'un fusil, et une colonne se mit en marche vers les grands arbres. Les deux femmes titubaient, tant les liens de leurs jambes étaient serrés. Elles essayaient de parler mais la cadence les essoufflait trop pour sortir un son. On arriva enfin dans une zone rocheuse, une cuvette aux épais fourrés de broussailles. Le chef de la cohorte désigna deux arbres auxquels on les attacha. Les arbres étaient déchiquetés par endroits. *À hauteur d'homme,* remarqua la novice.

Le bruit d'un avion les fit tous s'immobiliser, silencieux, la tête levée.

« *Lo haremos más tarde*[3]... », dit le chef de file. Il fit un signe, et on leur mit à chacune un bâillon attaché peu serré. Ils repartirent ensuite vers la clairière dans le cliquetis métallique de leurs armes.

Elles auraient assez d'air pour respirer, difficilement, mais pas assez pour crier vraiment, ni pour appeler à l'aide.

De toute façon, qui appeler ? La région doit grouiller de sympathisants pro coca, ça les fait vivre. À quoi bon rêver, se désespérait Jasmine. De son côté, Anne tâchait de reprendre son souffle et ses esprits.

---

1. « Qu'est-ce qu'on fait d'elles ? »
2. « Tue-les cet après-midi, et fais disparaître les corps dans la forêt. »
3. « On les tuera plus tard. »

« Je suis désolée..., parvint-elle à dire à Jasmine à travers son bâillon. Désolée de vous avoir amenée là-dedans.

— Vous n'y êtes pour rien, hélas. C'est un épouvantable concours de circonstances. »

Il y eut un silence, où chacune réfléchissait.

« Tout de même..., je me demande comment il a pu y avoir confusion...

— C'est hier soir, dit Jasmine accablée. Vous m'avez dit que Gunther et l'Américain ne cessaient de répéter *chocolate*, que cette prononciation vous avait même intriguée. On a dû les entendre, et la rumeur a fait le reste... »

Nouveau silence. Il leur était difficile de respirer à travers la toile.

« Ça ne change plus rien, maintenant, murmura Jasmine. Mon Dieu, Sœur Anne... je... je crois que j'ai vraiment peur. Pardonnez-moi, mais j'ai horriblement peur de ce qui va se passer ! Peur d'avoir mal. » Elle se mit à pleurer doucement.

Déchirée, Anne cherchait comment lui venir en aide face à ce qui allait leur arriver. *Assiste-moi, Seigneur. Fais-moi trouver les mots. Garde-nous en Ta pitié, et ne nous abandonne pas.* Quand il lui était arrivé de penser à sa mort, elle avait le plus souvent envisagé une fin à la mesure de ses propres pulsions. Vivant dans le calme, elle l'avait idéalisée, comme un apaisement, une immense sérénité après laquelle elle aurait couru toute sa vie. Ou bien, elle s'imaginait une mort violente, mais toujours signifiante, importante, romanesque, pleine de panache en tout cas.

Au lieu de ça, elle se retrouvait dans une forêt sinistre, sans préparation aucune à ce qui l'attendait, sans liturgie ni décorum. Comme si l'événement n'avait aucune importance, aucune signification en lui-même. Comme si on pouvait les jeter impunément dans un cul-de-basse-fosse, dans un fossé, loin du regard de tous, des siens, du Seigneur. Abandonnées.

Et puis, elle se souvint, comme si elle recevait une flèche, qu'un bon pasteur donne sa vie pour ses brebis. Chassant momentanément la peur, tremblante, inspirée, elle eut une révélation. Sa révélation ?

Ce n'était pas le pouvoir qui donnait la force, mais l'amour.

S'il me manque l'amour je ne suis rien. Elle pensa à Jasmine, confiée à elle, à sa peur, sa solitude. Elle eut une bouffée de tendresse pour la jeune fille. Un élan d'amour qui la laissait pantelante.

Pour accompagner leur départ de cette vie, elle décida de chanter un cantique, un vieil air celtique qu'elle savait être connu de Jasmine. Un air qui la rattacherait à ce pays de son enfance qu'elle aimait tant, ce pays breton dont elle n'avait jamais vraiment pris le temps de parler avec elle. Se réunir. Aimer. Lui donner un vrai bien.

La nourriture de Dieu, et Sa présence à leurs côtés.

Elle prit son souffle derrière le bâillon, et commença doucement.

La nuit qu'il fut livré le Seigneur prit du pain,
En signe de sa mort le rompit de sa main.
Ma vie, nul ne la prend mais c'est moi qui la donne,
Afin de racheter tous mes frères humains.

Elle s'arrêta pour reprendre sa respiration. Jasmine restait silencieuse. Elle allait enchaîner quand la novice murmura : « Merci. »

Et elle se mit à chanter avec elle.

Mon sang versé pour vous c'est le sang de l'alliance,

Amis, faites ainsi en mémoire de moi.

Elles se turent, cherchant à nouveau leur souffle.

« Je ne connais pas la suite, confessa la novice. J'avais quitté le catéchisme, parce que ma mère était morte...

— Ma croix ! Où est ma croix ? l'interrompit Anne.

— Quelle croix ?

— Ma croix de Saint-Julien ! Celle que j'ai demandée à ma famille quand j'ai prononcé mes vœux. Je la porte depuis toujours. Il me la faut absolument, je ne peux pas partir sans elle... Holà ! se mit-elle à crier à travers le bâillon. Holà ! *Help ! Señor !...* »

Jasmine n'en revenait pas, mais se mit à appeler également. Partager. N'importe quoi, mais partager au moment du grand départ. Soutenir Anne dans sa dernière quête, si celle-ci lui semblait importante. Sans question, sans jugement. Par amour.

Elle se mit à appeler. À crier de toute son âme. *Seigneur, Seigneur. Fais qu'ils nous entendent, Seigneur...*

Un fantassin fit irruption devant elles. « *¡ Cállate[1] !* » hurla-t-il en donnant un coup de poing à Anne, en plein ventre. Le coup faillit la faire vomir, mais le bâillon glissa et elle cria de plus belle.

« Ma croix ! Je veux ma croix ! ... *¡ Dame la cruz, la mía cruz ! ¡ Importante ! ¡ Maledicción ! ¡ La cruz[2] !* »

---

1. « La ferme ! »
2. « Ma croix... donnez-moi ma croix ! C'est important... ça vous portera malheur ! »

Jasmine criait aussi des *cruz* à n'en plus finir. Elles avaient l'air de folles.

Il s'enfuit vers le camp. Quelques minutes plus tard, une véritable armada revenait vers les prisonnières. *Ce coup-ci, c'est la fin.*

Le barbu se planta devant Anne, et lui arracha complètement son bâillon.

« ¡ *Cállate, mujer*[1] ! Tu fais peur à mes hommes.

— J'ai besoin de ma croix. Elle a dû tomber par terre quand on nous a attachées... ¿ *Comprendes lo que digo*[2] ?

— Je parle français.

— Alors trouvez-moi cette croix ! Elle est en bois très dur, très sombre, et... » Elle se tut car il lui présentait une croix montée en pendentif sur un lien de cuir. « Ah, merci, merci ! Donnez-la-moi. C'est la croix de mon Abbaye, la croix reçue lors de mes vœux. Je dois mourir avec elle ! » Elle le fixait comme hallucinée. « Vous pouvez faire ce que vous voulez maintenant ! Courage, chère Sœur Jasmine, ce n'est qu'un moment à passer. D'autres Sœurs, après nous, reprendront le flambeau du chocolat !

— Le chocolat... Vous seriez... une Sœur Chocolat ? »

Il avait l'air méfiant.

« Eh bien, ce devait être un secret, mais vu les circonstances... Oui, nous venons de France et nous sommes deux Sœurs Chocolat ! Rien à voir avec vos activités ! »

L'homme lança un ordre et deux soldats vinrent les

1. « Tais-toi, femme ! »
2. « Vous comprenez ce que je dis ? »

détacher. Il y avait de l'électricité dans l'air, et tous les regardaient comme des sorcières.

« Ah ! mais si vous êtes des Sœurs Chocolat, c'est différent, grimaça le barbu. En Colombie, on ne touche pas aux Sœurs Chocolat. Pas par religion, juste parce que ça porterait malheur ! »

Détachées, ramenées vers les tentes, elles récupérèrent leurs chapeaux. On avait soudain des égards pour elles. Le chef avait claqué des doigts et une table avait été dressée devant eux. Croulant sous les fruits, les fleurs, les beignets, les verres et les bouteilles.

« Des Sœurs Chocolat…, répétait le barbu, les regardant maintenant comme des trésors. Quel honneur pour nous. Je croyais qu'il n'y avait plus de Sœurs Chocolat. Alors, on va fêter ça, hein ? Je fabrique ici un alcool spécial, on va trinquer ensemble. » Il se leva et leur tendit à chacune un verre rempli d'un liquide jaune paille. « Je bois à la santé des Sœurs… qui vont apporter chance et succès à nos activités ! Buvons. »

Anne s'était levée et avait fait cul sec. L'alcool lui arracha la gorge. Sous les arbres, le silence se prolongeait curieusement.

« Tu ne bois pas, la Sœur ? » demanda le barbu, le verre en l'air.

Jasmine était toujours assise. Tête baissée, les yeux fixés sur son verre plein. Muette. L'homme détacha le petit revolver qu'il portait à la taille et s'approcha d'elle.

« Bois, la Sœur, dit-il lentement. Bois à ma santé, je te prie. »

Elle ne bougeait toujours pas. Il approcha l'arme de sa tempe.

« Tu sais, la Sœur…, un accident est vite arrivé.

— Même si vous n'aimez pas l'alcool, faites un effort, que diable..., je vous en prie », souffla Anne, paniquée.

Jasmine se leva alors, les yeux pleins de larmes, présentant son verre à l'assistance, et dit :

« Je bois à cette saloperie de drogue qui ravage le monde entier... »

Anne glissa, à moitié évanouie, à ses pieds.

« Je bois à cette putain de saloperie de merde de drogue qui a tué le seul homme que j'aimais et que j'aimerai jamais ! » Livide, elle but le verre jusqu'au bout et le jeta par terre.

Écarlate, le barbu semblait à la limite de l'apoplexie, et il écrasa le revolver contre la tempe de la jeune fille.

« Je n'aime pas ton insolence ! Mais tu as bu quand même ! Maintenant tu vas disparaître de ma vue avec ta collègue, et vite ! Avant que je ne change d'avis ! *¡ Compañeros ! Fuera les de aquí* [1] *!* »

On leur banda les yeux, leur attacha les mains, et on les jeta dans une Jeep avec leurs sacs par-dessus. Pendant tout le trajet, elles s'effondrèrent l'une sur l'autre, se cognant aux parois métalliques, à chaque cahot, chaque virage. Elles avaient l'impression de tourner en rond. Au bout d'une course interminable, on les tira de la voiture. Elles firent quelques pas dans des buissons, trébuchant, à l'aveugle.

« *¡ Siguen este camino y cállense, o la muerte* [2] *!* »

Un soldat leur détacha les mains. Le sang se remit à circuler, leur fouettant douloureusement les avant-bras, tandis que l'homme s'éloignait dans les fourrés. Les yeux bandés, le cœur haletant, elles entendirent qu'un camion s'approchait.

---

1. « Les gars, vous me les virez d'ici ! »
2. « Suivez le chemin et tenez votre langue, ou c'est la mort ! »

Le bruit du moteur les affola. Arrachant le bandeau qui leur couvrait les yeux, elles plongèrent dans les fourrés. *Et si c'était un leurre... Et s'ils revenaient...*

L'énorme véhicule passa à deux mètres d'elles, projetant des gravillons sur leur visage. Des forestiers. La remorque charriait d'interminables troncs et, au bout de ce convoi d'allumettes géantes, deux hommes en armes, assis sur les fûts, fumaient en épiant la forêt.

Encore un trafic. Ou simplement des employés qui essayaient de défendre leur outil de travail.

Ce n'était pas leur problème. Il leur fallait d'urgence trouver le car dont on leur avait parlé. Tant qu'elles n'auraient pas mis un certain nombre de kilomètres entre elles et les narcotrafiquants, elles ne se sentiraient pas en sécurité. Elles prirent la route devant laquelle on les avait laissées, et se mirent à marcher, suivant la piste du camion.

À l'entrée d'un village, elles croisèrent un bus qui s'en allait en sens inverse. Jasmine s'en inquiéta.

« Nous marchons vers les montagnes, répondit Anne en montrant les contreforts devant elles. Ça me semble logique. Dès que nous verrons des gens attendre au bord de la route nous nous renseignerons. »

Le bourg semblait désert. Une rue unique en pente, avec une fontaine et une épicerie-bar au centre, fermée. Près d'une maison aux volets clos, deux mules mâchouillaient leur licol, yeux fermés, tête contre tête, immobiles malgré les essaims de mouches qui les tourmentaient. Aucun signe de vie nulle part. À la sortie du village, elles s'assirent au bord de la route et se mirent à attendre. Elles n'avaient rien mangé depuis longtemps, mais n'avaient pas faim. La peur et les émotions avaient pris toute la place. La chaleur troublait le paysage, créant des mirages liquides dans le village mortellement assoupi. Patiemment, elles attendaient. Quelqu'un finirait bien par passer.

Il était plus de 15 heures quand un bruit de moteur à la peine les tira de leur torpeur. Le bus ! Enfin il arrivait. Trapu, bâché, bruyant, bariolé. Il avait davantage l'air d'un camion que des mains enfantines auraient barbouillé de bleu, de jaune et de rouge, que d'un véritable autocar. Des paysans et quelques jeunes gens voyageaient à l'extérieur, installés sur les ballots entassés sur le toit.

Le chauffeur s'arrêta près d'elles et examina le plan dessiné par Germain. Hochant la tête, il exhiba trois dents noires et leur fit signe de monter.

« Ése es el buen coche, señoras. Pasaremos la noche en Ipiales. Mañana, tomaremos la dirección de Popayán, y despues Río Gordo[1]. »

Elles eurent un choc en montant dans le véhicule. Ça sentait la ménagerie à plein nez. Conçu pour une trentaine de places au départ, le bus transportait déjà près de cinquante personnes, sans compter celles à l'extérieur, ni les animaux. Voyant qu'elles étaient ensemble, on s'arrangea pour leur trouver un double siège, mais elles durent conserver sous leurs pieds les larges paniers où des poussins fauves piaillaient sans discontinuer. Un canard claquait du bec plus loin, et, au fond, deux paysannes en poncho tenaient chacune un cabri sur leurs genoux, comme elles auraient serré un cabas de ménagère. Juste au-dessus de leur tête,

---

1. « C'est le bon bus, mesdemoiselles. On ira dormir à Ipiales, et demain on prendra la direction de Popayán, avant d'arriver à Río Gordo. »

dans un des rares filets d'origine qui restaient, un petit cochon gris taché de rose les regardait, le ventre saucissonné, les pattes pendant dans le vide.

Le bus démarra, attaquant courageusement la montée, et elles eurent l'impression que toutes les odeurs du monde revenaient vers elles. *On en viendrait presque à regretter la pirogue.* Jasmine s'assit sur son sac de voyage. Ça la décollait du vieux campesino venu s'effondrer sur le strapontin près d'elle. Il avait dû boire un peu trop, car il fredonnait inlassablement. Une histoire triste où un homme perdait son cheval, le seul ami qu'il avait au monde, et voulait mourir. Parfois, le vieux pleurait et s'essuyait les yeux sur sa manche sale. De l'autre côté de l'allée, une paysanne le regardait avec pitié. Elle dit à Jasmine :

« *Pobrecito... Su mujer ha muerto*[1]. »

Quand il se tut, à bout de souffle, le chauffeur mit la sono. Musique locale, bien sûr, bondissante, tourbillonnante. Sur le toit, les jeunes chantaient et tapaient la mesure sur les armatures métalliques. C'était assourdissant mais chaleureux. Elles en oublièrent le vieux en deuil, les poussins qui piaillaient, les odeurs inconcevables, et même l'œil curieux du cochon accroché au-dessus de leurs têtes.

Plus le bus montait, lentement, pesamment, et plus elles découvraient de nouveaux paysages. C'était indéniable. On avait définitivement quitté la plaine.

---

1. « Le pauvre... sa femme est morte. »

Les Andes

Depuis deux heures, la chiva avalait régulièrement les kilomètres.

Ça montait et ça descendait en permanence.

Elles traversèrent des villes, nichées près des cols et des hauts plateaux, d'autres, blotties dans des vallées verdoyantes.

Même quand on descendait, on gagnait peu à peu en altitude. Elles franchirent des ponts minuscules, jetés au-dessus de torrents rocailleux, affolées à l'idée d'une fausse manœuvre quand le véhicule frôlait le vide d'immenses précipices.

Ravis d'avoir deux touristes parmi eux, les autres voyageurs leur montraient un volcan éteint, ou une route menant à des sources thermales, désignaient les rives d'un lac sombre comme la nuit, ou encore des feux dans la montagne, plus loin, indiquant la présence de mines. Or, argent, platine, charbon, récitaient les paysans. Émeraudes, ajouta un petit vieux derrière elles. À ce mot, ils hochèrent tous la tête. Muzo, murmurèrent les femmes avec émerveillement, la capitale de l'extraction des émeraudes, la cité où les conquistadores avaient découvert les mines des Indiens Chibchas. Et les yeux de ces pauvres gens brillaient d'orgueil en évoquant l'une des plus fabuleuses richesses de leur pays.

« ¿ *Quieren café*[1] ? » demanda leur voisine de l'autre côté de l'allée.

On leur fit passer un gobelet de plastique, et elles se brûlèrent les lèvres avec l'autre trésor national. Il était fort comme un café turc et terriblement sucré.

Il fallait bien ça pour affronter la montagne et faire face aux fréquents changements de climat qui soufflaient le chaud comme le froid, d'un bout à l'autre du pays, plusieurs fois par jour. Au bord des routes, selon l'économie des vallées, des enfants vendaient du vin, des fruits, des beignets, des chivas miniatures en terre cuite ou des branches de canne à sucre. Tous saluaient le bus de la main au passage. *Ça doit être une coutume locale tous ces saluts.*

Chaque village, chaque *pueblito*, si pauvre soit-il, avait son église, blanche, immaculée, aux arêtes peintes de couleurs vives. À l'entrée des bourgs, veaux, vaches, cochons paissaient dans des prés pleins de fleurs qui avaient un faux air de vallées suisses. Le bus s'arrêta sur un plateau aride pour faire de l'essence. Juste en dessous d'eux, tout en bas dans la vallée, on distinguait une des dernières haciendas d'élevage de chevaux. Les prairies s'étendaient à perte de vue, interminables, monotones, jusqu'à l'horizon gris.

Les voyageurs descendirent se dégourdir les jambes, abandonnant le car aux seuls animaux qui, soudain, se turent. Ayant suivi un groupe de femmes dans la ferme voisine, où l'on offrait aux voyageurs un verre du café de l'exploitation, les moniales revirent cette boisson translucide découverte à Leticia.

---

1. « Vous voulez du café ? »

« *Agua de panela, proviene de la caña de azucar*[1], expliqua le chauffeur qui venait rechercher ses clients, leur montrant les cannes à sucre. *Ahora, vámonos*[2]. »

On remonta dans le car. Et le car remonta la côte.

« Ça me rappelle la fois où on m'a envoyée en colonie », commença la novice. Elle se tut brusquement, se souvenant à quel point ces digressions sur son enfance agaçaient Anne.

À son grand étonnement, celle-ci l'encouragea à poursuivre.

« Vous alliez où exactement ?

— Oh, pas loin. À l'autre bout du département. Mais ça suffisait à nous faire rêver.

— Déjà portée à rêvasser... », commença Anne, qui s'en voulut immédiatement de cette sortie. *Mon Dieu, était-ce donc si difficile d'engager la conversation...* « Je veux dire..., vous saviez observer, vous adapter à tout changement.

— J'étais bien obligée. Quand ma mère est morte, j'avais onze ans. Une voisine a essayé de s'occuper de moi, mais elle avait aussi ses problèmes. Alors je survivais, en me créant mon propre monde.

— Et votre père ?

— Pas de père, Sœur Anne. Ma mère était serveuse de café, sans famille. Elle a aimé deux hommes dans sa vie, m'a-t-elle confié un jour, juste avant que son état n'empire. Deux marins. Presque au même moment. C'est choquant, mais c'est comme ça. Elle savait qu'elle aurait une fille, mais elle ne savait pas qui était le père. Alors elle avait prévu un prénom qui conviendrait à l'un comme à l'autre. À ces voyageurs

---

1. « C'est un jus qu'on fait avec la canne à sucre. »
2. « Maintenant, allons-y. »

qui lui racontaient le monde, qui sentaient l'aventure, les chaudes îles lointaines... tout ce qui la faisait rêver, elle, attachée à son bout de terre bretonne comme une patelle à son rocher. »

Il y avait de la douceur dans ses paroles. Une infinie tendresse pour cette mère légère trop tôt disparue. *Les mères disparaissent toujours trop tôt*, se dit Sœur Anne en regardant par la fenêtre la pluie qui s'était mise à tomber. De grosses gouttes chaudes, qui laissaient des traînées sales sur les vitres couvertes de poussière. Un halo d'humidité enveloppait la chiva. Elle eut une pensée pour les voyageurs à l'extérieur.

« Et c'est comme ça qu'elle m'a appelée Jasmine. À ses yeux, ça faisait Orient, mer de Chine..., soupira la jeune fille. Ils ne sont jamais revenus. Aucun de ces deux hommes n'a jamais repassé la porte de son café. Savaient-ils ? Ignoraient-ils ? Elle les a attendus en vain pendant des années. Le cœur battant dès qu'on annonçait un bateau au long cours. Refusant toutes les avances, toutes les possibilités. Fière, fidèle, butée. Jusqu'à la mort. » Elle regarda Anne et lui sourit. « C'est peut-être d'elle, de cette solitude ancrée, que m'est venue en réaction cette envie de bouger tout le temps. Voyager, parler, de tout, de mes impressions, de mes sentiments... Enfin, c'était avant... »

Elle se détourna, comme si elle voulait soudain s'échapper, interrompre cette discussion.

« Comment êtes-vous venue à nous ? » demanda doucement Sœur Anne.

Si doucement qu'elle crut que la novice ne l'avait pas entendue. En règle générale, on interrogeait rarement sur les choix ou les raisons qui avaient poussé quelqu'un à franchir la porte d'une Abbaye. On laissait les postulants s'exprimer pour les connaître mieux. Dire de quelle manière, avec quelle force ils voulaient aimer Dieu, avec quelle passion ils entendaient rechercher ce qui fait vivre vraiment. Elle-même, à part cet appel de Dieu qu'elle avait entendu, aurait été bien en peine d'exprimer ses motivations exactes.

« Oh !... Attention ! » Le petit cochon au-dessus d'elles venait de lâcher un cadeau sur leur accoudoir, et elles eurent juste le temps d'échapper à la colique qui suivait. Inconscient de ce qu'il faisait, l'animal continuait à les dévisager placidement, les pattes pendant dans le vide à travers les mailles du filet. Elles se mirent à rire, alors que le propriétaire du goret, assis trois rangs derrière, se précipitait pour leur apporter de quoi essuyer leur fauteuil.

« Vous me disiez...

— Oh, regardez ! Je crois qu'on arrive », s'écria Jasmine.

Au sommet d'une côte, dans la sortie d'un virage, un panneau annonçait : IPIALES. Plus loin, sur un deuxième panneau gigantesque on lisait : *SANCTUARIO DE NUESTRA SEÑORA DE LAS LAJAS*.

« Il doit y avoir une église célèbre... », ajouta-t-elle. Le reste de la phrase lui resta sur les lèvres. Ce n'était pas une église qu'elles découvraient depuis leur promontoire battu par la pluie. Mais un monumental château de pierre grise, incroyable, irréel, un rêve fou à la limite du cauchemar.

L'église sanctuaire s'élevait au-dessus de la rivière dans un vertigineux à-pic. La partie médiane reposait sur un pont maigre bâti au-dessus d'un canyon profond et particulièrement étroit. En dessous, les racines de l'église gigantesque s'enfonçaient dans l'obscurité de la fissure rocheuse jusque dans les eaux tumultueuses, comme les racines d'une dent s'enfoncent à l'aveugle

dans la mâchoire. Sans que l'on pût bien voir nettement, exactement, ce qui se passait plus bas. Et ce flou
des bases, ce miracle des origines glaçait le cœur. *La
tête au ciel, les pieds en enfer.*

Au-dessus du pont, une église postgothique se dressait contre le ciel gris. Tours carrées, triple portail,
flèche centrale, rosace, vitraux, arcs-boutants... un buisson d'épines pour crever les nuages. Avec des escaliers
de pierre montant à l'assaut des collines environnantes,
comme une réplique de la muraille de Chine.

Il y avait donc eu des fous pour oser construire un
pareil colosse dans une telle solitude. Le torrent leur
rappelait les cours d'eau sauvages autour de Saint-
Julien. Mais les foules qui se pressaient sur le pont et
les escaliers, venant du bout de l'horizon, les laissaient
sans voix. C'était un lieu de pèlerinage célèbre, mais
l'arrogance de l'édifice et les colonnes ininterrompues
de fidèles mettaient mal à l'aise. Le bus descendit lentement vers l'église, un peu plus grosse, un peu plus
démente à chaque tour de roue. Les voyageurs du car
se signèrent en approchant. Alors qu'elles auraient dû
se réjouir à l'idée de prier dans un lieu consacré, elles
furent contentes de voir que le chauffeur dépassait
toute cette folie, et qu'ils allaient quelques kilomètres
plus loin faire étape pour la nuit.

À San Mateo, la plupart des voyageurs s'éloignèrent
dans le soir tombé soudain, accueillis pour la nuit chez
des parents ou des amis. On leur indiqua la Fonda Isabel,
où l'on pouvait boire, manger, écouter de la musique. Et
dormir, bien sûr. Elles remercièrent : « *Gracias, hasta
mañana* », et coururent sous la pluie froide.

À côté de l'auberge, des silhouettes se détachaient
dans le cadre d'une porte éclairée, ouverte sur la nuit.

Des hommes jouaient au billard, concentrés, silencieux, accompagnés de guitares tristes. Attachés à une poutre, des chevaux piaffaient et se donnaient des coups de tête nerveux. L'orage se levait.

Miraculeusement, il restait une chambre. Tout le reste était loué par les pèlerins. En s'installant à une table pour dîner, à côté d'un gamin pleureur que sa mère essayait de calmer en criant plus fort que lui, elles remarquèrent les cavaliers, près de l'entrée, qui faisaient un joli tapage. Portant beau, entièrement vêtus de cuir, ils arboraient tous moustaches, ceinturons à boucles d'argent et larges sombreros. Debout contre le bar, ils descendaient l'*aguardiente* comme pour une course de vitesse et d'endurance, en poussant de grands cris. Les éperons noués sur leurs bottes de gauchos achevaient de les distinguer des muletiers et *arrieros*, regroupés dans le fond de la taverne. Drapés dans d'épais ponchos bruns, sans chapeau, ni cuir, ni éperons, ces derniers formaient un groupe à part.

« ¡ *Estos muleros y sus mulas, hombres de corazon*[1] ! » Ernesto, le chauffeur du bus, venait de surgir à leurs côtés, et se penchait vers elles pour cette confession. Il expliqua qu'il en fallait du courage pour transporter les denrées d'un village à l'autre, dans ces montagnes abruptes, par tous les temps. Il eut un regard méprisant pour les *caballeros* du bar. « *Solamente buenos para cansar sus caballos y hacer llorar a las mujeres*[2]! » Et il s'en fut porter un pichet de vin à la table des muletiers.

Si elles n'avaient pas tout saisi, elles avaient compris en tout cas que l'ambiance pouvait être chaude à la

---

1. « Ces muletiers avec leurs mules... des hommes courageux ! »
2. « Juste bons à crever leurs chevaux et à faire pleurer les femmes ! »

Fonda Isabel. Déjà, certains cavaliers tournaient le regard vers leur table et haussaient le ton pour attirer leur attention. Pas parce qu'elles leur plaisaient, ils les avaient à peine regardées, mais parce qu'elles étaient des femmes, simplement. Seules. Et qu'ils leur faisaient l'honneur insigne, eux les machos, de les regarder.

« Je propose que nous montions immédiatement après le dîner, dit Anne. Pour une fois, nous prendrons le temps de prier. »

La chambre était sinistre, et glaciale. Taches d'humidité sur les murs, peinture écaillée, literie suspecte, meubles espagnols à l'ancienne, pas de fioritures. Sans doute un égard pour les pèlerins.

Elles refermèrent immédiatement l'armoire, grande comme un cachot, de peur qu'une armée de cloportes datant de l'Inquisition ne leur saute dessus. Elles prièrent côte à côte, agenouillées au pied du lit, humbles, assidues, concentrées.

Malgré le bruit qui montait du rez-de-chaussée.

« Seigneur, éclaire notre route et garde-nous fidèles à Ton service.

— Amen », murmura la novice.

Elles se relevèrent et s'arrangèrent pour ne pas se gêner, ni en se déshabillant, ni en faisant leur toilette. À tour de rôle. Pudiques elles étaient, pudiques elles restaient. En paroles comme en gestes.

C'est quand même incroyable, nous sommes Sœurs par le Christ, nous nous soutenons, traversons mille surprises, et nous n'arrivons pas à nous parler. Si seulement j'osais... Au moment où elles éteignirent la lumière, Jasmine se lança :

« Vous savez, Saint-Julien, pour moi, c'était d'abord

à cause d'un grand chagrin. Un chagrin et un sentiment de culpabilité, et puis une promesse.

— Ça fait beaucoup de choses. Et Dieu, dans tout ça ?

— Oh ! Il est venu après. Je n'ai pas honte de le dire. D'abord, je devais tenir une promesse. Il est venu quand j'ai accepté de lâcher prise, de pardonner, de me pardonner. Il est venu quand j'ai appris à vous écouter, vous toutes, les Sœurs de Saint-Julien. Un jour, j'ai cessé de... vouloir. Je suis... devenue. Enfin, j'essaie. Vous comprenez ?

— Un chagrin. Je crois que nous en avons toutes eu... », commença Anne.

Elle s'interrompit car des éclats de voix, des rires et des hennissements montaient de l'extérieur. Les cavaliers repartaient avec leurs montures, vers de nouvelles conquêtes sans doute.

« Mais vous avez parlé d'une promesse...

— Quand j'ai quitté la maison de ma tutrice, je n'avais qu'une idée en tête, bouger, voyager. Alors j'ai accumulé les petits boulots, comme on dit. J'ai été moniteur de gymnastique ; j'ai fait de la poterie en Grèce, au Maroc ; j'ai accompagné des groupes de retraités au Portugal. Et là, j'ai rencontré un garçon, André... » Sa voix faiblit en prononçant le prénom. « André était sans famille, comme moi. Un peu chien fou, un peu tête brûlée, mais attachant. Alors je me suis attachée... Un jour que nous étions en France, il m'a emmenée dans la région de Saint-Julien. Plus bas, vers les premiers plateaux. On distinguait l'Abbaye au loin, en plein soleil. Ça sentait la bruyère... Il m'a dit : « Je ne sais pas d'où je viens, mais si je pouvais venir d'ici... » Ça m'a touchée. Je me suis dit que ce serait formidable de venir vivre là, un jour, tous les deux. Qu'il faudrait vraiment qu'on le fasse. Je m'en suis souvenue quand... » Une fêlure dans sa voix. « Quand il est mort... On avait trouvé un chat, on l'adorait. Mais on vivait un peu sur un nuage. Un jour, nous revenions du cinéma, et le chat miaulait comme un malade parce qu'on avait oublié de lui acheter à manger. André est allé chez des voisins chercher des croquettes. Des gens pas bien, qui se droguaient, je le savais. Et je l'ai laissé y aller seul. J'aurais dû... » Elle se mit à pleurer doucement.

Dans le lit voisin, Sœur Anne n'osait rien dire.

« Il s'est cru plus fort que tout ça. Je pense qu'il a voulu essayer. C'est tellement bête ! Le voisin l'a ramené. Il n'était pas bien. Il est mort dans mes bras. Overdose, a dit le médecin. Et ça a été fini. » Elle renifla, et reprit sa respiration. « Je n'arrivais pas à y croire. On commençait juste à s'en sortir, on avait fait des projets... Et je me retrouvais seule, avec le chat. Désespérée et pleine de rage. C'est alors que je me suis souvenue de Saint-Julien. J'ai pensé que je lui devais de venir là. Je me suis mise en marche, avec le chat. Vous connaissez la suite.

— C'est vrai que c'est une histoire triste. Venir à Dieu, c'est venir à Dieu. Et Il vous appelle aussi. Mais il y a parfois des chemins...

— C'est pour ça, vous comprenez... avec les narcotrafiquants. Je ne pouvais pas boire à leur santé ! Je l'ai fait parce que j'ai eu peur qu'on ne vous tue. À cause de mon attitude. »

Saisie, Anne ne répondit pas. Elle avait honte. Honte de s'être évanouie, juste à ce moment-là, alors même que Jasmine pensait à elle, en plein danger. Ça ne lui était encore jamais arrivé. Elle avait fui la réalité et s'était répandue sur le sol. Lamentable. Elle éprouva un immense sentiment de déception, devant son attitude, sa faiblesse, sa lâcheté. Trop loin de ses rêves tout ça. Elle se mit à penser à la vie de Jasmine. Si jeune et déjà tant de larmes. Pas de père, une mère disparue trop tôt, un amour foudroyé... Heureusement, une vocation, soudaine, salvatrice.

Mais était-ce bien une vocation ? N'était-ce pas plutôt une forme d'exutoire ? Qui sait ? Bien des postulantes se trompaient, croyant remplacer un amour terrestre perdu par l'amour de Dieu retrouvé. Ça faisait de mauvaises Sœurs quand elles allaient jusqu'au bout. Il ne fallait pas que cela arrive à Jasmine. Elle devait y veiller. Elle se tourna vers la novice, dans le noir :

« Je vais prier pour vous, Jasmine. Pour que la paix et la vérité reviennent sur vous. »

Elle s'enfonça dans les draps glacés en fermant les yeux. Bien sûr. C'était évident. Il s'agissait d'une de ces vocations circonstancielles comme on en avait tant vu. Respectable, mais bâtie sur des rêves. Il ne faudrait pas la brusquer. Pas pendant le voyage. Juste l'aider à retrouver le chemin de vie qui était le sien, pas à pas. Discrètement. Après, à Saint-Julien, elle verrait bien. Pour le moment, c'était une question de vigilance. Elle allait s'y employer, de toute son âme.

Elle s'endormit en souriant, au moment où la pluie redoublait de violence contre la fenêtre. Une brume d'eau avait envahi le village, où seule la lumière de la Fonda Isabel brillait. Comme un phare. Un espoir infime dans la nuit.

Le lendemain, les rues s'étaient transformées en un magma boueux qui collait hommes et bêtes à la terre. Il pleuvait toujours.

On ne sait ni quand ça commence, ni quand ça finit, dans ce pays.

Ernesto s'énervait contre ceux qui traînaient.

« ¡ *Vámonos, vámonos ahora ! Hoy, tenemos largo camino que hacer*[1]. »

Comme les autres, elles reprirent les places de la veille, entre poussins et cochon, et le bus s'ébranla enfin dans des bruits de moteur à fendre l'âme. Dès la sortie du village on attaquait la montée aussi sec. Quelques tours de roue et on abordait soudain les vraies montagnes. La cordillère des Andes. Redoutable massif. Leur but ultime. Enfin.

Le nez collé aux vitres ruisselantes, elles découvraient les forêts d'altitude. Les premières collines s'ouvraient en V, et d'autres, derrière, encore en V. Et ainsi de suite, comme un éventail velu et rocheux déployé de plus en plus haut.

La chiva gravissait lourdement une succession de monts identiques, à la végétation moutonnante, luxuriante, brillante sous la pluie. Parfois, sur un plateau, on retrouvait une savane et un semblant de douceur.

Fausse douceur. Herbes rases, buissons piquants et palmiers efflanqués. Et puis on montait encore, à en avoir le vertige. Dépassant les nuages accrochés à mi-flanc des nouvelles pentes, dépassant les sommets qui, un instant plus tôt, semblaient inatteignables. Et le bus continuait. Courageux, volontaire, avec des reprises, dans les virages étroits, qui faisaient retenir leur souffle aux passagers. En haut, tout en haut, elles virent les premières neiges.

---

1. « Allez, allez ! On y va, maintenant ! On a de la route à faire aujourd'hui. »

La pluie s'était arrêtée, se transformant en bruine. Quand ? Personne n'aurait su dire. Mais une humidité tenace gardait la montagne sous son emprise froide. Il fallait régulièrement frotter les vitres pour ôter la buée à l'intérieur du bus. Le ciel était plombé depuis le matin. Le bruit du moteur monotone. Insensiblement, elles s'assoupirent.

Elles se réveillèrent quand Ernesto poussa un cri et donna un grand coup de volant. Une mule s'était installée au milieu de la route, juste à la sortie d'un virage en côte, et il avait failli la percuter. Comme la mule ne bougeait pas, il arrêta le moteur et descendit avec quelques hommes voir ce qu'elle avait. C'est alors que retentirent les premiers coups de feu. Venant de toute part, des hommes en armes encerclèrent le petit bus et firent signe de descendre aux voyageurs affolés.

« *Guerilla*[1]..., murmuraient les uns.

— *Milicia Nacional... El Cartel*[2], chuchotaient les autres.

— *Bandidos*[3] », soupira le veuf.

Tétanisées, les moniales dévisageaient les hommes en treillis qui bousculaient les voyageurs qui ne descendaient pas assez vite. Ils sortaient du bus avec toutes leurs pauvres richesses, les sacs de grain, les canards, les poussins. Les femmes se signaient, les hommes tremblaient, les jeunes se forçaient à baisser la tête.

Et si c'étaient les narcotrafiquants qui revenaient. Elles n'osaient pas se regarder, et suivirent la colonne qui s'échappait peu à peu du bus comme le sang coule d'une plaie. Leur voisine trébucha sur une marche et tomba par terre sans que personne n'essaie de la rete-

---

1. « La guérilla. »
2. « Non, la Milice... le Cartel. »
3. « Des bandits ! »

nir. Le cabri qu'elle portait lui échappa et fila vers la forêt proche.

Une salve de mitraillette.

Le chevreau tomba comme une masse, sans un cri. Déjà le mince pelage blanc se tachait de rose. *Seigneur !* Les soldats se mirent à rire en regardant l'animal.

Encore une vieille femme, et ce serait à elles de descendre. Anne mit un pied sur la première marche. Un bruit étrange, semblable à un grognement, la retint un instant. Le tonnerre ?

Les soldats levèrent la tête. Plus rien. On leur fit signe d'accélérer et Jasmine la rejoignit sur le sol, portant leurs deux sacs. C'est alors que le bruit se fit entendre à nouveau, plus fort, plus proche. Elles eurent le sentiment que la terre bougeait, et, sous leurs yeux exorbités, toute une partie de la montagne, au-dessus d'elles, se mit à trembler.

« ¡ *Terremoto*[1] ! » cria un des soldats.

Pire qu'un tremblement de terre. C'était un glissement de terrain. Ayant absorbé la pluie comme une éponge depuis des jours, la terre gorgée d'eau s'en séparait soudain. Précédé par un torrent de boue, un pan entier de la montagne leur tombait dessus. La cohue fut totale, chacun tâchant de gagner un abri. Certains redescendaient la route en hurlant, d'autres s'aplatissaient derrière l'autocar.

« Suivez-moi ! » cria Anne. Saisissant un des sacs, elle fonça droit devant elle dans la forêt qui longeait la route. « Foncez... Ça nous tombe dessus ! »

Un grondement monstrueux se fit entendre, un souffle de bête fauve leur frôla les oreilles, et un précipice s'ouvrit dans leur dos, coupant la montagne en deux.

---

1. « Un tremblement de terre ! »

D'un côté, la route arrachée et le car emporté par la boue. De l'autre, le morceau de forêt où elles se trouvaient.

La terre dégringola un long moment dans des gargouillis abominables. Elles virent passer une roue du bus devant elles, des ballots souillés, une cage à poules, des pierres et des troncs d'arbres. Pas de corps. Quand la rage souterraine se fut tue, un silence sans cris d'oiseaux s'installa.

« On devrait aller voir s'il y a des blessés », chuchota Jasmine.

Elles remontèrent la pente, s'aidant des mains pour s'accrocher à la terre meuble qui fuyait sous elles. Elles allaient rejoindre la route quand un coup de feu claqua, juste au-dessus de leurs têtes.

« Ce coup-ci, on file », cria Anne.

Tenant chacune leur sac à bout de bras, zigzaguant dans les éboulis, elles se mirent à courir pour échapper aux coups de feu qui se multipliaient autour d'elles. Elles traversèrent des buissons d'épineux qui les griffaient au passage, enjambèrent des fûts écroulés, pataugèrent dans des mares affreuses. Le cœur battant à éclater, les oreilles bourdonnantes, elles bondissaient dans la jungle de montagne, s'éloignant chaque instant davantage des terres habitées.

À un moment, Anne pila brusquement et Jasmine vint s'écraser dans son dos, à bout de souffle. Sous leurs pieds, juste à un mètre environ, une faille se devinait dans l'herbe.

« Ce sont les perroquets... qui m'ont alertée. »

Anne avança prudemment, haletante, un poing sur le côté, et se pencha, écartant l'herbe. Elle vacilla au-dessus du gouffre. Jasmine eut juste le temps de la retenir par la manche. Du promontoire où elles se trouvaient jusqu'au fond de l'abîme, du moins ce qu'elles en devinaient, plus de trente mètres de vide.

Des bancs de perroquets sauvages montaient et descendaient au gré des courants d'air, jouant entre les lianes tentaculaires qui frangeaient le bord du précipice. Ils étaient d'un vert incroyablement vif, qui se distinguait parfaitement des autres verts, plus sombres, de la forêt. Quand ils se taisaient, on entendait le bruit rafraîchissant des cascades, visibles plus loin, dans l'arrondi de la faille devant laquelle elles se trouvaient. Elles se laissèrent glisser dans l'herbe humide, épuisées.

Jasmine s'allongea sur le dos. Un minuscule bout de ciel bleu apparaissait entre les nuages sombres. Elle décida que c'était un bon présage et ferma les yeux. *Seigneur, mais où nous conduis-Tu ?* Elle entendait le sang battre dans ses tempes. Elle avait affreusement chaud après cette course insensée, et comme un début de migraine. Elle sourit.

Ça faisait bien urbain, la migraine, alors qu'elles étaient égarées en pleine forêt vierge.

« Vous avez vu comme ils sont beaux », murmura Anne. Appuyée sur les coudes, elle observait les perroquets. « Je n'aurais jamais imaginé en voir comme ça..., sauvages, en pleine nature.

— C'est vrai. On s'est habitué à les voir en cage, gros oiseaux pataud, et on oublie d'où ils viennent et comment ils vivent. Alors que leur élément même c'est la liberté. »

Elles gardèrent le silence, admirant les fusées vertes qui jouaient le long des roches suintantes, interminablement. *Quelle beauté...* Il devait être près de midi, d'après la position du halo solaire derrière les nues.

« Aïe ! Aïe ! Aïe ! Aïe ! » Jasmine venait de bondir,

chassant deux fourmis rouges sur son bras. À l'idée d'en avoir d'autres sur le corps, elle dansait sur place dans l'herbe haute, et son pied heurta l'un des sacs qui se mit à glisser lentement. Quand elle s'en aperçut, il était trop tard pour réagir. Le sac hésita un instant au bord du précipice, comme s'il faisait ses adieux, et bascula soudain dans le vide.

« Mon Dieu, le sac ! Oh non !

— Ça fait un beau doublé avec mes lunettes, dit Anne philosophe. Allez, ça n'a rien de tragique. Vous aviez quoi dedans ? un peigne, du savon ?

— Mais... c'est votre sac qui est tombé, Anne. Oh ! je suis vraiment désolée... »

Anne la regarda un moment, les yeux ronds, puis éclata de rire. Après une hésitation, Jasmine se mit à rire également. Ouf ! Ça ne faisait pas un drame. Elle alla vers son propre sac, en sortit une brosse à cheveux qu'elle enfouit dans la poche de sa saharienne, et lança la mallette dans le vide.

« Allez, pas d'excuses. Va rejoindre ton copain au fond du trou ! »

Les pesos qui restaient et les billets de retour étaient dans la ceinture d'Anne. Sans sac, elles auraient les mains libres.

« Vous qui vouliez bouger, je crois que c'est le moment. On va dans quelle direction ? »

Elles décidèrent de commencer par longer la faille, ce qui leur prit vingt minutes. Ensuite, elles s'enfoncèrent à nouveau dans la jungle. Le peu qu'elles devinaient des montagnes, quand il y avait une trouée derrière les hautes futaies, était impressionnant. Capuchons neigeux, arêtes rocheuses, pelage herbeux. Et à nouveau la forêt. Elles s'arrêtèrent pour observer un immense oiseau qui semblait faire du surplace, très haut dans le ciel. Peut-être un condor. Elles pensèrent alors aux bêtes sauvages qu'elles risquaient de rencontrer. Comment se défendraient-elles ? La seule attaque dont elles furent victimes fut celle de la pluie.

Et c'est reparti...

Comme toujours, la pluie gagnait rapidement en violence. La terre devint lourde et boueuse. L'air se chargea de glace. Des torrents se créaient sous leurs pieds. Des buissons gorgés d'eau se déversaient sur elles quand elles les écartaient pour passer. Elles tombèrent dans des fondrières aux effroyables odeurs de pourriture, dont les replis devaient cacher de non moins effroyables bestioles. Mais elles continuaient à marcher, encore et encore. Elles ne pouvaient se permettre de s'arrêter. Le froid les aurait anéanties. Trempées, crottées, glacées, elles avançaient. Le vent se leva. L'orage s'intensifiait. La progression devenait dangereuse.

Soudain, au centre d'un tertre vallonné, elles devinèrent une sorte de grotte où elles coururent s'abriter.

« Au moins, on sera au sec, chuchota Jasmine, que l'obscurité du caveau troublait un peu. Il était temps..., voilà les éclairs maintenant ! »

Elles s'enfoncèrent prudemment un peu plus avant, et se retournèrent pour regarder la pluie. Le paysage avait entièrement disparu. Seules restaient visibles, devant l'entrée de la grotte, les flèches liquides que le vent soufflait en diagonale. L'eau ruisselait, crépitait tout autour.

Il leur sembla entendre un grattement, dans le fond. Au moment où elles se retournaient, un éclair zigzagua dans le ciel et éclaira un visage grimaçant, juste derrière elles. Elles poussèrent un hurlement et s'enfuirent sous la pluie battante.

Mon Dieu ! quelle horreur ! qu'est-ce que c'était ?

Sans oser se retourner sur le monstre qui peut-être les poursuivait, elles se mirent à courir plus vite encore qu'elles n'avaient jamais fait. *Faites qu'il ne nous suive pas. Faites qu'il reste dans son trou.*

Un nouvel éclair illumina la montagne. Là ! Juste devant ! Deux silhouettes tapies ! On les guettait donc.

Affolées, elles s'engouffrèrent dans un sentier qui s'ouvrait à leur gauche. Anne tomba brutalement et Jasmine revint l'aider à se relever, guettant par-dessus son épaule si on les rattrapait. Le vacarme de l'orage ne permettait pas d'entendre si on courait derrière elles.

Le sentier semblait s'élargir.

Mon Dieu, faites qu'il y ait un village, une maison, quelque chose !

Au moment où il leur semblait entendre des pierres rouler sur le chemin, dans leur dos, elles se heurtèrent à un mur élevé, le longèrent en hurlant, jusqu'à ce qu'elles arrivent à une porte de bois qu'elles se mirent à frapper comme des démentes.

« Ouvrez-nous, ouvrez-nous ! Au secours ! »

Deux hommes armés surgirent sur le seuil. *Seigneur..., ça recommence !* Tant pis, tout valait mieux que l'affreux de la grotte. On les saisit par le bras, refermant aussitôt la porte avec un regard en arrière, et elles se retrouvèrent dans une petite cour à ciel ouvert. Les hommes les menèrent à une salle éclairée par le feu d'une immense cheminée. Elles se précipitèrent vers les flammes, tendant leurs mains à la chaleur.

Dans leur dos quelqu'un dit : « *Madre de Dios...* » Elles se retournèrent et restèrent stupéfaites devant la femme qui leur faisait face.

Âgée d'une quarantaine d'années, grande, belle et brune, la femme portait un étonnant costume qui semblait tout droit sorti d'un vieux western. Section entraîneuse de saloon, option classe. Elle les dévisageait sévèrement, fouettant sa bottine à talon avec une cravache à manche d'argent. Un pan de sa robe était relevé sur le côté, dévoilant de longues jambes gainées de soie blanche.

« ¿ *Qué es eso ?* ¿ *Qué venís hacer en mi casa*[1] *?* »

Elle les dévisageait, les scrutait plus exactement, sourcils froncés, visage fermé. En proie à une colère qu'elles ne comprenaient pas. Elle parut soudain avoir une idée :

« ¿ *Bailarinas ?...* ¿ *Artistas*[2] *?*

— Heu... *Scusi...* heu, non, *per favor, ayuto...* Ah ! là, là, je ne m'en sors pas, Jasmine, venez à mon secours...

— Françaises ?

— Oui, c'est ça. Nous sommes françaises...

— Artistes ?

— Heu, non... Nous sommes des professeurs de lettres », répondit Anne sur la défensive.

La femme les regardait tout d'un coup différemment, les jaugeait. Un peu comme un maquignon ferait avec un cheval. Elle leur tourna autour, les examinant des pieds à la tête, et souleva les mèches emmêlées de boue de Jasmine avec la pointe de sa cravache.

« Professeurs de lettres..., répéta-t-elle lentement en faisant la moue. Mais néanmoins françaises... Ça pourrait faire l'affaire, murmura-t-elle. Vous n'avez rien contre l'art, je suppose.

_____

1. « Qu'est-ce que c'est ? Que venez-vous faire chez moi ? »
2. « Danseuses ? Vous êtes artistes ? »

— L'art ? »

Les moniales se regardèrent, un peu ébranlées. Seraient-elles tombées chez une illuminée ? Ses paroles, ce costume...

« Oui, l'art. La danse, la musique, le chant... Vous n'avez rien contre ?

— Non... Rien du tout contre, répondirent-elles d'une même voix.

— Alors, c'est parfait. Juanita va vous accompagner à mes appartements où vous prendrez un bain. Vous faites peur à voir. Je me demande bien d'où vous venez. Bon, on verra ça après. Quand vous serez propres, nous parlerons de notre soirée artistique. Sans traîner. Nous avons juste le temps ! »

Elle sortit de la pièce dans un gracieux chuintement d'étoffes, laissant derrière elle le sillage d'un parfum entêtant. Une jeune paysanne arriva, Juanita sans doute, qui leur fit signe de les suivre à l'étage.

La maison était immense, sur deux niveaux, meublée à l'espagnole. Lourds buffets, armoires massives, immenses miroirs. Curieusement, elle semblait n'avoir qu'un côté. Un mur rectiligne recouvert de lourdes tapisseries faisait face à toutes les portes. Comme si tout l'édifice était coupé en deux. Par ce mur.

On est chez King Kong, frémit Jasmine.

La salle de bains de leur hôtesse les laissa sans voix. Immense, jonchée de tapis précieux, éclairée de bougies qui scintillaient dans les candélabres et se reflétaient dans les miroirs à l'infini. Une baignoire, dans laquelle on devait pouvoir se mettre à trois sans se gêner, trônait au centre. Juanita ouvrit les robinets... il y avait de l'eau chaude ! Elle les laissa après avoir jeté un produit moussant dans la baignoire et leur avoir indiqué un monceau de draps de bain.

« *A media hora, regreso para ellas, con la Seño-ra*[1]. »

Anne trempa sa main dans la mousse qui débordait déjà et ferma les robinets. Jasmine faisait le tour des lieux.

« Oh ! là, là, s'exclama-t-elle. Il y a même une douche murale à multijets ! Prenez la baignoire, Anne, moi, je vais me passer au Kärcher. »

Elle s'était enfermée dans la cabine qui précédait la douche, et Anne entendit bientôt le ruissellement des jets d'eau. Elle hésita un instant seulement, quitta ses vêtements raides de boue séchée, et s'enfonça bientôt dans un nuage laiteux.

Mais où sommes-nous tombées ? Elle ferma les yeux. Plus tard. On verrait plus tard. Là, elles avaient bien besoin de se détendre. Et puis, on leur avait parlé d'une soirée artistique. Ce serait vraiment extraordinaire d'assister à un concert, là, en pleine montagne. À cette idée, elle sourit de contentement et disparut tout entière sous la mousse.

Elles s'étaient à peine emmitouflées dans les draps de bain que Juanita revint, avec leur hôtesse.

« Je m'appelle doña Solitudine de Estrechura y Mandillo. On m'appelle doña Sol, dit-elle en s'asseyant sur le tabouret devant la psyché. Bienvenue chez moi. Et merci à ma duègne qui m'a appris le français. »

Elle fit un geste à Juanita qui ramassa les vêtements des moniales.

« N'ayez crainte, on vous les rendra, une fois lavés... J'ai de toute façon une autre tenue à vous proposer. Vous verrez, vous ne serez pas déçues. »

_____

1. « Je reviens dans une demi-heure, avec Madame. »

Elles ne furent pas déçues, en effet. Derrière le mur aux lourdes tentures, il y avait un théâtre à l'italienne. Le concert ? C'étaient elles qui allaient le donner. L'assistance ? Nombreuse. On attendait plus de deux cents personnes. Soit tous les ouvriers des mines de charbon à ciel ouvert de la région et leurs contremaîtres. Tous plus violents, plus vauriens les uns que les autres.

C'était vendredi, jour de paye, et on venait de partout pour les vendredis soir de doña Sol. Chez elle, on jouait aux cartes pour de l'argent, on buvait comme des trous, et surtout il y avait le spectacle. Des danseuses et des chanteuses légères qui venaient exprès de Bogota.

« Je suis désolée, mais... ça ne va pas être possible, commença Jasmine quand elle eut compris ce qu'on attendait d'elles.

— Mais, bien sûr que ce sera possible, trancha doña Sol d'un ton péremptoire. Vous êtes mes obligées, je vous le rappelle. Vous surgissez on ne sait d'où, crottées comme des chiens, je vous réchauffe, je vous lave..., et vous me refuseriez un petit service !

— Non, vraiment, je regrette, mais...

— Il n'est plus temps de regretter. Écoutez-moi bien maintenant. Dans moins de deux heures les mineurs arrivent, et ce ne sont pas des anges. Il n'est pas question de les décevoir... La dernière fois qu'il y a eu un problème, ils ont failli mettre le feu !

— Mais... »

Jasmine insistait, contrariée qu'Anne ne vienne pas à son aide. Celle-ci restait muette, les yeux fixés sur la tenancière.

« Pas de mais ! Si je pouvais faire autrement, pour sûr que je ne vous propulserais pas danseuses dans mon casino. Seulement voilà, le glissement de terrain a arraché la route, la voiture qui m'amenait mes artistes est repartie en ville, je n'ai pas de solution de rechange. Un vendredi soir, c'est la révolution assurée ! Et voici que le ciel vous envoie... Tenez, ceci devrait vous aller », elle tendit un costume à Jasmine.

Costume, c'était beaucoup dire. On n'aurait pas bordé un enfant avec.

Jasmine regardait avec effarement le bout de tissu vert à franges perlées d'or qu'on voulait qu'elle porte. Avec ça et les collants à résille ajoutés par doña Sol, elle aurait tout de Marilyn dans *Bus Stop*.

« Pour vous..., continuait doña Sol en fouillant dans ses armoires, je pense que cette teinte devrait vous convenir. »

Elle tendit à Anne la réplique du costume de Jasmine, mais rouge sang, brodé de rangs de jais taillés en pointe.

« Non, dit calmement Anne, au grand soulagement de Jasmine.

— Non ? »

Le visage de doña Sol hésitait entre fureur et désespoir.

« Non... À moins que vous ne nous payiez. »

Jasmine sentit sa bonne humeur fondre comme neige au soleil.

« Il faudra nous dédommager, nous rendre nos vêtements et nous remettre sur le bon chemin.

— C'est tout ? demanda la Colombienne.

— Non. Il nous faudra aussi une protection contre ceux qui nous guettent sur le chemin, et dans la grotte.

— La grotte ?

— Oui. Quelqu'un avec un visage épouvantable, un dégénéré sans doute, s'y était caché, et d'autres sur le chemin... »

Doña Sol s'était mise à rire.

« Petites filles ! Mais il n'y a personne dans nos grottes. Vous êtes entrées dans la région des vestiges précolombiens, près de Tierradentro. Ce que vous avez vu ce sont des statues indiennes, disséminées sur les tertres et dans quelques caveaux. Et vous avez cru... » Elle se remit à rire, moqueuse.

« On peut aussi repartir, dit Anne, ulcérée.

— Comme ça, dans la nuit, toutes nues...

— Comme ça vous réglerez toute seule vos problèmes avec les mineurs. »

Elles se mesurèrent du regard.

« Très bien. C'est d'accord... J'espère pour toi que tu auras le même feu sur scène ! » Elle frappa dans ses mains.

« ¡ Juanita ! Ayúdales a vestirse[1]..., et rejoignez-moi toutes au casino. Il est temps que vous fassiez connaissance avec mon Temple de l'Art, et que l'on voie ce qu'on peut tirer de vous sur une estrade ! » Elle quitta la pièce en riant. « Des monstres dans la grotte ! Seigneur... ¡ Qué lástima[2] ! »

À 21 heures, quelques mineurs en retard tiraient des coups de pistolet dans le noir devant la porte du casino. On n'allait tout de même pas commencer sans eux !

À l'intérieur c'était une cohue indescriptible, un brouhaha dément. Les premiers arrivés s'étaient jetés sur les tables rondes devant la scène, pour être aux premières loges et avoir la meilleure vue possible sur les artistes.

1. « Juanita ! aide-les à s'habiller... »
2. « Quelles cruches ! »

202

Les suivants s'étaient retrouvés dans les baignoires et les balcons, aménagés de façon à pouvoir servir facilement à boire. C'était là que se tenaient les irréductibles joueurs de cartes. Tout au fond, au rez-de-chaussée, près du bar, les derniers arrivés se tenaient debout. L'ambiance était chaude. Les serveurs n'avaient pas assez de bras pour contenter tout le monde, on s'interpellait d'une table à l'autre, d'un bout du théâtre à l'autre, et les Mariachis, au bord de la scène, enchaînaient les morceaux à une cadence diabolique.

Il en venait encore. Le visage noir du charbon qui leur teignait peu à peu la peau malgré les efforts et le savon. Et plus il en arrivait, plus on se serrait au fond de la salle.

Parmi les plus jeunes, devant, un groupe se mit à crier : « ¡ Artistas ! ¡ Artistas ! « ¡ Artistas ! ... » Aussitôt repris en couplet par d'autres. « Artistas ! »

La salle entière se mit bientôt à hurler. On tapait sur les tables avec les crosses des pistolets. On réclamait les artistes, le spectacle. C'était la folie.

Debout derrière le rideau écarlate, doña Sol prenait la température de la salle. « On attend encore un peu. » Ses deux gardes du corps lui lancèrent un regard inquiet. Elle frémit. C'est vrai que c'était risqué. Les hommes étaient en pleine fièvre, comme chaque fois qu'il pleuvait plusieurs jours sans discontinuer. Mais elle devait essayer de les épuiser avant de commencer. Ce n'était pas un soir comme les autres.

Elle lança un regard en coulisse vers les silhouettes tremblantes des deux Françaises. Est-ce qu'elles allaient tenir le choc ? Elle murmura : « Attention. Ça va être à vous, les filles. » Puis elle se signa, porta un morceau du rideau à ses lèvres, et entra dans l'arène.

Quand ils la virent, crânement perchée sur ses talons

aiguilles, une cuisse savamment montrée dérobée, la main négligemment posée sur la hanche, cambrée, la poitrine tendue vers eux, les hurlements se déchaînèrent. « Doña Sol... doña Sol... doña Sol... Viva ! Viva ! Viva ! »

La gorge palpitante, elle attendit qu'ils se calment un peu.

« *Esta noche*..., commença-t-elle, ce soir n'est pas une soirée comme les autres. Vous allez être étonnés... » Ses beaux yeux passaient sur l'assistance électrisée, affichant un calme qu'elle était loin de ressentir. « Ce soir, deux immenses vedettes européennes nous font l'honneur de leur présence. Elles ont connu tous les théâtres, tous les Opéras, tous les honneurs... »

Elle y va quand même un peu fort, se disait Jasmine. *On va se ramasser...*

« C'est le moment de vous souvenir de vos colonies de vacances, lui souffla Anne qui croisait les doigts dans son dos.

— Ce soir, pour la première fois, je vous demanderai d'être à la hauteur du spectacle que ces interprètes vont effectuer pour nous. Pour vous », précisa doña Sol, aguicheuse, aux hommes des premiers rangs.

Le résultat ne se fit pas attendre.

« *AR-TIS-TAS !* » hurla la salle tout entière.

Ça y était. On pouvait y aller. Elle fit un signe de la main et le rideau se leva lentement, découvrant un décor bucolique, peint à la Watteau.

« Je vous demande d'accueillir comme il se doit nos invitées de ce soir, mesdemoiselles... Patricia de Paris... et Ingrid de Stockholm ! »

Les moniales entrèrent en scène. Chacune d'un côté. La salle entière se leva, dans un tonnerre d'applaudissements.

Eh bien maintenant, Seigneur... c'est à nous !

Elles gagnèrent encore un instant, le temps que les ovations se calment. Et les premières mesures de *Carmen* retentirent. Maintenant, elles ne pouvaient plus reculer.

*

« Seigneur, garde-nous en Ta sainte présence, et soutiens dans leur difficile tâche nos Sœurs parties en Colombie.

— Amen », répliqua l'assistance.

La Mère Abbesse s'inclina. La prière de sexte s'achevait. Avec chaque fois une pensée spéciale pour leurs Sœurs absentes.

Toutes les moniales avaient hâte d'avoir de leurs nouvelles, sachant fort bien cependant que, lors d'un tel voyage, on avait rarement le temps et l'occasion de s'arrêter à un bureau de poste. Néanmoins, elles espéraient.

Beaucoup s'étaient jetées sur des dictionnaires ou des encyclopédies pour se faire une idée exacte de l'endroit où se trouvaient les voyageuses. Celles grâce à qui la chocolaterie allait bientôt fournir à nouveau.

Sœur Guillemette était rentrée de l'hôpital, avec un beau plâtre sur lequel elles avaient toutes signé, et écrit un petit texte pieux au stylo-bille. La vieille moniale s'était remise de sa déception de ne pas faire le voyage en se plongeant furieusement dans tous les vieux livres de la bibliothèque concernant le chocolat. Quand Sœur Anne et Sœur Jasmine rentreraient, elle voulait les éblouir avec ses recherches. Souvent, Sœur Madeleine venait l'assister dans ses études et elles prenaient des airs de conspirateurs quand une de leurs consœurs pénétrait dans la pièce où elles travaillaient.

« Laissez-nous garder le secret encore un peu, disaient-elles en riant. De toute façon, nous avons d'ultimes vérifications à faire. » Et elles retournaient à leurs recettes et à leurs grimoires comme deux vieilles sorcières affairées.

La seule qui ne pouvait se réjouir totalement était la Mère Abbesse.

Et pour cause, elle avait eu des nouvelles d'Alsace. Sœur Clothilde était sortie du coma et se remettait doucement. Elles s'étaient même parlé un instant au téléphone. Ce qui l'inquiétait, c'était ce que le docteur lui avait confié. Une jeune infirmière débutante avait fait une erreur en injectant à Sœur Clothilde un produit qui ne lui était pas du tout destiné. Un produit utilisé pour aider les suicidaires et les dépressifs à parler, à se confier. La drogue leur permettait de se libérer de leurs problèmes en les abordant bien plus facilement qu'à l'état normal de conscience. Un philtre qui levait bien des blocages. Heureusement, c'était sans danger, avait assuré le médecin.

Un matin, on avait retrouvé une Sœur Clothilde qui divaguait doucement, racontant sa vie en long et en large avant de comprendre ce qui s'était passé.

La jeune soignante avait été vertement tancée. Si fort d'ailleurs qu'elle avait donné son congé. Morte de honte, certainement, en avait conclu le médecin.

Ce n'était pas l'avis de la Supérieure. Elle connaissait si bien l'âme humaine, tout enfermée qu'elle fût.

Elle avait ajouté cet incident à l'attaque précédente et avait conclu que ce n'était pas un incident bénin. On avait cherché à faire parler Sœur Clothilde de quelque chose qu'elle gardait secret. Il n'y avait qu'un secret. La route du chocolat.

Depuis ce jour, la Mère Abbesse était en proie à de sombres angoisses.

Pourvu, pourvu qu'on ne s'attaque pas à ses filles. Pourvu qu'elles arrivent à temps au marché des fèves. Elle y pensait le jour et la nuit. Elle y pensait chaque fois que le chat venait lui rendre visite.

« Toi qui sais tant de choses, lui disait-elle en le caressant, crois-tu que les nouvelles soient bonnes ? » Le chat la regardait fixement. Sans répondre.

Mon Dieu, veillez sur Vos filles, et donnez-leur la force d'affronter vaillamment leur mission.

*

Après l'introduction de *Carmen*, elles s'étaient contentées, comme prévu, de déambuler le long de la scène en jouant de la prunelle et de l'éventail.

« *Ça vous mettra en jambes, ne tentez rien avant d'avoir fait le tour de la salle avec le regard* », avait conseillé doña Sol plus inquiète qu'elle n'aurait cru.

Ce moment de silence leur avait permis de prendre vraiment possession de leurs chaussures à hauts talons et des mini-maillots perlés qui leur moulaient le corps, mais il fallut bien se résoudre à attaquer. Mis dans la confidence, et effarés à l'idée que la supercherie soit découverte, les Mariachis lancèrent les premières notes de la chanson qui ouvrait le bal, tandis que doña Sol, en coulisse, mettait le disque en marche.

C'était Marilyn Monroe. Un numéro qui plaisait toujours. Et c'était Anne qui s'y collait. Elle avait choisi de commencer parce qu'elle voulait montrer l'exemple à Jasmine, mais aussi parce qu'elle voulait clouer le bec à cette arrogante doña Sol. Elle avait juste omis de préciser que, toute jeune fille, elle avait passé des heures devant sa glace à imiter Marilyn dont on lui avait offert un 45 tours. Ce serait un jeu d'enfant.

Ce qu'elle n'avait pas prévu, c'étaient les regards sombres de tous ces hommes posés sur elle. Même sans ses lunettes, elle les devinait. Attentifs, silencieux, exigeants. Au moment de se lancer, elle faillit flancher et affermit la prise du micro dans sa main pour se donner du courage. Elle ne pouvait plus reculer.

« *My name is... Lolita...*, commença-t-elle, calquant sa diction sur la voix suave qui susurrait dans les haut-parleurs. *And I am not supposed to play... with... boys* [1] *!* »

Pâles sourires dans l'assistance. Ça n'était pas gagné. Dans la coulisse, doña Sol monta le son, l'obligeant à assumer pleinement le jeu du play-back. Anne s'enhardit et risqua un clin d'œil au jugé vers le premier rang. Une onde légère agita quelques épaules viriles. Finalement, c'était une bénédiction de ne rien voir très clairement. Ce flou lui donnait l'impression de se dédoubler, le sentiment que ce n'était pas elle qui s'exhibait sur scène à moitié nue. Elle plissa les yeux, exactement comme le faisait Marilyn, comme elle avait si bien répété, il y avait des siècles, dans sa chambre de jeune fille. Elle décida d'oublier Sœur Anne, et s'imagina qu'elle concourait pour un des radio-crochets de son enfance, que toutes ses amies d'école la regardaient, et que, si elle gagnait le concours, elle pourrait encore se lancer au galop dans les allées qui menaient à la maison, à maman et à papa, vers sa sœur qui irait enfin mieux, qu'on remonterait le temps, que jamais Marcel ne lui dirait... Elle

---

1. « Je m'appelle Lolita... Et je ne dois pas jouer avec... les garçons ! »

termina les larmes aux yeux, et cette humidité lacry-
male confirma à l'assistance qu'ils avaient affaire à une
grande artiste. On l'applaudit longuement.

Pas mal pour un petit prof de français, se dit doña
Sol alors qu'Anne quittait la scène. *À l'autre maintenant...*

Un projecteur découvrit Jasmine, gracieusement
assise sur une escarpolette, se balançant lentement,
tandis que les Mariachis lançaient les premières mesures de la chanson suivante.

Plaisir d'amour
Ne dure qu'un-un moment,
Chagrin d'amour
Dure toute la vie-i-e...

Une véritable grâce émanait de la jeune fille. Son
visage pur, ses longs cheveux blonds déployés comme
un voile sur ses épaules, son attitude pudique chavi-
rèrent les cœurs de ces durs à cuire. Aucun ne parlait,
ce qui était rare pour l'endroit. Évidemment, personne
ne comprenait les paroles de la chanson, mais tous
sentaient que c'était une chanson d'amour. Et l'amour
c'était la grande affaire de la vie après tout. C'était uni-
versel, ça se respectait. Elle termina en cachant son
visage dans ses mains, comme si elle pleurait, et eut
droit à un tonnerre d'applaudissements.

« Vous alors..., souffla doña Sol quand le rideau fut
tombé. Mais, vous pleurez...

— Pas du tout. C'est votre théâtre qui est plein de
poussière !

— Je préfère. Ça n'est pas le moment de flancher,

c'est votre duo maintenant. Dès qu'on aura servi à boire. »

La Colombienne ne perdait pas le nord. Toutes les deux chansons, il avait été décidé que les Mariachis joueraient une samba ou un air local, le temps qu'on apporte à boire aux mineurs. Ça permettait de souffler ou de changer de costume. En l'occurrence, Anne restait en maillot écarlate et Jasmine se couvrait d'un poncho et d'un immense chapeau.

Le rideau se leva, découvrant des bottes de paille sur lesquelles la novice semblait dormir.

Un Mexicain basané-é...,
commença Anne en montrant Jasmine,
Est allongé sur le so-ol,
Le sombrero sur le nez-é,
En guise, en guise, en gui-se... de parasol...

À chaque couplet, Jasmine mimait : « Voici Cristobal, mon Dieu qu'il est fier... », titubant, rotant, trébuchant. Les rires reprirent et les exclamations joyeuses fusèrent. Ah, ces chanteuses... *Veramente, ¡ qué artistas... qué talento* [1]*... !*

Les ouvriers déliraient et doña Sol se frottait les mains. On frôla l'apothéose quand Jasmine, poncho jeté au loin, se livra à une succession de sauts acrobatiques et de roues parfaites, exécutés d'un bout à l'autre de la scène. Ne voulant pas être en reste devant ces pitreries qui lui volaient la vedette, Anne chanta ensuite *Bambino* avec beaucoup d'application. Jasmine lui succéda, déguisée en Maurice Chevalier, avec canotier et pantalon large, donnant une interprétation

---

1. « Vraiment, ces artistes... quel talent ! »

de *Prosper, youp-là-boum !* qui plia la salle de rire. Là encore, ils ne comprenaient pas toutes les paroles, mais le comique gestuel de la novice traversait les barrières de la langue.

Nouvelle pause alcoolique pour la salle. Derrière le rideau, elles entendaient les hommes crier. Excités par cette soirée hors norme, ils multipliaient les tournées d'*aguardiente*.

« Ils ne boivent pas trop ? risqua Jasmine.

— Pas du tout. Ce n'est encore que le début de la soirée. Mais c'est vrai que ça part très fort...

— Formidable. Ça nous fera un meilleur salaire », dit Anne en vidant un verre d'eau fraîche.

Elle avait les yeux brillants, les pommettes rouges, et ressemblait vraiment à Louise Brooks. Doña Sol n'eut pas le cœur de la contrarier :

« Si vous tenez la cadence jusqu'au bout, j'ajoute 5 000 pesos à la somme convenue.

— Vous pouvez préparer la monnaie, répondit Anne tout en faisant bouffer ses cheveux. Je me sens très en forme ! »

Jasmine les regardait, silencieuse. Elle aussi était galvanisée par l'aventure.

Elle sourit en se collant la paire de moustaches nécessaire à leur prochain duo.

Elle leur réservait une petite surprise. La lumière s'éteignit. Le silence se fit, le rideau se leva. C'était leur duo amoureux. Évocation de celui de Dalida et Alain Delon.

Paroles, paroles, paroles...
Encore des mots, toujours des mots... les mêmes mots...

Anne portait toujours son costume écarlate, mais Jasmine, moulée dans un costume d'homme sombre, les cheveux cachés sous une perruque brune, s'était fait la tête d'un fringant moustachu, s'inspirant largement des cavaliers de la veille à l'auberge.

La salle se calma aussitôt.

Ils avaient déjà vu ce qu'une des artistes arrivait à faire lorsqu'elle singeait un homme, drôle, voire grotesque. Mais là, c'était autre chose. On pouvait réellement la prendre pour un tout jeune homme de la région. Fier, ironique, audacieux. Et amoureux.

Le silence fut total quand elle prit Anne dans ses bras et la renversa complètement en arrière. *Caramels, bonbons et chocolats...,* chantait cette dernière, troublée.

Merci, pas pour moi,
Mais tu peux bien les offrir à une autre...

Surprise par ce jeu de scène non prévu, et craignant de perdre l'équilibre, Anne s'agrippait à Jasmine, ce qui donnait à leur duo de dispute amoureuse des accents criants de vérité. Les mineurs s'étaient tus. Certains avaient la bouche ouverte. Ils avaient tous déjà vécu ça, la jalousie. Mais ces femmes les troublaient, jusqu'où allaient-elles aller... *Paroles, paroles... paroles...*

Au final, Jasmine souleva Anne dans ses bras et l'emporta dans les coulisses.

On leur fit une ovation.

Doña Sol les attendait, les bras croisés, l'air calculateur.

« Je ne savais pas..., commença-t-elle.

— Vous ne savez rien, en effet », la coupa Jasmine en éclatant de rire.

Un peu sonnée par l'audace de sa partenaire, mais

apparemment ravie du succès qu'on leur faisait, Anne se mit à rire à son tour. Finalement, c'était on ne peut plus amusant cette soirée. Elle se repoudra soigneusement tandis que Jasmine quittait ses habits d'homme. Puis elles enfilèrent deux longs ponchos bruns, genre soutane, et retournèrent en scène. C'était un numéro important. Le dernier. Elles avaient demandé à chanter l'*Ave Maria* au finale.

Pour créer un effet nouveau, un projecteur balayait la salle obscure, éclairant des visages surpris çà et là. Elles prirent place dans le noir sans qu'on les remarque.

Au moment où les Mariachis jouaient l'air convenu, un tango mélancolique destiné à calmer le public, Anne poussa un léger cri.

La poursuite venait de balayer une table au balcon, révélant un géant aux cheveux presque blancs.

« Jasmine..., souffla-t-elle. Là haut, regardez... » Mais déjà le projecteur avait quitté l'étage. « J'ai vu l'homme de Bogota ! Celui qui nous a volontairement égarées... ce Giani ! il est là haut ! Qu'est-ce qu'on fait ?...

— Il ne peut pas nous reconnaître, murmura Jasmine qui scrutait vainement l'obscurité. Avec le maquillage et ces costumes, c'est impossible.

— Oui, mais là, on est en soutanes, et on chante l'*Ave*...

— Alors, il faudra faire un second final, avec nos maillots. »

Après un instant de noir total, le projecteur revenait les découvrir. Côte à côte, les mains jointes en prière, les yeux clos. Il n'y avait plus de disque en coulisse, juste une guitare qui égrenait les notes.

A-ve Mari-i-ia,
  Grati-i-ia Plena-a-a...

Surpris par le choix de la chanson, les mineurs échangeaient des regards. Blasphème ? On se moquait d'eux ? Certains étaient à deux doigts de se lever. Mais la simplicité des deux femmes, leur voix claire, leur parfaite connaissance des paroles eurent tôt fait de les confondre. Quand elles ouvrirent les bras et levèrent les yeux au ciel, au deuxième couplet, quelques voix rocailleuses se mirent à chanter avec elles. Dans leur vie de labeur, la Vierge Marie était pour chacun d'eux une petite flamme dans la tourmente, un espoir, une vraie douceur. Ça leur parlait.

Elles terminèrent, humbles, à genoux, dans un presque murmure. La moitié de l'assistance avait les larmes aux yeux. On entendit des vivats.

Mais qu'est-ce que c'est que ces filles ? se demandait doña Sol.

Déjà, elles revenaient en coulisse et se précipitaient vers elle.

« Doña Sol, nous avons eu une idée ! On ne peut pas terminer ainsi. Il faut un autre passage après la pause !

— Un autre...

— Oui, quelque chose de très gai, de très entraînant ! Vous devez bien avoir ça dans vos disques...

— Je ne vous donnerai pas un sou de plus que ce qui a été convenu !

— C'est un cadeau que nous vous faisons », trancha Anne, supérieure.

Solitudine céda, bien sûr, et les moniales se précipi-

214

tèrent sur les vieux microsillons. L'ennui, c'est qu'elles avaient déjà sélectionné et passé tout ce qui était à peu près utilisable. Il ne restait que des airs d'opéra, ce qui était totalement impensable. Ou alors... Une dernière pochette à la main, elles échangèrent un regard. C'était jouable. Risqué, mais jouable. Et ça lèverait tout soupçon éventuel.

Doña Sol s'avança vers le public et annonça le cadeau exceptionnel des deux artistes à une salle qui avait si bien su les accueillir. Une dernière chanson ! Sous les acclamations un peu avinées des mineurs, qui décidément passaient une soirée formidable, Patricia de Paris et Ingrid de Stockholm réapparurent.

Le silence se fit et l'on entendit les premières mesures de l'ultime chanson :

Scoubidou, bidou... hé...
Scoubidou, bidou... ha...

Seulement, au lieu de rester seules sur scène, les chanteuses choisirent des hommes, dans les premiers rangs, qu'elles firent monter près d'elles, sous les yeux affolés de doña Sol et de ses gardes du corps. Qu'est-ce que c'était que cette nouvelle lubie ! Elles les mirent en rang et commencèrent à leur apprendre un pas de danse, une sorte de vieux *mashed potatoes* des années soixante, facile à exécuter.

Scoubidou, bidou... hé... Chauffés par les cris de leurs collègues, les danseurs improvisés se donnaient un mal de chien et ne s'en tiraient pas trop mal. Cela donna envie à d'autres de monter sur scène à leur tour. Repoussant leurs sièges, une dizaine d'hommes s'avancèrent vers l'estrade...

Il fallut y mettre bon ordre. Il fut décidé que ceux qui voulaient apprendre le pas de danse resteraient au pied du plateau, et que les artistes donneraient leur leçon depuis la scène. Pour les autres, on continuerait à servir à boire. Doña Sol fit repartir la musique.

Tout contre Jasmine, un jeune contremaître aux moustaches impressionnantes s'appliquait à danser en rythme.

« Spoubadoubadou... hop ! » chantait-il en découvrant des dents éclatantes. Il glissa soudain, et la moniale le rattrapa *in extremis*, l'empêchant de tomber et de perdre la face.

« *Gracias, señorita. Muchas. Te voy a hacer un regalo. Toma esto...*, dit-il en lui tendant un gros pistolet qu'il portait à la taille. *Tómalo... Sí, sí, es para ti, Ingrid. Un regalo de Bernardo para ti*[1]... »

Après un moment d'hésitation, Jasmine accepta le présent qu'elle glissa derrière le rideau et embrassa le Colombien sur les deux joues.

Bravo ! Avec ça, jamais on ne nous reconnaîtra..., se dit Anne qui scrutait régulièrement le balcon tout en continuant à danser. Giani trinquait avec ses voisins et ne regardait plus de leur côté. *Tu ne perds rien pour attendre, en tout cas.* Elles devaient d'abord terminer leur numéro. Ensuite elles aviseraient.

Pour le moment c'était la folie, et elle n'était pas fâchée d'avoir donné des sueurs froides à doña Sol. Entourée de ses gardes armés, celle-ci avait fort à faire pour empêcher que d'autres hommes ne montent encore sur scène. Enfin les dernières mesures retentirent et

---

1. « Merci, señorita, vraiment. Je vais te faire un cadeau. Tiens... Prends-le... Si, si, Ingrid, c'est pour toi. Un cadeau de Bernardo pour toi. »

la musique s'arrêta. Elles joignirent leurs applaudissements à ceux de la salle. Longtemps.

C'était fini.

« *Finita la comedia...* », murmura Anne. Elle y avait pris plaisir, mais elle sentait la fatigue l'envahir d'un seul coup. *Pas maintenant. Pas tout de suite. Avant, il faut s'organiser.* Elle s'approcha de Jasmine et de l'homme qui lui avait offert son pistolet. Il allait peut-être pouvoir les aider. Mais il fallait faire vite.

Deux heures du matin.

Les mineurs étaient partis depuis longtemps déjà, et le silence régnait à nouveau dans la demeure de doña Sol, troublé seulement par les cris des oiseaux de nuit. Il ne pleuvait plus et une odeur d'humus montait de la terre sombre jusqu'à leur balcon.

Quelle paix maintenant. Anne n'arrivait pas à dormir. Après leur « concert », et dès que la Colombienne avait pu les rejoindre, elles avaient soupé toutes les trois dans la grande salle à manger où Juanita leur avait préparé de la viande froide, des fruits et du vin. Leur hôtesse avait revêtu un large peignoir en soie sauvage et dénoué ses cheveux, ce qui lui donnait l'air plus jeune. Elle leur avait souri.

« Voilà votre dû, dit-elle en poussant des billets vers Anne. J'ai tout regroupé et j'y ai ajouté les 5 000 pesos promis.

— Ça fait combien en euros ? demanda Jasmine qui dévorait une cuisse de poulet.

— Oh, largement de quoi vous offrir un bon hôtel pendant vos vacances. À moins bien sûr...

— À moins ?

— À moins que vous ne décidiez de rester là jusqu'à vendredi prochain. Vous seriez mes invitées, et, avec un peu de travail, on devrait pouvoir faire encore mieux côté spectacle.

— Merci beaucoup, mais nous repartons dès demain », dit Jasmine.

Solitudine se tourna vers Anne et posa doucement sa main sur la sienne : « Et vous, Anne, ça ne vous tente pas ? Vous m'avez émue, vous savez... » Elle la regardait tendrement, un sourire équivoque aux lèvres, et accentua légèrement la pression sur sa main.

« Je suis très flattée, répondit Anne, suave. Votre accueil a été merveilleux, et nous ne sommes pas près d'oublier cette soirée. Mais Jasmine a raison. Nous partirons demain avec le groupe de villageois dont Juanita nous a parlé. Le marché où ils se rendent se tient dans le village même où nous sommes attendues. C'est à deux jours de marche, paraît-il, et c'est déjà bien long pour nous.

— Mon Dieu, mais quelle urgence ! Un rendez-vous d'amour ? s'enquit doña Sol en ne la quittant pas des yeux.

— Oh ! non, plutôt un rendez-vous... familial. Une sorte d'anniversaire. On nous a demandé d'être bien ponctuelles, et au-delà de deux jours il serait trop tard. Nos... cousins... quittent le pays. »

Elle espérait que ses explications étaient plausibles. Doña Sol avait l'air amicale, mais Anne préférait ne rien lui confier de leurs projets réels.

« Dommage..., soupira la Colombienne en retirant sa main. Nous aurions fait une belle équipe. » Elle bâilla et s'étira comme un chat, cambrant la pointe d'un pied ravissant. « Je vais me coucher. Nous nous verrons demain au déjeuner puisque vous ne partez qu'en début d'après-midi. Profitez bien de mes matelas : le voyage à dos de mule n'a rien de réjouissant. Et je ne parle même pas du bivouac ! »

Déjà elle était sortie dans un froufrou de soie délicieux.

Quand elles furent sûres d'être seules, elles se rapprochèrent pour évoquer les derniers événements, les derniers arrangements.

Bernardo avait été ravi de leur rendre service, tout comme ses amis, surtout quand on leur avait révélé qu'il s'agissait d'amour. Là, c'était une question d'honneur. La main sur le cœur, ils avaient tous juré qu'ils allaient les aider. Pour laisser aux *maravillosas artistas* le temps de rejoindre leurs amoureux et de s'enfuir avec eux, ils inciteraient l'homme aux cheveux blancs à boire au-delà de toute prudence, et s'arrangeraient ensuite pour le faire enfermer dans la prison locale pour tapage nocturne. Il y resterait bien deux jours. Ça lui apprendrait à contrarier la jeunesse et l'amour ! D'ici là, Ingrid et Patricia auraient convolé en justes noces, et tout serait dit.

Un peu honteuses de leur subterfuge, mais soulagées à l'idée de cette aide inespérée, les moniales avaient alors accepté de signer des autographes à toute la bande.

Les voies du Seigneur sont impénétrables.

Le visage offert à la fraîcheur nocturne, vêtue d'une chemise de nuit arachnéenne prêtée par doña Sol, Anne rêvait sur le balcon. Malgré la fatigue, elle n'arrivait pas à dormir et avait rallumé sa bougie. Curieux pays, qui avait fait d'elles des meneuses de revue en l'espace de quelques heures. Elle ferma les yeux. Une brise douce lui caressait les cheveux, apportant des bribes d'odeurs inconnues, chaudes, troublantes, organiques. Plus bas, vers le village, un homme se mit à chanter.

Elle quitta aussitôt le balcon, gênée à l'idée que l'on puisse deviner sa silhouette à travers la clarté qui venait de la fenêtre.

La route du chocolat

La caravane s'étirait sur une trentaine de mètres. À part trois femmes et deux enfants, aux mules chargées de ballots de fourrage et d'ustensiles de cuisine pour le bivouac, on comptait une majorité d'hommes. Une dizaine de villageois portaient la *ruana* locale, un poncho court et épais qui leur permettait de monter aisément à cheval. À dos de mule, dans le cas présent.

Excitée à l'idée de chevaucher à nouveau, Anne avait dû en rabattre un peu quand elle avait vu les bêtes que le loueur leur avait confiées. Deux haridelles maigres et osseuses, au ventre curieusement gonflé sous une ligne dorsale qui pointait comme un jeu d'osselets. Les couvertures sanglées sur les montures adoucissaient à peine l'inconfort des cavaliers. Elle avait cependant immédiatement apprécié la sûreté de pieds des animaux quand, après avoir suivi la route près d'une heure, le groupe s'était engagé sur un chemin de montagne. La nouvelle piste ressemblait à un torrent asséché, un interminable fleuve de pierres, rocailleux, jonché d'éboulis. Par endroits, il fallait contourner ou enjamber tout un pan de roches décrochées des cimes. Dans ces passages, personne ne parlait. Ils étaient soudain tous attentifs au moindre bruit venant de la montagne. Des pierres étaient tombées, d'autres pouvaient suivre encore. Les contreforts andins étaient pleins de ce genre de surprises.

Lors des premiers passages délicats, les moniales avaient eu le cœur battant, se remémorant l'accident arrivé la veille à la *chiva. C'était hier. Mon Dieu, comme ça paraît loin*. Rendues confiantes par l'instinct avec lequel les bêtes choisissaient de poser leurs pieds aux bons endroits, têtues, sages, savantes, passant ici et non pas là malgré les rênes tirées, elles avaient cessé de scruter la montagne et s'étaient laissé porter.

Depuis le matin, il faisait beau. Demain, elles auraient rejoint le marché aux fèves. Elles allaient pouvoir souffler maintenant.

Le convoi s'arrêta soudain. L'homme qui les précédait avait crié quelque chose à Eduardo, en tête de file, et celui-ci revenait vers eux, au bout de la colonne. « *Estamos seguidos*[1]. »

Côte à côte, les deux paysans s'étaient immobilisés sur leurs montures, faisant signe aux autres de garder le silence.

« Qu'est-ce qui se passe ? chuchota Anne.

— Il paraît qu'on est suivis », dit Jasmine d'une voix blanche.

Toute la troupe s'était figée maintenant. Écoutant ardemment le silence.

Rien. Hormis le cri d'un rapace haut dans le ciel. Et puis... un éboulis léger, derrière eux, sur le chemin. Personne ne bougeait plus. Évoquant en silence tous les ennuis possibles : milice, guérilla, narcos, voleurs de grand chemin. Encore un bruit de roche qui roule, plus proche.

Au détour du sentier, une mule apparut, qui se mit à

---

1. « Nous sommes suivis. »

braire en voyant ses compagnes. Une seule mule. Avec un cavalier, sans armes, qui trottinait vers eux.

« *Es un Padre*[1] », murmura un des villageois en découvrant la longue soutane blanche et la croix de bois sur la poitrine de l'arrivant. Un missionnaire. Tout allait bien. C'était un vrai soulagement. Quand on voyage avec un saint homme, le convoi est protégé.

Le religieux les avait rejoints. Il était jeune encore, avec un beau visage bronzé, et des rides d'expression marquées au coin des yeux. *Stigmates évidents d'une vie difficile,* en déduisirent les moniales. C'était aussi un quasi-géant dont la soutane trop courte dévoilait de vieux rangers en cuir. Un saint homme peut-être, mais parfaitement équipé pour la randonnée en montagne. Courte pause pendant laquelle Eduardo présenta ses compagnons de voyage. Sa femme et ses deux fils, son cousin Chico et son oncle Ruano, ses voisins, et des vendeurs de grain, tous en route pour le marché de Río Gordo. Et les artistes, bien sûr. Ingrid et Patricia, dit-il en les montrant.

Mon Dieu, j'ai failli oublier ! La vue du Padre avait soulagé Anne. *Pour tous ces gens nous sommes toujours les vedettes de la veille au casino. Ne les détrompons pas, ce serait cruel.*

Le missionnaire bénit tout le monde, y compris les artistes dont les tenues de brousse semblèrent l'étonner, et prit sa place en bout de convoi. Puisqu'il se rendait également à Río Gordo, on ferait la route ensemble. Sur un cri d'Eduardo la colonne repartit.

*

1. « C'est un Père. »

Dans la prison où on l'avait jeté en pleine nuit, le colosse distribuait de nouvelles cartes aux deux mineurs qui partageaient sa cellule. Tarot. *Tapage nocturne... Tu parles !* Pour le moment, il avait besoin de se refaire. Il n'avait plus un sou depuis qu'il avait tout donné au Belge. Une aubaine celui-là. Penser que, au moment même où on l'enfermait, l'autre s'apprêtait à sortir !

Quand l'homme avait plaisanté, disant qu'il en avait pour deux jours au moins, vu qu'il venait d'écoper de la même peine, il avait joué son va-tout. Bingo ! L'autre n'avait pas trop posé de questions. Il avait vu l'argent et cela avait suffi. Il y avait de quoi boire toute la semaine.

En le libérant, les geôliers l'avaient appelé « l'architecte », mais on ne la lui faisait pas. Architecte ! mon cul, oui. Ça n'était qu'un bon à rien d'ivrogne de plus, un sans foi ni loi qui allait lui faciliter le travail avec les Sœurs, puisque, avec ce retard, il ne savait pas s'il arriverait à temps au marché des fèves. Quand il avait brodé, disant qu'il recherchait des Sœurs, enfin des femmes qui se faisaient passer pour des religieuses, mais qui n'étaient que des voleuses en train de spolier de petits épargnants, l'autre n'avait pas bronché. Et quand il avait dit qu'il fallait faire ça discrètement, sans que la police s'en mêle, le type s'était mis à rire. « Si tu ne viens pas à Lagardère, Lagardère ira à toi », avait-il récité. Ça voulait dire quoi ce charabia ?

« Pour approcher des religieuses, j'ai ma petite idée », avait ajouté l'homme. Il avait empoché l'argent, écouté ce qu'il aurait à faire une fois qu'à Río Gordo il aurait repéré les fausses Sœurs, et noté précisément l'adresse où on lui remettrait le reste de l'argent. Sans émotion, en ricanant. Un mécréant quoi.

224

« Et je remporte la mise ! » Les mineurs râlèrent mais ouvrirent leurs porte-monnaie pour régler leur dette.

Allez, encore une petite et j'aurai de quoi voir venir ! Dehors, le soleil était au zénith. Finalement, on était bien mieux à l'ombre. *Je me demande où il est mon missionnaire en ce moment...* Il toussa et fit glisser de sa manche la carte qui allait lui permettre de gagner à nouveau. Vivement qu'il sorte et qu'on lui rende son portable. Il avait hâte de reprendre contact avec Jérémie.

*

« Alors comme ça vous êtes danseuse ? »

Anne se retourna. Le Padre..., vraiment ça faisait drôle de l'appeler comme ça. Le Padre voulait engager la conversation. En d'autres temps et sur d'autres thèmes, elle aurait été ravie de parler avec lui, mais là, elle venait de se disputer avec Jasmine, une fois encore, et elle avait la tête ailleurs.

« Chanteuse, dit-elle d'un ton revêche.

— Et vous chantez quoi exactement ?

— Excusez-moi, mais je dois porter une gourde à Eduardo. » Et elle le planta là, piquant des deux pour rejoindre la tête de la colonne.

Joli châssis, mais foutu caractère la Castafiore... Il reporta son attention sur Jasmine dont la mule, arrêtée pour brouter une touffe d'herbes, se trouvait à sa hauteur.

« Ingrid, n'est-ce pas... Alors comme ça vous êtes chanteuse ?

— Danseuse, répondit-elle avec un sourire, oui mon Père.

— Ah bon…, c'est que votre collègue m'a dit que vous étiez chanteuse. Et puis elle a filé, brusquement, comme si une guêpe l'avait piquée.

— Ne vous occupez pas d'elle. Elle est de mauvaise humeur aujourd'hui. Disons qu'elle chante, et que moi, c'est plutôt la danse.

— Ah ! Et il y a longtemps que vous faites ça ?

— Non. C'est assez récent. »

Elle se mit à rire. S'il savait… Curieusement, elle n'avait aucun scrupule à prolonger la comédie. Et puis, s'il apprenait qu'elles étaient des religieuses, comment prendrait-il le fait qu'elles se soient produites la nuit dernière au casino ? Il avait beau paraître sympa, les missionnaires étaient connus pour être parfois un peu raides. En fin de compte, ces petits mensonges étaient plus simples à dire que la vérité.

« En tout cas, on dirait que ça vous amuse. C'est bien ça, de faire un métier que l'on aime. Dans la joie. »

Eh bien ! s'il nous avait vues nous engueuler tout à l'heure… Elle ne savait plus trop comment la querelle avait éclaté. Mais elle avait révélé que, si Anne s'était montrée relativement agréable et amicale avec elle ces derniers jours, elle avait néanmoins dû emmagasiner tout un tas d'émotions et de petites contrariétés qui avaient fermenté dans son esprit. Un vague prétexte avait fait remonter le tout à la surface. Violemment. C'était parti d'une banale réflexion que Jasmine avait faite sur sa ressemblance avec Louise Brooks. Anne lui avait dit que, au lieu de se monter la tête comme une gamine, elle aurait mieux fait de se démaquiller soigneusement, et qu'il était fini le temps des pitreries et des promiscuités gênantes avec les hommes.

Jasmine avait répliqué qu'elle avait bien moins le souci de son apparence et de sa séduction auprès des hommes qu'elle-même, et que le meilleur moyen de le vérifier était de noter le nombre de fois où Anne évoquait le sujet.

« Mais c'est pour votre bien, voyons, avait réfuté Anne sèchement. Je ne pense qu'à vous. »

« Balivernes », avait-elle répondu. On n'imputait aux gens que les pensées qu'on avait soi-même. Ce matin, au village, parce que Jasmine avait pris un bébé dans ses bras, elle avait ouvertement évoqué une envie de maternité rentrée chez la novice, et l'avait mise en garde contre une erreur de parcours, en ricanant.

« Si ça vous travaille tant que ça, avait rétorqué Jasmine, vous feriez mieux de vous poser la question pour vous-même, ajoutant, vacharde : et dépêchez-vous. Il sera bientôt trop tard ! »

Pendant cet échange d'amabilités le ton avait monté et Anne lui avait intimé l'ordre de se taire, affirmant que son manque de respect était de nature à s'interroger sur sa vocation véritable. Jasmine avait fait silence. Et on en était resté là.

De son côté, Anne s'interrogeait sur les raisons de son emportement, totalement disproportionné quant aux vétilles qu'elle reprochait à la novice. Ce n'était pas la première fois. Ses colères étaient connues à l'Abbaye. Mais elle commençait à se demander si ce n'était pas là le signe annonciateur d'un tempérament vieillissant et acariâtre, et elle s'en alarmait. *Même pas quarante ans, et déjà les humeurs d'une punaise de bénitier,* se désolait-elle. *Quand cela a-t-il donc commencé ?* Sa mule se mit à tousser et elle fixa à nouveau son attention sur le paysage. C'était si beau cette nature sauvage qu'elles découvraient comme des explorateurs. Comment rester fâchée devant tant de merveilles ?

Sans qu'elle y ait pris garde la troupe avançait maintenant en colonne par un. Ils progressaient en file indienne, sur un étroit sentier, longeant un ravin au fond duquel coulait un filet d'eau sombre. Sur leur gauche, l'abîme, et à droite les flancs de la montagne, avec des roches surplombantes qu'il fallait parfois éviter en se couchant sur l'encolure de la mule. Le ciel était d'un bleu superbe, étincelant, avec juste deux gros nuages, ronds et blancs comme de la crème, au-dessus des sommets neigeux. Un condor les suivait depuis le début du sentier, comme un planeur, immobile, patient.

« Il attend quoi ? avait-elle demandé à Eduardo.

— Que quelqu'un tombe dans le ravin. »

D'accord. Un monde de beauté qui cachait un monde de violence.

La température avait un peu fraîchi, à mesure qu'ils gravissaient la montagne, mais c'était un soulagement. La chaleur qui montait du ventre des mules suffisait à leur bonheur.

C'est comme si j'étais devenue une mule moi-même. Jasmine sentait l'énergie chaude de sa monture lui remonter le long des jambes. *Je suis femme centaure. Si ça continue, au bivouac, je mange le fourrage !*

Elle avait un moment bavardé avec le Padre. Il était américain par sa mère, belge par son père, et dans le pays depuis près de six ans. Elle n'avait pas bien compris à quel moment il avait quitté ses activités d'architecte pour devenir missionnaire, parce que à ce moment-là, il lui avait désigné le condor, navire immobile au-dessus de leurs têtes.

« Regardez. Il veille sur nous.

— Ah bon ! pourquoi ?

— Parce que nous serons peut-être son prochain festin. Si votre mule trébuche et glisse là-dedans, dit-il en montrant le canyon sous eux, il sera dans les premiers à réclamer sa part.

— Charmant.

— C'est la vie, Ingrid. En tant que danseuse, vous avez peu l'occasion, bien sûr, d'être confrontée à ce genre de choses. Mais, vu qu'elle est votre aînée, votre belle amie Patricia ne vous a-t-elle pas préparée aux dangers d'une tournée en Colombie ? »

Elle avait réussi à ne pas lui répondre car la colonne avançait à nouveau au pas, tous les cavaliers en file indienne, pour franchir un passage délicat. *S'il savait comme ça me gonfle les allusions à ma belle amie Patricia...*

Comme les en avait prévenues Eduardo, la journée se terminait en véritable ascension dans les derniers kilomètres qui menaient au col de la Santa Madre. Plus personne ne parlait. On laissait les mules choisir leur chemin au milieu des éboulis glissants, espérant que rien ne viendrait les perturber. Chacun en profitait pour mettre de l'ordre dans ses pensées. Les femmes songeaient au bivouac à monter. Les gamins avaient hâte de se jeter dans le torrent qui formait une cuvette sous le col. Les hommes attendaient le temps de la première cigarette, récompense après l'effort.

On ne peut pas se heurter comme ça tout le temps. C'est trop stupide à la fin, se répétait Jasmine. *C'est décidé, ce soir, il faudra qu'on en parle...*

À deux mètres derrière elle, le Padre semblait abîmé en des réflexions profondes. *La petite Ingrid est ravissante, mais c'est l'autre, la chanteuse, qui m'inspire. C'est trop bête de m'être déguisé en missionnaire ! J'ai l'air d'un benêt. Elle doit me prendre pour quantité négligeable avec cette soutane ridicule. Tout ça pour*

deux bonnes Sœurs en goguette à retrouver. Une chan-
teuse... avec un sacré caractère. Elle a dû en voir... Ah,
c'est vraiment trop bête. Je ne peux pas risquer ma
couverture en lui faisant la cour, ça foutrait tout par
terre... En même temps, d'une façon ou d'une autre, ce
soir, il faut que je lui parle...

En tête du convoi, Anne était songeuse, elle aussi.
C'est un signe, c'est le ciel qui l'envoie. Je ne peux pas
continuer comme ça, il faut que je m'ouvre à quelqu'un.
Ce soir, dès qu'on sera installés, je lui parle...

Sentant l'étape proche, les mules accéléraient insensiblement l'allure. Déjà, le jour déclinait. Ce soir, ce
serait fourrage et repos pour tout le monde.

Enfin, ce fut le col. Un plateau sec sous lequel
s'étendait la prairie de montagne, herbe rase et troncs
moussus, où ils allaient camper. On entendait le bruit
de l'eau sans la voir.

Les femmes étendirent le fourrage pour les mules
qu'on attacha pour la nuit, et les bêtes se mirent à braire
longuement, chacune en écho de l'autre, comme si elles
échangeaient leurs impressions de voyage.

Le Padre accepta une cigarette et s'assit avec les
hommes. On entendait les femmes sortir les casseroles
d'aluminium et bavarder en allumant le feu.

Les gamins entraînèrent les moniales vers le torrent.
« *Mira*, Ingrid... *aquí te puedes bañar*[1]. » Déjà, ils
ôtaient chandail et pantalon et se jetaient en slip dans
l'eau glaciale. Aussitôt ils s'aspergèrent en poussant de
grands cris.

« Ça vous tente ? » Jasmine s'adressait à Anne,
comme si leur fâcherie n'avait jamais existé.

---

1. « Regarde, Ingrid... on peut se baigner, là. »

« Pas vraiment, non. Elle a l'air glaciale. Mais allez-y, vous.

— Je n'ai pas de maillot. Non, je vais plutôt m'asseoir sur cette roche et me tremper les jambes dans l'eau. »

Elle roula le bas de son pantalon jusqu'aux genoux et se mit à envoyer de l'eau sur les gamins avec son pied. Les éclats de rire reprirent de plus belle.

Ne sachant pas quoi faire devant toute cette joie dont elle se sentait exclue, Anne retourna au campement. Eduardo surveillait le feu en marmonnant, et, peu à peu, les odeurs de friture rameutèrent les membres du convoi. Le missionnaire était invisible. Elle accepta le hamac que la femme de Ruano lui tendait, sachant déjà qu'elle ne le suspendrait pas comme les autres entre deux arbres. C'était trop ridicule, ce bombé au niveau des fesses que cela créait. Elle l'allongerait sur le sol, ce serait bien suffisant. Il n'y avait qu'une nuit à passer à la belle étoile, tant pis pour le confort.

Jasmine revint avec les enfants, les cheveux mouillés, et on commença à manger. Les paysans parlaient peu, se contentant de mâcher lentement, les yeux fixés sur les braises qui parfois éclataient avec un bruit de pétard mouillé.

La nuit était tombée, épaisse comme une peau de lait, d'un bleu sombre étonnant, avec quelques rares étoiles qui avaient l'air peintes au-dessus de leurs têtes. La collation avalée, ils s'installèrent aussitôt pour la nuit.

Les gamins étaient retournés à la baignade pour jeter des cailloux dans l'eau.

En attendant de parler avec Anne, Jasmine grimpa dans son hamac. C'était la première fois qu'elle en utilisait un, elle trouva cela amusant. Comme toutes ces choses qu'elles faisaient depuis qu'elles avaient quitté l'Abbaye. Si elles les voyaient, à Saint-Julien... Elle se dit que ça serait certainement difficile de retrouver leur vie d'avant, après l'excitation de la mission. Le retour à une vie discrète, de simple labeur et de prières. Dans sa tête elle commença : *Notre Père qui êtes aux cieux...* et puis elle s'endormit d'un seul coup. Comme un enfant. Avant que Son nom soit sanctifié et que Sa volonté soit faite.

Anne se guida à l'odeur de la cigarette. Le missionnaire était bien là-haut, debout à l'entrée du col. Il regardait la vallée dans laquelle ils allaient s'engager le lendemain. Elle crut entendre un léger bruit de voix. *Il prie... je vais peut-être le déranger.* Une pierre roula sous ses pieds, et le Padre se retourna aussitôt, enfouissant quelque chose dans la poche de sa soutane.

C'est bien ça, il range son livre de prières. Tant pis, j'y vais. Elle monta vers lui.

« Padre, je vous cherchais... »

Il semblait sur la défensive. La surprise peut-être. Et il dit machinalement : « Mais c'est un rêve...

— Je voudrais vous parler.

— Excellente idée. D'ailleurs, moi aussi je...

— Non, écoutez-moi. D'abord, sachez que Patricia n'est pas mon vrai nom...

— Mais qu'est-ce que ça fait, mon petit ? dit-il en s'approchant d'elle. Si vous croyez que ça a de l'importance. On ne voit que les cœurs...

— Je m'appelle en réalité Anne-Adélaïde de Coste-mojouls...

— Moi, c'est...

— Je vous en prie, ne vous moquez pas, le coupa-t-elle. J'ai besoin de vous, maintenant. Je voudrais que vous m'entendiez en confession ! »

Le visage du prêtre parut se décomposer. Elle crut même y lire quelque chose qui ressemblait à... de l'horreur. Il recula, les mains en avant.

« Je crains que ce ne soit impossible. »

Mais, déjà, elle s'était mise à genoux et commençait :

« Pardonnez-moi, mon Père, car j'ai beaucoup péché... »

Il essayait de reculer, mais elle avait saisi le bas de sa robe et s'agrippait à lui. Il voulut se dégager quand il vit le regard implorant qu'elle lui lançait. *Seigneur, qu'elle est belle...* Il balbutia :

« Je n'entends plus en confession depuis longtemps.

— C'est donc le ciel qui vous envoie. Écoutez-moi, je vous en prie, et éclairez-moi de vos sages conseils. »

Déjà il flanchait.

Il fit mine de réfléchir, pour retrouver son calme, et s'assit près d'elle sur une souche. Il avait dû manquer le début de la confession, car elle boulait les mots à une vitesse incroyable. Il bredouilla une prière, fit un vague signe de croix dans sa direction, et se mit à l'écouter. Ça partait dans tous les sens, et il lui fallut un certain temps avant de comprendre de quoi il retournait. Elle s'accusait de tous les défauts de la terre.

Il osa la regarder. Elle avait le visage caché dans ses mains. Tout y passait. Son insupportable fierté, son envie de tout mener, tout diriger, tout savoir. Son impatience, ses accès de colère, sa mauvaise foi...

Quand elle émit l'opinion que c'était sans doute parce qu'elle était jalouse de la jeunesse, du charme et de la fraîcheur de sa consœur, il faillit bondir. *Mon Dieu, mais elle ne voit donc pas qu'elle est sublime...* Il avait envie de la prendre dans ses bras, de la consoler, de la réchauffer.

En même temps, toutes les pensées grivoises qu'il avait eues à son sujet s'étaient à l'instant transformées en émotion et pure tendresse.

Elle leva vers lui un visage baigné de larmes, et il crut qu'il allait pleurer à son tour.

« Voilà, Padre... Vous savez tout. »

Mais non, il ne savait pas tout ! Il regrettait déjà de ne pas l'avoir mieux écoutée, pour la connaître davantage. Quelle femme ! Faisant aveu de faiblesse, elle lui paraissait plus forte que le roc. Et quelle grâce dans son abandon... Il trembla. Il n'allait pas tomber amoureux tout de même. C'était fini tout ça.

« Padre, elle le tira par la manche. Vous ne m'avez pas donné l'absolution, ni indiqué ma pénitence. »

Allons bon..., la pénitence maintenant. Il chercha dans ses souvenirs.

« Deux *Ave* et trois Notre-Père, dit-il avec un aplomb remarquable. Et pour moi, ceci... parce que vous êtes une bonne camarade. »

Il se pencha pour l'embrasser sur le front. Chaste baiser qui les laissa surpris l'un comme l'autre. Ils n'eurent pas l'occasion d'en débattre car des cris leur parvenaient du campement.

« ¡ Fuego ! ¡ Fuego[1] ! »

Déjà, des flammes montaient du côté des mules qui s'étaient mises à braire de terreur. Ils redescendirent en courant, quand Jasmine poussa un hurlement : « Ignacio ! Le feu... Attention ! »

Pendant un moment, on crut que tout allait brûler.

Les femmes avaient couru vers le torrent et revenaient avec des casseroles pleines d'eau qu'elles jetaient

---

1. « Au feu ! Au feu ! »

sur la paille. Maigre défense. Le feu avait pris dans le fourrage, et on avait dû libérer les mules qui étaient parties pleurer dans la montagne. Dès qu'il avait vu l'ampleur des dégâts, le Padre avait ôté sa soutane pour frapper les flammes au sol, imité aussitôt par les hommes qui firent de même avec leurs ponchos. Au bout d'un moment de lutte acharnée, le feu recula.

Anne s'était précipitée vers Jasmine qui sanglotait : « Ignacio, mon Dieu..., il est brûlé ! » La mère du jeune garçon sortit des herbes de ses ballots et en couvrit le bras du gamin qui gémissait doucement. Debout près d'eux, son camarade pleurait à chaudes larmes.

« ¡ Cretinos[1] ! » cria la femme en envoyant une taloche au pleurnichard. Les petits venaient d'avouer être les responsables du feu. Ils avaient attendu que tout le monde dorme pour chiper des cigarettes. En chahutant, une étincelle était tombée sur le fourrage.

Heureusement, le feu était maintenant maîtrisé.

« C'est grave ? »

Le missionnaire revenait vers eux, torse nu, écarlate, luisant de sueur comme les autres. Il était taillé comme un athlète. On le rassura. Le gamin en serait quitte pour la peur, et ferait des cloques pendant une quinzaine au moins.

« Sans le Padre, on perdait tout, dit alors Eduardo en contemplant leur maigre fortune étalée sur l'herbe mouillée.

— *Gracias, Padre* », dit la mère du gamin en lui baisant la main.

Allons bon, ça recommençait.

« Vous êtes blessé », remarqua Jasmine. Elle indiquait une balafre rouge qui lui traversait l'épaule.

---

1. « Crétins ! »

Il eut un triste sourire. *Blessé, oui, mais pas aujour-
d'hui...*

« Oh, ça n'est rien. Une vieille cicatrice qui se rouvre
quelquefois...

— Laissez-moi vous désinfecter, Padre. On ne sait
jamais. »

Il se laissa faire. Sans un mot. Il était au-delà des
mots.

« J'ai causé la mort d'un homme autrefois, dit-il lentement, comme pour lui-même. Un accident stupide
sur un de mes chantiers. Mon associé y est resté, et moi
il m'est resté ça. » Qu'est-ce qu'il lui prenait de faire
cette confession publique ?

Dans le silence qui suivit, Jasmine lui sourit.

« Et c'est ensuite que vous avez décidé d'être missionnaire ! »

Il fut incapable de trouver la moindre réponse.

« C'est formidable, continuait-elle. Dans l'adversité,
vous êtes devenu un homme de Dieu. Alors que tant
d'autres à votre place se seraient laissés décliner, se
seraient mis à boire, ou pire encore... »

Il fit semblant de souffrir de sa blessure, pour ne pas
répondre. De crainte que sa voix ne trahisse son émotion.

Quand on fut sûr que toute récidive d'incendie était
écartée, Eduardo et deux des marchands partirent à la
recherche des mules, et les autres se recouchèrent.

Allongée à même le sol, recouverte du hamac en
guise de couverture, Anne ne cessait de se poser la
même question : *L'absolution... il me l'a donnée, ou
pas ?*

Au-dessus de sa tête, la lune venait de faire son
apparition. Parodie de visage, présentant ce soir une

bouche ouverte sur un cri muet. Elle se demanda si les moniales, à Saint-Julien, la voyaient ainsi. Chères Sœurs, à la vie si rangée, comme elles lui manquaient. Et comme elle en aurait, des choses à leur raconter cet hiver. Elle eut un pincement de cœur à l'idée de quitter ce pays magnifique. Mais elle avait emmagasiné de quoi nourrir des années et des années derrière la clôture. Leur voyage touchait à sa fin. Il y avait eu des dangers et des contretemps, mais elles s'en étaient sorties brillamment. Malgré les embûches et les pièges qu'on leur avait tendus.

Demain, alors que s'ouvrirait le troisième et dernier jour des offres d'enchères, elles seraient enfin rendues à Río Gordo. Mission accomplie.

MISSION ACCOMPLIE. Elle n'en revenait toujours pas.

« Seigneur..., que Ta volonté soit faite », commença-t-elle.

*

Au matin, il manquait toujours deux mules. C'était la consternation. On ne pouvait pas repartir sans elles. Certains que les bêtes avaient su échapper à une chute dans le ravin, tous les hommes partirent à leur recherche, et même le Padre fut réquisitionné. Les femmes garderaient le campement. Les gamins se tenaient d'un air idiot près d'elles, n'osant plus bouger une oreille, osant à peine respirer, de peur d'attirer l'attention sur eux. De temps en temps, une des femmes soupirait en les regardant.

Anne essaya de leur faire dire à combien de temps de route on était encore de Río Gordo. Sans succès. Cadenassées dans leur peur d'avoir perdu deux bêtes, les femmes ne comprenaient soudain plus un mot des étrangères.

Elle sentait l'énervement la gagner. Pour se calmer, elle proposa à Jasmine d'aller remplir des bidons d'eau fraîche au torrent.

« Je me demande si nous ne devrions pas partir devant avec nos mules, la vallée est proche, on y serait en quelques heures.

— Et les laisser ici ! s'indigna Jasmine. Les laisser à leurs soucis, sans y prendre part ! Ce serait trop facile !

— Qui vous a dit que ce serait facile ?

— On ne peut pas les laisser ainsi, il faut les aider.

— C'est à nos Sœurs qu'il nous faut penser maintenant, Jasmine. Le temps presse, elles sont au bord du gouffre et risquent de tout perdre. Elles n'ont plus que nous.

— Mais eux, ils n'ont personne ! Mon Dieu, tout ça pour du chocolat !

— Le chocolat n'est qu'un prétexte ! C'est notre outil de travail, notre survie que nous défendons. Seul l'engagement pour notre mission compte. Le courage et la persévérance doivent prévaloir. Même si cela vous paraît dérisoire, c'est plus fort encore au regard du Seigneur que de défendre notre cause à travers une gourmandise. Ce sont nos actes qu'Il jugera, car la foi est aussi dans les petites choses. »

Malgré sa colère, la novice semblait ébranlée. Elle murmura :

« Quelle pauvre recrue je suis pour Lui. Comment savoir ce qu'Il attend vraiment de nous ? »

Anne lui prit la main.

« Chercher Dieu, c'est l'avoir déjà rencontré, Jasmine. Et vous avez cette chance. Mais rien ne doit passer avant notre communauté. Jamais. » Elle lui sourit. « Votre réaction même prouve à quel point vous êtes encore dans le monde extérieur. Ce n'est pas grave, car vous avez du cœur. Mais dites-vous aussi qu'un baptême ne prend pas comme un vaccin... Pensez-y. »

La novice n'eut pas le temps de répondre car on les hélait depuis le campement : « *¡ Ya regresan... con las mulas*[1] *!* »

Elles finirent de remplir les bidons et s'en retournèrent vers les autres, en silence. Un silence habité de questions muettes. À voix haute, chacune était sûre de son bon droit. Dans la solitude de son âme, chacune tremblait de se tromper.

*

Et soudain, au détour d'un long escarpement rocheux, la vallée leur apparut.

Quasi circulaire. Minuscule, vue de si haut. Verte comme le cœur d'une salade, avec des feuilles plus sombres tout autour. Le soleil tombait droit dessus, tel un faisceau lumineux divin désignant un lieu secret aux yeux des hommes. En descendant prudemment, au lent pas des mules, elles eurent le temps de découvrir les plantations qui s'étageaient sur les flancs de la montagne, protégées par les frondaisons d'arbres élevés. Et plus loin, les maisons qui annonçaient le bourg, Río Gordo. Elle était donc là, cette mystérieuse vallée du chocolat. Celle pour qui des sommités financières internationales se battaient, disait-on.

Jasmine eut une pensée émue pour leur ancêtre à toutes, la fameuse Maria Magdalena de Quibda. Dire

---

1. « Ils reviennent... avec les mules ! »

que tout venait de là. Que toute l'histoire heureuse de Saint-Julien avait débuté là. Elle eut un sursaut d'envie en songeant à l'époque où la Colombienne avait démarré le pacte des fèves. Ça, c'était l'aventure, la vraie. Leurs petits déboires devaient être dérisoires comparés à ce qu'elle avait dû connaître.

Quelqu'un toussa à côté d'elle. Le Padre s'était avancé.

« Pardon si j'ai interrompu vos rêveries, Ingrid, mais... vous comptez séjourner longtemps à Río Gordo ? Je vous dis ça parce qu'à l'arrivée je risque d'être un peu pris. Alors, si je savais où vous descendez, où vous vous produisez, on pourrait se retrouver plus tard.

— Aucune idée, mon Père. Mais rassurez-vous, c'est sans doute nous qui vous retrouverons. Nous allons être un peu prises, nous aussi, mais un missionnaire, ça doit se retrouver facilement », ajouta-t-elle en riant.

C'est bien mon inquiétude, se dit-il en la saluant d'un signe de tête et en replaçant sa mule derrière elle. Pendant toute la matinée, il avait lutté contre l'envie d'aller parler à Patricia. Il rêvait de chevaucher à ses côtés. Sans même parler.

Quand la colonne prenait un large virage, il la distinguait au loin, droite et fière sur sa mule, et il s'emplissait les yeux de sa vue. Jusqu'au prochain lacet. Il y avait longtemps qu'une femme ne lui avait fait un tel effet. Jamais peut-être.

Il n'avait qu'une hâte, retrouver les deux voleuses, les mener où on lui avait dit, et empocher l'argent. Après ça, il jetterait sa soutane aux orties et partirait à la recherche de la chanteuse. Elle serait sans doute étonnée dans un premier temps. Fâchée peut-être à l'idée qu'il l'ait entendue en confession. Mais quand il lui en dévoilerait les raisons, elle ne pourrait que lui pardonner. Après, il se jetterait à l'eau, tant pis s'il était ridicule. Une force irrépressible le poussait vers cette femme. Patricia... Peut-être qu'elle chanterait pour lui. Pour lui seul.

Ils furent rejoints par d'autres paysans, venus eux aussi pour le marché de novembre, le dernier grand rassemblement avant Noël. Les nouveaux venus les saluèrent au passage.

Et puis il y a aussi ce truc, autour des fèves de cacao, se souvint-il.

Il était déjà venu une fois y assister. Il n'avait pas tout compris. Ça se passait dans les arènes. Il y avait une sorte de jury, et les acheteurs devaient se présenter, à voix haute, pour savoir s'ils étaient acceptés, ou quelque chose comme ça. C'était un vestige des marchés d'avant, où on vendait à qui on voulait, comme on voulait. Une aberration dans le monde moderne.

Ils arrivaient aux portes du village, et ça grouillait déjà de monde. Des gens qui se hâtaient vers les échoppes, d'autres qui se retrouvaient en famille, avec poules et poussins, multipliant les rires et les embrassades.

Et puis, il se passa quelque chose d'étrange, juste comme ils descendaient de leurs montures. Au moment même où deux péones lui faisaient le signe convenu la veille au portable. Un homme d'un certain âge, à la barbe blanche, cria soudain : « Les voici, les voici ! Jacques, elles sont là ! Sœur Anne, Sœur Jasmine, elles sont sauves ! »

L'homme avait bondi d'une Jeep, suivi par un jeune homme qui faisait de grands signes. Le Padre tourna la tête et eut la surprise de voir les artistes se jeter dans les bras des deux arrivants. Qu'est-ce que ça voulait dire ?

Il s'approcha, troublant les retrouvailles.

« Oh, Padre, s'écria Jasmine en le voyant. Nous pouvons vous le dire à présent. Nous sommes deux Sœurs. Deux Sœurs Chocolat ! Venues pour les enchères. Nous ne pouvions pas vous le révéler, à cause de..., enfin, c'est compliqué. Et voici ces deux messieurs qui sont des amis...

— On s'est inquiétés, disait le jeune homme, tenant les mains de Jasmine dans les siennes, vous ne pouvez pas savoir !

— Surtout quand on a su que vous étiez parties avec des inconnus, continuait le plus vieux. On s'est dit que c'était louche, que quelque chose s'était passé, mettant en péril votre mission ! »

Alors ça, c'était la meilleure ! Les femmes qu'il recherchait avaient voyagé avec lui ! Il s'était bien fait avoir. Mais rien n'était perdu. Il bouillait de rage contenue, mais réussit à faire bonne figure.

« Quelle coïncidence ! Les petites Sœurs que je cherchais. Voyez-vous, j'étais justement venu à votre rencontre. Mais comme vous étiez chanteuse..., ajouta-t-il en s'adressant à Anne. Enfin, tout rentre dans l'ordre. » Il se tourna vers les Français : « Auriez-vous l'amabilité de nous réserver une place aux arènes. Le temps de nous rafraîchir, et nous vous rejoignons.

— C'est-à-dire..., commença Germain.

— Rassurez-vous, nous sommes avec le Padre, ajouta Anne posant la main sur son bras. Pour tout vous avouer, je ne serais pas fâchée en effet d'avaler quelque chose et de faire un brin de toilette.

— Vos désirs sont des ordres, ma chère, s'inclina Germain. Allons-y, mon cher Jacques.

— Je préférerais rester avec Jasmine, dit le jeune homme qui ne la quittait pas des yeux. Vous me raconteriez...

— Je vous raconterai tout par le menu, promis. Mais ce soir.

— Bien, filons, mon petit, elles ne vont pas disparaître. On vous garde de bonnes places. » Et ils s'élancèrent dans la foule.

Bon débarras. À nous, maintenant. J'ai hâte d'en finir. Le missionnaire se tourna vers des hommes qui s'étaient approchés.

« Voici justement des amis qui vont nous conduire aux rafraîchissements. Après vous, je vous prie... »

Il fit signe aux deux femmes de passer devant, les suivant, l'humeur sombre. *Quand je pense que j'ai failli craquer pour cette fille, cette menteuse ! Des criminelles, oui ! Capables de jouer n'importe quel rôle, sous n'importe quel déguisement. De vulgaires voleuses sous leur air candide. Mais tel est pris qui croyait prendre... elles vont avoir un sacré choc. Ce n'est plus mes affaires tout ça.* Blessé, humilié de s'être attendri, il redevenait cynique. Dans moins d'une heure, il serait au bar. Il allait boire sa prime jusqu'au dernier sol. Il trouverait bien une Conchita pour s'enivrer avec lui.

Après avoir parcouru un lacis de ruelles toutes semblables, les hommes s'arrêtèrent devant une porte et frappèrent. On leur ouvrit, et ils s'effacèrent pour laisser entrer les femmes, refermant la porte au nez du missionnaire.

« *Aquí el dinero*, aboya l'un des péones. *Ahora, te puedes ir*[1]. »

Un peu surpris, il accepta l'argent, le compta. Tout était là. Il était déçu de ne pas avoir pu leur dire en face ce qu'il pensait d'elles. Mais à quoi bon. C'était déjà de l'histoire ancienne. *Ciao bella !*

---

1. « Voici l'argent. Tu peux partir, maintenant. »

Il avait aimé... quoi... une poignée d'heures ? C'était toujours ça de pris.

Et ça le confortait dans l'idée que les femmes, ce n'était pas bon pour lui.

Il arracha sa soutane qu'il jeta devant la porte et s'en fut chercher un bar où noyer ses rêves enfuis. Il ricana. Et en plus, elles se faisaient passer pour des Sœurs. Gonflé, ça.

À l'intérieur, tout avait été très vite. Elles allaient se retourner pour saluer ceux qui leur avaient ouvert la porte, mais on leur avait appliqué sur le nez un tampon humide, à l'odeur écœurante, et elles avaient perdu connaissance.

Le réveil fut pénible.

Elles émergèrent presque en même temps. Avec une nausée tenace. La pièce où elles se trouvaient était plongée dans l'obscurité. Froide et silencieuse comme un tombeau. On ne les avait pas attachées, et elles retrouvèrent à tâtons leurs affaires, jetées dans un coin. La pile de la montre de Jasmine fonctionnait encore.

« Mon Dieu ! Il est plus de 6 heures ! »

La loupiote vacilla et s'éteignit, comme si elle avait attendu leur réveil pour donner l'heure, et rendre l'âme.

Elles n'avaient aucune idée de ce qui avait pu se passer, ni de ceux qui les avaient enlevées et séquestrées. Tout ce qu'elles savaient c'est que la mission était bel et bien fichue. Les enchères cessaient à la nuit. Jamais elles ne pourraient s'y rendre. Elles avaient perdu.

Jasmine essaya de crier, mais sa voix rebondissait sur les murs, sans écho. Quand elle arrêtait, le silence leur tombait dessus, épais, infranchissable. Elles étaient enterrées. Dans une cave profonde, en tout cas. Affolées, elles se mirent à appeler à tour de rôle, long- temps, jusqu'à en avoir mal. Rien. Juste le noir, tout autour d'elles, tapi comme une bête. Elles essayèrent de se remonter le moral. Quelqu'un allait bien venir, le Padre allait les tirer de là, ou les Français...

Mais les Français les attendaient aux arènes. Et le Padre... Que lui était-il arrivé à lui ? Il les suivait dans la rue, et Jasmine avait le sentiment qu'il n'était pas entré à leur suite dans la maison. Il allait s'inquiéter. Il devait déjà s'inquiéter. Ou alors...

Une idée folle s'insinua dans son esprit. Et si le mis- sionnaire œuvrait pour une autre communauté, pressée de ravir leur place au marché aux fèves. Non. Ça ne tenait pas debout. Tout de même...

Elle allait faire part de ses réflexions à Anne, quand elle entendit du bruit. Quelqu'un venait, à la démarche pesante. C'était peut-être leur dernière chance, ou leurs derniers instants. Elle rampa vers son sac, et tâtonna dans le noir jusqu'à ce qu'elle trouve Anne. « C'est maintenant ou jamais. Surtout, laissez-moi faire. »

Les pas s'étaient arrêtés devant la porte de leur cachot. Il y eut un bruit métallique et un visage vint s'encadrer dans un petit fenestron à mi-hauteur. Un homme, qui devait avoir une lanterne avec lui.

« *Agua... Agua, por favor*, gémit-elle en tendant le bras vers l'homme. *Mi amiga... enferma*[1]. » Elle mon- trait le coin où se recroquevillait Anne, à peine visible dans le halo qui venait du hublot. L'homme ne bougeait pas et les regardait sans ciller. Elle reprit :

---

1. « De l'eau... De l'eau, s'il vous plaît. Mon amie... elle est malade. »

« Por Dios, señor... Dale agua, por favor... Mi compañera... se va a morir[1]... »

Vague lueur dans le regard porcin. L'homme referma le fenestron et... ô miracle, elles entendirent qu'il glissait une clé dans la porte. Sur le seuil, il hésita, mais les femmes tremblantes qui cachaient leurs yeux devant la lumière vive n'avaient rien de redoutable.

« Mírala..., gémit Jasmine en désignant Anne affaissée sur le sol. *Ella enferma... necesita agua[2]. »*

L'homme se pencha pour voir... et Jasmine lui assena alors un formidable coup sur la tête avec son sac de toile. Un son mat, terrible, et l'homme glissa au sol, assommé.

Pendant un instant, elles n'osèrent pas bouger, affolées à l'idée de ce qu'elles venaient de faire, ne réalisant pas encore qu'elles étaient libres.

« Mais comment..., commença Anne.

— Avec ceci. » Jasmine sortit le pistolet donné par Bernardo, autour duquel elle avait entortillé le sac. « Je ne pouvais pas le laisser au casino sans le vexer. Je ne savais pas quoi en faire... Eh bien, voilà... »

Avant de partir, elles attachèrent l'homme avec leurs ceintures de pantalons et l'enfermèrent à double tour dans la cave. Pas à pas, elles gravirent les marches d'un escalier plongé dans la pénombre, retenant leur souffle, sans faire le moindre bruit. Angoissées à l'idée de tomber sur quelqu'un. Elle se retrouvèrent dans une pièce dont la fenêtre donnait sur la rue. Des vêtements militaires étaient pendus à un portemanteau, des assiettes séchaient sur une paillasse, mais la salle était vide.

---

1. « Au nom du ciel, s'il vous plaît, monsieur... donnez-lui de l'eau... elle va mourir... »
2. « Regardez-la... Elle est malade... il lui faut vraiment de l'eau ! »

Des enfants passèrent dans la rue en tirant des pétards. La nuit allait tomber. Il fallait faire vite et rejoindre les arènes. Mais, auparavant, elles devaient prendre une dernière précaution.

*

La fièvre avait gagné le village à mesure que le jour avançait.

L'immense marché drainait des marées d'acheteurs, venus de villages parfois lointains, vers les échoppes éphémères, dressées trois jours durant par les marchands. On y trouvait et on y négociait tout ce que le pays pouvait produire.

Légumes, fruits, tubercules, graines et fleurs. On y achetait de la volaille, des cochons, des veaux et même des mules. Des paysannes aux traits asiates proposaient des étoffes et des onguents mystérieux venant du Pérou. On pouvait y faire écrire une lettre par l'écrivain public, s'y faire arracher une mauvaise dent, se faire lire les lignes de la main, et caresser la tête d'un immense boa pour trois pesos en échange d'une année de bonheur. Au croisement d'étroites ruelles, des hommes au visage caché proposaient d'autres bonheurs : herbe à coca, mouches bleues, champignons hallucinogènes. Des pilleurs de tombes prenaient même le risque d'exposer des bijoux anciens, dérobés dans les caveaux indiens des montagnes, alliage émouvant de cuivre et de poudre d'or.

Et puis, il y avait les enchères. On ne savait plus à quand exactement remontait la tradition, unique dans le pays, mais la collectivité des éleveurs de cacao maintenait l'usage depuis plus de cent ans maintenant.

La production étant limitée, en raison même de

l'encaissement des montagnes, et le microclimat étant un miracle pour les fragiles plantations de criollo, les paysans avaient tranché : une fois l'an, on déciderait qui achèterait ou pas les fameuses fèves, qui s'en montrerait digne.

Cela se mesurait à beaucoup de choses, parmi lesquelles l'honneur et une vie pouvant être montrée en exemple avaient leur place. Reste, sans doute, du passage des Sœurs et des missionnaires aux siècles derniers. Vestige certainement d'un profond respect pour les Grands Indiens, ceux-là mêmes qui avaient apporté le Quetzalcoatl et le Xocoatl au monde. La nourriture des dieux ne pouvait pas aller à de mauvais hommes.

C'était le dernier soir, du marché et des enchères. Et la foule se pressait, excitée, énervée, frondeuse, comme pour un dernier round avant les semaines de silence et de gravité morose qui allaient suivre.

Elles marchaient rapidement vers les arènes, se guidant aux vivats de la population à qui l'on offrait un spectacle de tauromachie, avant la reprise des enchères. Leur regard glissait sur les échoppes, froid, sévère, et les marchands détournaient la tête à leur passage. Bien. C'était ce qu'elles souhaitaient. Leur déguisement fonctionnait.

Elles achetèrent deux billets, et réussirent à trouver une place juste en face de la loge de la présidence, où les dignitaires locaux commençaient à prendre place.

Deux jeunes filles leur firent un sourire qu'elles ignorèrent ostensiblement, préférant regarder le spectacle viril qui se déroulait sous leurs yeux.

Elles frémirent. C'était la fin, heureusement. Un taureau furieux galopait et se cabrait comme un fou dans l'arène, un condor, non moins furieux, attaché par les pattes à son licol. L'immense oiseau essayait de mordre le cou du taureau qui tentait de l'écraser contre les murets bordant l'arène. C'était censé évoquer le combat éternel entre les forces terrestres et les forces du ciel. Il n'y avait jamais de vainqueur. Juste deux bêtes blessées, sang versé, plumes arrachées, avant qu'on ne les libère et ne les promène en triomphe à travers les rues. À un moment, le condor poussa un cri terrible, l'aile prise contre un madrier, et Jasmine crut s'évanouir.

« Tenez bon, murmura Anne, sans même la regarder. Soyez plausible. »

Mais déjà le spectacle se terminait. Les propriétaires des animaux ayant décidé la fin des réjouissances.

On les libéra l'un de l'autre, on massa les plaies du taureau avec un onguent pâteux, on lissa les plumes de l'oiseau coiffé d'un bonnet qui l'aveuglait, et c'était parti pour le tour de piste en ville.

Anne alluma une cigarette, sous le regard incrédule de Jasmine. Elle tira trois bouffées, rejeta la fumée au ciel en faisant un halo parfait, et reporta son attention sur les gradins. « Ça commence », murmura-t-elle.

Les dignitaires s'étaient tous installés à leur place dans la tribune présidentielle, et l'orchestre joua un air lent et grave destiné à ramener le calme dans la foule.

Un homme, qui portait un tricorne, se leva et déclara la séance ouverte.

Il déroula un long parchemin, et lut au micro le résultat de la dernière récolte. La quantité énoncée supposait un nombre limité d'acheteurs, une dizaine tout au plus. Il se mit à citer les noms des acquéreurs possibles. Il montra ceux qui avaient su garder leur place à la table des négociations, assis à sa droite, et, à sa gauche, ceux qui se proposaient d'entrer dans le marché. Si une place se libérait.

Les moniales se penchèrent en avant, cherchant

à reconnaître un visage parmi les postulants. Sans succès. Ni l'Américaine aux lunettes papillon qui fumait comme un pompier, ni le gros homme en sueur qui se passait un mouchoir sur le visage, ni le brun au profil aigu qui se rongeait les ongles, et encore moins le Japonais avec son boulier ne leur disaient quoi que ce soit.

Elles remarquèrent que le silence se faisait progressivement.

« Pour la dernière fois, disait l'homme au micro, et en mémoire du pacte qui nous lie, je demande s'il y a des Sœurs parmi nous, des Sœurs Chocolat... Si elles sont ici, qu'elles se fassent connaître, maintenant. Sinon, qu'elles se taisent à jamais.

— Non, attendez, murmura Anne à Jasmine qu'elle sentait vouloir s'élancer. Attendez encore... »

Le silence était total. Les gens se regardaient, cherchaient les religieuses dans la foule. Elles firent semblant de chercher elles-mêmes. En vain.

On entendit un chien aboyer dans les collines.

L'homme au micro poussa un soupir. « On m'a donc dit la vérité : il n'y a plus de Sœurs Chocolat. C'est un triste jour pour notre vallée. » La foule murmura. « En témoignage de notre reconnaissance pour ces femmes qui nous ont honorés de leur fidélité des années durant, c'est à celui qui a recueilli leurs dernières volontés que nous allons concéder leur part. À celui qui a vu s'éteindre la communauté de Saint-Julien-du-Vaste-Monde, et qui se propose de reprendre le flambeau abandonné par les Sœurs. J'ai nommé le señor Jérémie Fernbach, de la MMG Company. »

Le brun cessa de se ronger les ongles et se leva, souriant à la foule. Il ouvrait la bouche pour dire quelques mots quand une voix cria :

« Mensonges ! Mensonges ! »

Il y eut un flottement. Qui avait crié ?

« Il n'y a plus de Sœurs Chocolat, répéta Jérémie à la foule.

— Si... Nous sommes là ! Regardez-nous ! »

Dans les gradins, juste en face de la présidence, un militaire en costume d'apparat venait de se lever. Moment de stupeur dans l'assistance. Puis de franche rigolade, car un autre militaire, en grand uniforme comme le premier, venait de se dresser à son côté et criait également :

« Nous sommes là ! Nous voilà, nous sommes les Sœurs Chocolat ! Anne et Jasmine, de Saint-Julien... »

La foule se tordait de rire. Sur l'estrade officielle, c'était la consternation.

C'est alors que les faux militaires décrochèrent les épées de leur baudrier, ouvrirent leurs vareuses à boutons dorés, découvrant la tenue de brousse qui était en dessous, et une croix de bois brune à pointe noire que les plus vieux reconnurent. La croix de Saint-Julien.

Quand ils ôtèrent leurs képis à plumes et secouèrent leurs cheveux, longs et blonds pour l'un, ébouriffés, courts et bruns pour l'autre, la foule retenait son souffle.

« Nous sommes les Sœurs Chocolat, et cet homme est un imposteur ! Nous avons connu la peur, le doute et le froid, depuis huit jours que nous devons déjouer ses pièges ! Mais jamais nous n'avons renoncé... parce qu'une Sœur Chocolat n'abandonne pas..., hurla Anne en jetant son képi dans l'arène, à bout de souffle.

— Elles sont folles... Faites-les taire, criait Jérémie.

— Osez dire que l'Abbaye n'existe plus, hurlait Jasmine à son tour. Vous n'êtes qu'un menteur, un minable, un voleur ! »

Le brouhaha était total sur l'estrade. Chacun voulait s'exprimer. C'est alors qu'un coup de feu retentit et Anne porta la main à sa hanche.

« C'est ça ! Et vous allez nous faire abattre maintenant ! » dit-elle en chancelant.

Le tireur se montra, un géant aux cheveux pâles. Déjà il réarmait son fusil pour viser Anne à nouveau. Affolés, les paysans s'aplatirent au sol. Le coup partit au moment même où un homme se jetait sur la religieuse pour la protéger, l'entraînant violemment dans sa chute. En face, des courageux s'étaient redressés et luttaient pour arracher l'arme au tireur qu'ils finirent par désarmer. Sur l'estrade, Jérémie piquait une crise de nerfs, refusant qu'on l'emmenât au poste pour s'expliquer.

« Anne..., mon Dieu, Anne, vous n'avez rien ? »

Jasmine se pencha sur les deux corps couchés dans l'allée. Anne et... le Padre ! Celui-ci se releva en grimaçant. Il porta la main à son épaule où une tache rouge allait s'élargissant sur sa chemise claire.

« Padre...

— Ne m'appelez plus comme ça..., murmura-t-il. Vous êtes de vraies Sœurs... et moi un faux prêtre.

— Il délire. Sans doute sa blessure qui s'est rouverte. »

La novice se tourna vers Anne. Livide, assise à même le sol, elle avait le dos calé par les gradins.

« Ça va..., Jasmine... ça va. »

Accouru avec Jacques et maintenant rassuré, Germain se tourna vers la foule et cria d'une voix de stentor :

« *Está viva... Está viva la Sor*[1]*!* Pour les Sœurs Chocolat, hip, hip, hip...

---

1. « Elle est vivante... La Sœur est vivante ! »

« — Hourrah ! crièrent les villageois.

— Hourrah ! » reprirent les notables.

On s'empressait vers Anne. Mais le faux Padre avait été le plus rapide.

« Qu'avez-vous fait ? murmura-t-elle.

— Je ne savais pas... que c'était vous... Vraiment vous... Mon Dieu, vous souffrez, ajouta-t-il en la voyant fermer les yeux. Où êtes-vous blessée ? »

Il essaya d'ouvrir davantage la vareuse et vit que la première balle avait juste éraflé le baudrier.

« Pas blessée, mais je crois... je crois que je vais m'évanouir ! » Elle glissa doucement, au ralenti, le long des gradins. « Trop faim... juste trop faim. » Et elle perdit connaissance.

Jacques la souleva dans ses bras et ils quittèrent les arènes sous le regard silencieux des villageois. Le faux Padre s'apprêtait à les suivre quand un policier lui tendit une soutane :

« Je pense que ceci est à vous, señor. Votre complice a parlé. Abus de confiance, usurpation d'identité, sacrilège envers l'Église et association de malfaiteurs. Vous pouvez dire adieu à... »

Il n'alla pas plus loin. Poussant un râle de douleur, l'homme vacillait dans les gradins, la main crispée sur sa blessure qui s'était remise à saigner. « Anne..., Patricia, Ingrid », balbutiait-il.

Madre de Dios, et en plus... c'est un coureur de jupons.

*

Pour la première fois depuis le début de son histoire, la distribution des quotas de fèves se termina un jour plus tard.

Anne avait totalement récupéré, grâce à douze heures de sommeil et un pantagruélique petit-déjeuner.

Pendant ce temps, Jasmine avait pu raconter leurs aventures à la police, à Germain et à Jacques, ainsi qu'au représentant des planteurs de cacao. Ils n'en revenaient pas. Le périple qu'elles avaient accompli en quelques jours était à peine concevable.

Pour les récompenser de leur courage et de leur persévérance, il fut décidé de pérenniser leur part. On leur confierait bientôt la bourse de cuir renfermant quelques-unes des précieuses fèves qui serviraient d'étalon de comparaison lors de la livraison prochaine à l'Abbaye. On décida aussi qu'elles pourraient dorénavant s'éviter le long voyage. Se rendant aux arguments modernes, le village traiterait tout dorénavant par mail et par fax. Le but n'était pas de mettre leur vie en danger, mais de poursuivre aussi longtemps que possible le pacte ancien entre Río Gordo et l'Abbaye de Saint-Julien. Elles seraient toujours les bienvenues, bien sûr.

La novice s'était rendue à la prison pour les auditions des trois prévenus. Mais le faux Padre avait perdu beaucoup de sang pendant la nuit, et on l'avait expédié au dispensaire local.

Cela permit aux deux autres de faire entendre leur version de l'histoire. Jérémie disait n'être coupable de rien, si ce n'est d'avoir fait confiance au butor qui lui avait assuré que l'Abbaye n'était plus, et qui l'avait entraîné dans l'aventure. Il désignait Giani.

Qui avait suivi les Sœurs depuis Paris ? Qui les avait approchées à Bogota, qui les avait envoyées à Leticia, qui avait tiré sur elles, qui avait engagé le faux Padre ? Giani, toujours Giani. Fernbach représentait une société respectable et mondialement connue. Cette histoire ne pouvait que nuire à la MMG Company. Il avait hâte de présenter ses excuses aux deux Sœurs, et de voir comment il pouvait les dédommager. Sincèrement.

Abasourdi, Giani ne sut trouver les mots pour s'expliquer. Il s'empêtra dans ses dires, bafouilla et se contredit, lamentable. En moins de deux heures, il fut confondu. Reconnu seul coupable de l'offensive contre l'Abbaye de Saint-Julien, on l'emprisonna immédiatement, et Jérémie fut libéré.

Quant au faux prêtre, qui avait joué un rôle de mercenaire sans bien savoir de quoi il retournait, il était condamné à deux mois de travaux d'utilité publique au village. Il commencerait dès que sa blessure serait refermée.

« Et voilà, vous savez tout, termina Jasmine qui venait de faire son rapport à Anne. Nous recevrons les fèves avant Noël. Près d'une tonne, que nos Sœurs pourront se mettre à traiter aussitôt. Et, dès cet hiver, nous produirons nos nouvelles tablettes ! »

Anne ne répondit pas, le regard fixé sur les collines qu'on voyait de la fenêtre.

« Et ne vous inquiétez pas pour le retour. J'ai tout arrangé avec Germain. Dans deux jours, il revient nous chercher ainsi que Jacques, et ils nous conduiront eux-mêmes à Bogota. Après, ce sera la France, et enfin Saint-Julien. » Tout à sa joie, elle ne remarquait pas le manque d'entrain de sa compagne. « Je descends au village acheter quelques souvenirs pour nos Sœurs. Vous venez avec moi ? »

Anne secoua la tête, sans se retourner. Les yeux fermés, elle écoutait monter vers elle le bruit des colonnes de paysans qui quittaient le village depuis le matin.

Bientôt tout serait calme. Le village, les rues, leur vie. À nouveau. Bien. Elle se demandait pourquoi une telle langueur l'enveloppait soudain. Elle attendit que Jasmine ait disparu faire ses emplettes, avec Jacques, puis elle demanda qu'on lui indique le chemin des plantations.

La température était douce, et la chaleur tempérée par une brise légère. L'idéal pour les cacaoyers. L'idéal pour ce qu'elle se destinait à faire.

Elle sortit du village et attaqua la montée vers la colline qu'on lui avait indiquée. Un chien minuscule, lointain descendant des roquets enrubannés de la cour d'Espagne, l'avait suivie, allègre et décidé, marchant à ses côtés comme un compagnon.

« Tu ressembles à Riquiqui, lui dit-elle, un chien que j'ai connu à Bogota. »

Le chien tourna vers elle des pupilles rondes, noires comme de l'encre. « Seulement, lui, il avait les dents de travers...

— Humpf... », fit le chien. Il comprenait. Il compatissait.

Ils avaient atteint une esplanade qui menait à la finca qu'elle cherchait. D'immenses carrés, délimités au sol par des troncs d'arbres, servaient de réservoirs pour sécher les fèves au soleil. Elle les longea et prit l'allée qui menait à la vieille ferme, bordée de part et d'autre de maigres araucarias, l'arbre national, qu'on appelait aussi « le désespoir des singes », lui avait dit Germain. Elle était à quelques mètres de la bâtisse, blanche à balustre de bois fauve, quand elle les entendit. Des voix d'enfants, qui chantaient.

Elle sentit son cœur se serrer.
Frère Jacques, Frère Jacques,
Dormez-vous, dormez-vous ?

Les petits zozotaient, et le vent lui apportait des frères Zaque à n'en plus finir.

Guidée par les voix, elle s'avança vers un bâtiment ouvert sur la campagne.

Une école. C'était à peine une surprise.

Elle se doutait qu'il y avait autre chose que le chocolat qui ramenait sans cesse les Sœurs aux plantations.

« École Maria Magdalena de Quibda », lut-elle au fronton. « Colombienne accueillie comme une sœur en France », disait l'inscription en dessous.

Elle eut envie de pleurer.

Les enfants l'avaient vue et s'étaient tus. Une jeune femme se leva de son pupitre et vint vers elle.

« Soyez la bienvenue, Sœur Chocolat. Les enfants vous attendaient. »

Jasmine courait d'une échoppe à l'autre, joyeuse, gamine, excitée. Jacques la suivait, portant son panier, l'air grave.

Le marché était terminé, mais les épiceries locales rivalisaient d'attentions pour la jeune Sœur Chocolat qui leur faisait l'honneur d'une visite.

« Oh ! et ça, pour Sœur Guillemette, des pantoufles en laine de lama... elle devrait aimer ! Ou alors ce dé à coudre, taillé dans du bois de cacaoyer ! Qu'en pensez-vous, Jacques ?

— Vous repartez vraiment dans deux jours ?

— Mais oui, vous le savez bien. C'est ce qui a été décidé avec Germain.

— Vous y retournez ? Vous ne voulez pas rester, rester ici..., avec nous ? »

Mon Dieu, ça y était... Il lui parlait enfin. Elle fit mine de ne pas avoir entendu, mais il lui prit le bras, l'immobilisant, la forçant à le regarder.

« Je vous en prie..., murmura-t-elle. Ne me demandez rien. C'est trop tôt, ou trop tard. Ne me demandez rien.

— Vous voudriez que je me taise, et que je vous laisse vous enfermer vivante ?

— Par pitié, Jacques... j'ai pris un engagement. Il faut que vous me laissiez le tenir.

— Vous êtes libre encore !

— Nul n'est libre devant Jésus. »

Il eut un mouvement d'humeur devant ces enfantillages. Se reprit et lui dit : « Je dois rejoindre Germain, maintenant. Nous nous verrons dans deux jours et nous en reparlerons à ce moment-là. Si c'est vraiment votre choix, je le jure, je ne vous importunerai plus ensuite. » Et il la planta là avec son panier plein de broutilles.

Que les hommes sont donc compliqués... Malgré la force de son engagement, elle était ébranlée. Et si Anne avait raison... Et si elle se trompait... Jacques lui parlait comme un frère, mais elle sentait son pouls battre plus vite quand il était là.

Elle saisit le panier et prit le chemin du retour. Le cœur n'y était plus.

« Mais qui vois-je ? » dit une voix aimable dans son dos.

Jérémie Fernbach. Ils ne s'étaient pas revus depuis qu'on l'avait relâché. Blanchi et relâché.

Debout devant le porche de son hôtel, il lui souriait, les bras largement ouverts.

« Laissez-moi vous être utile, ma Sœur. Il fait trop chaud pour rester en plein soleil avec ce fardeau. Acceptez que nous prenions un dernier rafraîchissement ensemble. »

De la main il lui indiqua l'entrée de l'auberge. Elle

entrevit un patio ombragé et fleuri, au centre duquel une fontaine en pierre cascadait gaiement. Vision de paradis face à la moiteur de la rue. Elle hésita, gênée. Elle l'avait tout de même traité de voleur...

« Je vous en prie, insista-t-il. Une voiture vient me chercher dans un instant. Je quitte le pays. Acceptez mon invitation. J'ai tant besoin de me racheter à vos yeux... »

Elle franchit le seuil. Après tout, elle mourait de soif.

Les petits avaient chanté tout ce qu'ils connaissaient en français. La dévorant des yeux, timides, apeurés, comme si on leur avait dit « voici le Père Noël ». Ils avaient partagé avec elle les empanadas de la matinée, montré leurs plus beaux dessins. Un petit garçon lui apporta un drôle de losange vert : *« Francia »*, expliqua-t-il gravement. Elle l'embrassa et il rougit de confusion.

« Laissez-moi vous montrer quelque chose », dit la maîtresse. Elle confia les plus petits à la surveillance d'une grande, au moins dix ans, et elles sortirent.

Au bout d'un sentier longé par les cacaoyers dont on devinait déjà la prochaine récolte, d'énormes cabosses rouge orangé accrochées à même la branche, elles firent halte près d'une maison à l'abandon. « C'est ici... »

D'abord, Anne ne vit rien. Des buissons avaient poussé dans tous les sens autour de la bâtisse, entourant un arbre immense qui s'appuyait sur le toit éventré. Rien d'autre. Juste un reste de... Une tombe ! Elle s'approcha. Il ne restait plus grand-chose de la stèle. Une vague inscription qui s'effaçait. Elle déchiffra : *« MAG DA...* Ô mon Dieu !

— Oui, c'est elle. Elle repose là », dit la maîtresse..

La végétation avait tout dévoré, jusqu'à la croix d'airain au-dessus de la pierre tombale. L'arbre l'avait peu à peu engloutie. Il ne restait plus que le cœur du Christ, fondu, imbriqué, mêlé à l'écorce même.

« Mais je croyais...

— Bien sûr, c'est la version officielle. Mais elle avait une bonne raison... »

De la main, elle lui désigna un petit promontoire qu'Anne n'avait pas remarqué. Tout contre la tombe.

« On dirait...

— Une tombe d'enfant, oui. Les petits la fleurissent chaque semaine. »

Alors c'était donc ça. Une histoire de foi... et d'amour ! Elle eut un moment d'étourdissement, et porta la main à son front.

« Je sais, reprit la jeune femme, elles ont toutes eu le même choc. »

Toutes ?

« Ma mère et sa mère avant elle m'ont prévenue. Nous sommes les gardiennes du secret. Chaque Sœur Chocolat qui vient à nous s'en fait la nouvelle dépositaire. Maria Magdalena voulait leur prouver ainsi sa confiance. Et les pousser à se poser les vraies questions. La vie, la mort, l'amour, la foi... On ne sait pas quand elle a eu l'enfant, il est mort jeune d'après la taille de la tombe. Elle n'a jamais dit qui était le père, mais elle venait toujours se recueillir sur sa tombe quand elle arrivait ici. Jusqu'à la fin elle a gardé le secret, de l'école et de l'enfant. Voilà, vous savez tout. »

Les yeux brillants, Anne contemplait le secret impensable. Elle était troublée à l'idée de toutes ces Sœurs qui avaient fait la découverte avant elle, chacune gardant l'histoire, comme un trésor durant toutes ces années.

Non qu'il fût indicible, mais par égard pour leur ancienne Sœur, celle qui leur avait donné le chocolat, elles se taisaient. Une religieuse avec un enfant, ça s'était déjà vu. On évitait juste d'en trop parler. Mais chaque Sœur, à chaque voyage accompli, devait ensuite se poser la question, dans le secret palpitant de son cœur : *Et moi, Seigneur, ai-je..., aurais-je vraiment vécu ?*

Elle revint lentement au village. Le chien sur les talons. Aussi pensifs et silencieux l'un que l'autre. Jasmine n'était pas encore rentrée. Très bien. Il lui restait encore une chose à faire.

Calé contre ses oreillers, le faux Padre n'en revint pas de voir Anne franchir le seuil de la chambre où on l'avait installé. Il essaya de se lever mais son épaule bandée le gênait.

« Restez tranquille, dit-elle calmement en s'asseyant près de lui. Il me semble que c'est à mon tour, aujourd'hui, de vous entendre en confession. »

Il lui raconta tout. Sa rencontre fortuite avec Giani, son idée de se déguiser en prêtre pour les approcher facilement. Sans vouloir jouer les héros, il expliqua qu'il avait vraiment cru qu'on recherchait des criminelles. Ce n'est qu'en les voyant, aux arènes... Il regrettait d'avoir participé à tout ça. Il se garda bien de dire quels sentiments elle avait éveillés en lui.

Quand il se tut, elle continua de le regarder un moment, en silence.

« Ce ne sont pas ces péripéties qui m'intéressent. Quand je me suis confiée à vous, là-bas dans la montagne, j'avais besoin de libérer mon cœur de tristes fardeaux. Qu'importe après tout que vous ayez été ou pas un vrai prêtre. Vous m'avez écoutée, et vous avez compati, sans juger. Je viens vous rendre la pareille. »

Ils restèrent un long moment, face à face, les yeux dans les yeux. Il se sentait furieux, tendu, revêche. De quoi se mêlait-elle ? Elle le regardait, calme. Simplement calme. Il capitula. Le regard fixé sur un point du mur, il commença à parler. Lentement.

Il y a six ans, il arrivait en Colombie, venant de San Diego, avec un jeune associé, architecte comme lui. On leur avait confié la construction d'un pont dans la région du nord du Cauca, là où la cordillère des Andes se sépare en trois gigantesques ramifications. Le pont éviterait d'incessants et longs voyages aux habitants de la région. Toutes les villes, tous les villages, jusqu'aux plus petits, avaient apporté leur écot, et le projet avait merveilleusement bien démarré. Un jour, pour gagner du temps et faire sauter un pan de roches qui retardait leur progression, il avait décidé d'utiliser des pains de dynamite. Son partenaire s'y était farouchement opposé, mais il avait tranché, usant de sa prérogative d'aîné. Le pan de roches avait bien sauté comme prévu, et il n'y avait pas eu de problème. Les équipes avaient repris le travail de déblaiement. Mais, dans les heures qui avaient suivi, la montagne déstabilisée s'était fendue en deux, ensevelissant son associé et une dizaine d'ouvriers sous une tonne de pierres énormes. Il avait fallu plus de deux jours pour les retrouver. Aucun survivant.

Il ne s'en était jamais remis, et la blessure reçue au moment de l'accident n'avait cessé de le tourmenter.

Peu après, le projet avait été stoppé, considéré comme trop dangereux. Et lui avait commencé à dégringoler, traînant ses remords inutiles de bars en bouges, de plus en plus miteux, de plus en plus sordides. Il avait quitté le chantier, et perdu son emploi. Acceptant bientôt n'importe quel travail, n'importe quelle besogne, pour les quelques pesos qui lui paieraient l'*aguardiente* de l'oubli.

« Mais on ne peut pas oublier, murmura-t-il. De toute façon, il y a toujours cette épaule qui me rappelle mon erreur. Aujourd'hui encore... »

Elle le regardait, toujours silencieuse. Et lui continuait de fixer le mur.

« Je ne connais même pas votre nom. Padre, c'était bon pour la montagne. »

Il tourna enfin son regard vers elle. « Je m'appelle Thomas... Thomas Van de Boorne. »

Elle se pencha vers lui et lui serra doucement la main.

« Je suis heureuse de vous connaître, Thomas Van de Boorne. Remettez-vous vite, on a besoin de vous à Río Gordo. »

*

Quand Jasmine rentra enfin, Anne lui trouva l'air fiévreux. Mais la novice, tout excitée, lui racontait par le menu sa journée. Les trésors dans les échoppes, les cadeaux pour les Sœurs, la rencontre avec Jérémie Fernbach... Anne eut un frisson.

« Oh, juste un verre partagé à son hôtel, il faisait si chaud ! Il m'a chargée de vous présenter ses hommages et demandé de vous faire part de son admiration pour votre courage...

Mon Dieu... je crains le pire...

... Et il a même ajouté : "Je suis heureux à la pensée qu'elle pourra toujours puiser dans cette force d'âme quand elle en aura besoin..." »

Jasmine parlait toujours avec animation, mais son visage était devenu extrêmement pâle. Deux fois, Anne lui vit essuyer la sueur qui perlait à son front.

« ... Et pour notre Mère Supérieure, j'ai pensé que ce petit... » Elle vacilla, tourna un regard étonné vers Anne, essaya de dire encore quelque chose, mais un jet de salive jaunâtre lui échappa. L'instant d'après, elle s'effondrait sur le sol de la chambre, les yeux révulsés.

Appelés à la rescousse, les hôteliers firent venir le médecin. Celui-ci l'ausculta, prit son pouls et analysa sa salive. Jasmine délirait quand il donna enfin son verdict : « C'est extrêmement sérieux. Elle a été empoisonnée. »

Jasmine fut installée dans une pièce à l'étage, où la température était plus clémente. En moins d'une heure, avec les puissants vomitifs du médecin, elle avait expulsé tous les aliments que son corps contenait. Mais le poison ne lâchait pas prise. Après avoir abondamment transpiré, la moniale grelottait, malgré les édredons dont on l'avait couverte.

Quand Anne revint avec une dernière couverture, elle eut un choc. Le charmant visage de la novice était devenu olivâtre, la sueur lui collait les cheveux sur le crâne, les joues et le long des épaules, secouées de spasmes. Ses yeux brillaient d'un éclat jaune, profondément enfoncés dans ses orbites qui s'étaient extraordinairement creusées.

Seigneur ! On dirait qu'elle agonise.

Le médecin avait demandé de l'aide. Celle de son assistant, en tournée dans les plantations, et celle du soigneur du village voisin, un Indien, qu'on était allé chercher à cheval. L'hôpital le plus proche étant à deux jours de marche, tout devait être fait sur place. C'était une question d'heures.

Il fallait trouver au plus vite la nature du poison qu'elle avait absorbé, et sous quelle forme, afin de préparer l'éventuel antidote. Comme elle était jeune et de constitution robuste, elle pouvait tenir une dizaine d'heures encore, dans des souffrances de plus en plus intolérables. Pas au-delà.

Anne se tordait les mains de désespoir et d'angoisse. Quand Jasmine lui avait parlé de sa rencontre avec Jérémie Fernbach, elle avait eu un mauvais pressentiment. Maintenant tout était clair. Après qu'on l'eut assurée qu'elle pouvait s'absenter une demi-heure, elle s'enveloppa dans un grand châle et s'en fut à la recherche de l'hôtel où la rencontre avait eu lieu. Jasmine avait bafouillé : « ... Au paradis... Un vrai paradis. »

Il n'y avait pas d'hôtel Paradis, ni Paradisio, ni Eden. Juste le Marisol Hotel, la Fonda de las Aguas et la Cacao Albergo. Elle fonça à l'Albergo. Évidemment, c'était là qu'il avait dû aller, pressé qu'il était de voler leur chocolat ! Sur place, elle vit que c'était impossible. Un mariage avait retenu toutes les chambres pour la durée du marché, et aucun Européen ne s'était présenté. Elle repartit dans le soir qui tombait, poursuivie par les chants et les rires qui venaient de la noce. Elle aurait voulu que tout le village se taise. C'était idiot, bien sûr, mais l'idée que Jasmine luttait pour sa survie quand d'autres buvaient et s'amusaient lui paraissait abominable.

Le second hôtel, le Marisol, était un établissement ancien, au charme suranné, où le confort devait laisser à désirer. Aucun Européen ne s'y était montré depuis des mois. *C'est donc à la Fonda de las Aguas !* Elle se mit à courir dans la nuit bleu marine qui descendait des hauts plateaux. Jusqu'à l'autre bout du village. Aucune trace non plus, à la Fonda, de chambre louée par Jérémie Fernbach.

Elle était effondrée. Quand le propriétaire lui conseilla de se reposer un moment et de boire quelque chose de frais, elle se rendit compte qu'elle devait avoir l'air d'une folle, le visage en sueur, écarlate, les cheveux ébouriffés par le vent qui s'était levé.

« Rafraîchissez-vous un instant au jardin », proposat-il, en lui indiquant le patio. Elle faillit refuser, quand la fontaine aux eaux cristallines et les parterres de fleurs attirèrent son attention.

Elle s'avança. Des bougainvillées grimpaient le long de la façade, des tourterelles dormaient dans de ravissantes cages blanches, et le jardin minuscule offrait une exquise variété de plantes et de fleurs dont les teintes vives éclairaient la nuit. *Le paradis... c'est ici !* Elle s'assit sur la chaise qu'on lui tendait et regarda autour d'elle. Un buisson d'orchidées attirait le regard. Roses, violettes, jaunes, blanches et d'une couleur proche du lie-de-vin, les fleurs étaient divines. Plus loin, un if solitaire dressait sa fine silhouette sombre contre un auvent qui protégeait un vieux banc de bois des intempéries. Derrière, un éclatant massif de fleurs perroquets...

L'if ! Elle marcha comme une somnambule vers l'arbre mince. Il était couvert de minuscules baies rouges. *Mon Dieu ! Et si...*

« Ah ! oui, j'ai reçu une jolie demoiselle au jardin aujourd'hui, dit l'hôtelier en réponse à ses questions. Avec un monsieur européen, lui aussi, juste pour un rafraîchissement... *Seigneur... Nous y sommes !* Le monsieur a insisté pour qu'elle puisse goûter la salade de fruits de la maison. Il l'a même protégée des mouches, le temps que je fasse un tour du jardin avec la jeune fille... »

Déjà elle était loin. Des baies d'if ! Un poison si violent qu'on le disait imparable. Pourvu qu'aujourd'hui les médecins puissent en contrer les effets !

Son arrivée coïncida avec celle du soigneur indien. On écouta avec attention la découverte qu'elle venait de faire, et les deux médecins commencèrent à préparer une potion sur les conseils du Colombien : des herbes, des racines, du lait et des éclats de fèves de cacao. Ils semblaient lui faire toute confiance.

L'Indien se pencha sur le corps glacé de Jasmine et demanda le silence.

Il collait son oreille au-dessus de sa gorge, de sa poitrine, de son estomac, et ainsi de suite jusqu'aux pieds. Puis il recommençait.

« Il écoute le chemin de la graine dans le corps de votre amie, murmura la femme de l'aubergiste. J'ai déjà vu ça. Il dit que le poison chante une chanson pendant qu'il progresse dans le corps infecté. L'Indien sait entendre la chanson. Et, quand il est sûr... »

L'homme leur fit signe de se taire. Les deux mains au-dessus de la poitrine de Jasmine, les yeux fermés, il paraissait effectivement écouter quelque chose. Les médecins approchèrent avec le bol contenant la pommade et se placèrent de part et d'autre du lit. Le Colombien tira une longue dague de son vêtement, fine comme une aiguille à son extrémité, et en passa la pointe et toute la longueur à la flamme d'une bougie. Il marmonnait dans une langue gutturale qu'Anne n'avait encore jamais entendue. Sa main gauche descendit jusqu'à frôler la mince chemise trempée de sueur de la novice, là, elle parut hésiter, monter, descendre, tâtonner, comme si elle jouait à chat avec quelque chose derrière la fine toile. Et soudain... La main droite s'abattit à hauteur du diaphragme de la jeune fille, la lame transperça le tissu et la chair, s'enfonça jusqu'à la garde.

Jasmine hoqueta, se dressa, et s'affaissa contre les coussins, la chemise rouge de sang.

« Mais que fait-il ? » cria Anne que la rapidité du geste et sa violence avaient surprise comme tout le monde.

On ne lui répondit pas. L'aubergiste et sa femme la retenaient, l'empêchant de s'approcher du lit. L'Indien marmonnait de plus en plus fort et, avec un cri de triomphe, il sortit la lame au bout de laquelle un minuscule noyau sombre, à peine de la taille d'une lentille, était embroché. Il le jeta dans un plat où il mit le feu. Les deux médecins avaient l'air de savoir quoi faire maintenant. Ils déchirèrent la chemise écarlate, vidèrent la moitié d'un flacon d'antiseptique sur la plaie minuscule et commencèrent à tartiner toute la zone avec leur pommade. Ils enveloppèrent ensuite Jasmine, inconsciente, dans des bandages frais, serrés sur son torse.

Anne pleurait en silence. Elle sentait que tout était dit, que le maximum avait été tenté et que Jasmine se trouvait maintenant entre les mains du Seigneur. L'Indien marmonna tout le temps que la baie mit à se consumer, et, quand ce fut fini, il leva un visage épuisé vers les autres. « *Ya está bien*[1]... » Et il s'en fut boire un verre d'eau fraîche. Ils étaient tous exténués. On avait fait tout ce qui était possible. L'Indien avait arraché la racine du poison. Restait à savoir les dégâts qu'il avait faits. Pour le moment, il fallait se reposer et dormir, à tour de rôle. Et prier, elle en aurait besoin. Les baies d'if faisaient chaque année des victimes, mais chaque

---

1. « Bon, pour le moment ça va... »

année aussi on arrivait à sauver des gens. Il fallait attendre. Et veiller. Dans quelques heures seulement on saurait.

*

Sœur Clarisse venait d'entrer dans la salle de lecture, guidée par Sœur Pierrette. Elles s'approchèrent de la table où la Mère Supérieure faisait de la couture avec les Africaines.

« Ma très chère Mère... », commença l'aïeule d'une voix faible. La Mère Abbesse posa son ouvrage et se tourna vers elle. Sœur Clarisse sortait tout juste d'un mauvais rhume et son état général semblait avoir empiré. Elle avait toujours été sourde, même jeune, et elle boitait de plus en plus, mais aujourd'hui ce furent ses yeux qui affolèrent la supérieure. *Est-elle en train de devenir aveugle ?* La doyenne tourna vers la haute silhouette de l'Abbesse un regard pâle, écarquillant des yeux qui semblaient recouverts d'une taie blanche.

« Ma Mère... je suis inquiète. La nuit dernière j'ai fait un mauvais rêve. »

Aussitôt, les Africaines cessèrent leur travail. Sœur Clarisse était connue pour ses rêves prémonitoires. On fit silence.

« Nos petites Sœurs en voyage... ça ne va pas fort pour elles.

— Expliquez-vous, ma Sœur, dit l'Abbesse.

— C'est confus, j'en suis désolée, mais le doute n'est pas permis. J'ai vu la flamme et le fer... Elles sont faibles, très faibles. Une menace pèse sur elles. Oh, je suis navrée de ne pas pouvoir vous en dire davantage. Mais je suis inquiète, très inquiète...

— C'est pour cela, ma Mère, que j'ai conseillé à

Sœur Clarisse de venir vous trouver, coupa Sœur Pierrette. Il faut faire quelque chose ! »

La Supérieure soupira. Des années auparavant, elle avait fait le voyage elle-même, et elle savait à quel point les communications étaient difficiles depuis la vallée des fèves.

Il y avait huit jours que les Sœurs étaient parties. Elles étaient convenues de l'envoi d'un télégramme dès que la mission aurait été remplie. Pour le reste, on ne savait jamais très bien quand sonnait l'heure du retour en France.

Cela dépendait de tant de choses : l'état de fatigue, l'état des routes, la saison des orages qui pouvait avoir pris de l'avance... Généralement, les Sœurs revenaient au bout de dix à treize jours. On n'y était pas. Il fallait attendre encore un jour, et voir si le télégramme arrivait.

« Je vous remercie, Sœur Clarisse. Vos avis nous ont toujours été précieux, et je vois avec plaisir que vous avez pu vous lever...

— Elle n'a pas pu, tonna le colosse. Elle s'est forcée, pour venir vous parler. Moi aussi, je pense que...

— Merci, Sœur Pierrette, de raccompagner Sœur Clarisse à sa chambre. Vous lui porterez un bouillon tout à l'heure. Je veux qu'elle se repose encore un peu aujourd'hui. Soyez sûres, l'une et l'autre, que je vais réfléchir à ce que vous m'avez dit. »

Elle retourna à son travail de couture, et les Africaines piquèrent aussitôt du nez sur leur ourlet. La doyenne quitta la salle à petits pas, accrochée au bras puissant de Sœur Pierrette comme à une bouée.

En tout cas, moi, je n'ai pas dit mon dernier mot, songeait la géante en s'éloignant à pas de souris.

Un rossignol chanta dans la nuit mauve.

Anne sortit de sa léthargie. *Un rossignol, comme dans Roméo et Juliette...* Elle eut une pensée rapide pour le Seigneur, dispensateur des beautés du monde... et la réalité fondit à nouveau sur elle. Jasmine !

Elle s'élança vers le lit où reposait la malheureuse. Livide, les orbites bleu marine, la novice respirait à petits coups. Elle dormait.

On avait changé les draps souillés après l'intervention de l'Indien, mais déjà ils exhalaient l'odeur âcre de la sueur qui sans cesse perlait sur tout son corps. Elle lui essuya le front avec un linge frais. Jasmine poussa un soupir.

Mon Dieu ! Comme elle est changée... Ses larmes se mirent à couler doucement. En silence. Elle ne pouvait supporter l'idée qu'il arrive quelque chose de définitif à Jasmine.

Penser qu'elle avait été envieuse de sa jeunesse, de sa beauté, de sa simple joie de vivre. Quelles bêtises, tout ça. Elle sentit une vague d'émotion la submerger.

« Seigneur Dieu, commença-t-elle à voix basse, Vous avez devant Vous deux malheureuses qui implorent Votre bonté. Si Vous devez en choisir une pour Vous rejoindre au plus tôt, ne prenez pas cette enfant, je Vous en prie. Laissez-lui découvrir encore les mystères et les beautés de la Création. Moi, j'ai vécu déjà, aimé et souffert, avant l'illumination de la rencontre. Je suis prête. Seigneur Dieu, je Vous en conjure, étendez Vos bienfaits sur Votre novice, et gardez-la en ce monde où elle a tant de choses à faire encore...

— Amen... », dit une voix grave dans son dos.

Thomas était debout derrière elle, sur le seuil de la chambre. Depuis combien de temps était-il là ?

« Je suis venu, dès que j'ai su... »

Déjà, elle se jetait dans ses bras, pleurant à chaudes larmes. Il hésita à peine un instant et referma ses bras sur elle. Bouleversé.

Seigneur, commença-t-il dans sa tête. *Il y a bien longtemps... je ne sais plus les mots, et je suis malhabile. Ayez pitié de nous, pauvres pécheurs.* Il enfouit son visage dans les cheveux d'Anne. Elle sentait le chèvrefeuille, et il se dit qu'il n'oublierait plus jamais cette odeur.

*

L'Indien fut là, tôt le lendemain, avec le médecin chez qui il avait dormi. Ils venaient voir comment se portait la malade. On ôta les linges qui lui serraient le torse et le Colombien se mit à écouter, l'oreille tout contre la peau. À nouveau, il descendit et remonta, guettant la chanson du poison. Puis il inspecta la plaie. La blessure, vilaine, avait bleui. Il secoua la tête en tapotant un endroit.

« Qu'est-ce qu'il y a ? s'écria Anne. Il y a un problème ?

— La plaie s'est infectée, dit le médecin. Le poison a disparu, mais elle risque une septicémie. C'est extrêmement délicat.

— Je vous en supplie, faites quelque chose, n'importe quoi, sauvez-la ! »

Les soigneurs s'entretinrent à voix basse. Il y avait bien une possibilité, mais c'était risqué. Ils allaient la tenter tout de même. Il fallait aller vite maintenant.

Très vite.

L'Indien releva ses manches sur ses avant-bras, que le médecin passa à l'alcool, insistant sur les mains et les doigts. Il réclama le silence et se mit à chanter à voix basse, dans l'étrange langue de la veille, de plus en plus fort, de plus en plus rapidement.

Il poussa soudain un cri et abattit son poing sur la blessure. Jasmine se réveilla en sursaut, dans un gémissement horrible, et se mit à vomir.

La plaie s'était ouverte et l'Indien la vidait de ses humeurs en appuyant dessus de toutes ses forces. Jasmine divaguait, au bord de l'évanouissement, et Anne n'était pas loin de s'effondrer non plus. Au bout de quelques minutes, le Colombien se redressa, et sourit à l'assistance.

« Il a été obligé de lui casser une côte, murmura le médecin en cautérisant la plaie où il avait placé un drain, mais c'est comme ça qu'il l'a sauvée. L'os empêchait l'écoulement normal de l'infection. Elle est tirée d'affaire. Je lui injecte quand même une dose massive d'antiseptique, par sécurité. Je passerai la voir tous les jours, dit-il à Anne. Elle doit rester une semaine au lit. Ne vous inquiétez plus. C'est une question de repos maintenant. »

C'est quand on eut refait le lit une nouvelle fois qu'Anne se souvint du télégramme qu'elle n'avait toujours pas envoyé à Saint-Julien. Elle allait pouvoir le faire partir maintenant. Ce retard était une bénédiction, il n'y aurait que des bonnes nouvelles à annoncer finalement.

À Saint-Julien, l'arrivée du télégramme déclencha une explosion de joie. Elles avaient réussi ! De tous les voyages qui avaient eu lieu, pendant toutes ces années, c'était le plus important, le plus déterminant. La chocolaterie allait reprendre son activité.

Et la communauté serait sauvée, loué soit Dieu.

La seule qui ne put se réjouir avec les autres fut Sœur Clarisse, elle était de nouveau alitée, et Sœur Pierrette lui apporta elle-même la bonne nouvelle.

Contrairement à ce qu'elle espérait, la doyenne resta sombre tout le long de la lecture du petit texte envoyé par Sœur Anne. Quand elle eut fini, la vieille Sœur secouait la tête, l'air farouche, les sourcils froncés. « Il y a quand même quelque chose qui ne va pas », répétait-elle.

Sœur Pierrette la contemplait, attristée. Ou bien leur ancienne avait commencé le chemin de sa fin terrestre, et ce serait un vrai chagrin de la voir s'éloigner peu à peu du monde des vivants.

Ou bien elle avait toute sa tête, et, dans ce cas, la géante se félicitait de ce qu'elle avait entrepris en secret.

*

Le matin suivant, Jasmine ouvrit les yeux et réclama à boire.

Elle avait terriblement maigri et son visage était encore d'une étrange couleur jaune, mais elle trouva la force de sourire à Anne qui s'empressait.

« Alors, Patricia..., vous n'êtes pas en répétition ? »

Seigneur ! elle délire à nouveau. Mais un clin d'œil de Jasmine lui prouva que la novice avait récupéré un peu de son humour.

« Je suis toujours là, vous voyez..., chuchota-t-elle. Il n'a pas voulu de moi.

274

— Nous avons tout fait pour retarder cette échéance. Vous avez eu des soins peu orthodoxes, mais, grâce au ciel, c'étaient les meilleurs ! Il y a juste cette côte qui va vous faire souffrir un moment.

— Je connais. En colo, j'étais tombée d'un arbre..., même punition ! »

Elles étaient émues, empruntées l'une envers l'autre, avec une joie factice pour masquer les épreuves traversées. Jasmine eut une grimace de douleur, puis se risqua à demander :

« Qu'est-ce qui...

— Salade de fruits. Il y a glissé des baies d'if.

— "Il y a des choses qu'on ne peut pardonner...", c'est exactement ce qu'il m'a dit à l'hôtel, murmura Jasmine, mais je pensais qu'il évoquait Giani. »

Elles restèrent un moment silencieuses. Pensant aux mêmes choses. Ça leur faisait drôle de savoir que quelqu'un avait délibérément essayé d'assassiner l'une d'elles. Ça n'était pas prévu dans leur schéma de pensée. Elles firent un effort pour le pardon.

C'était encore difficile. Elles se rendirent compte qu'elles débutaient, l'une et l'autre, dans la vertu et la grandeur d'âme. On pardonnait facilement les offenses légères, les vols de fruits au réfectoire, les paroles dures, les bouffées d'orgueil... Là, elles étaient perdues.

J'y penserai sérieusement, un jour, se promit Jasmine. *Cette blessure a une autre signification que mon seul sauvetage.* Et elle s'endormit brusquement.

Dans l'après-midi, Jacques et Germain se présentèrent et restèrent sans voix quand on leur eut tout raconté. « Que peut-on faire ? » demanda Germain. Rien, hélas ! Le misérable était parti comme il l'avait annoncé. Une voiture aux vitres fumées était venue le chercher à la Fonda de las Aguas. « Direction Bogota, et à l'aéroport », avait-il crié au chauffeur. Trouvant sans doute prudent de quitter le pays avant qu'on ne s'intéresse de plus près à ses dires.

Car Giani ne décolérait pas de porter le chapeau tout seul. La MMG Company, il ne connaissait pas. Mais, depuis deux ans, il travaillait régulièrement pour Jérémie Fernbach, sur un tas de petites « opérations », de l'intimidation surtout. Sans jamais poser de questions. On lui demandait, il faisait. Il n'était qu'un instrument. Envoyé en Colombie avec mission de retrouver les religieuses, de les mettre hors circuit, voire de s'en débarrasser, il devait rejoindre ensuite Jérémie, qui avait tout organisé, aux enchères.

Le responsable de la police alerta ses collègues de Bogota pour qu'ils lancent un avis de recherche dans toute la zone aéroportuaire.

De son côté, Jacques se reprochait d'avoir quitté Jasmine sur un mouvement d'humeur. Il se sentait responsable d'elle, comme un frère aîné. Enfant unique, il découvrait l'émotion de la fratrie, et semblait bien décidé à protéger cette sœur que le destin lui envoyait. Il lui disait que le ciel n'avait pas voulu qu'elle disparaisse, que sa guérison inespérée était la preuve que la vie l'attendait, qu'elle avait des choses à y faire, plutôt que d'aller s'enfermer dans une Abbaye silencieuse. Et il quêtait du regard l'approbation d'Anne et de Germain. Anne détournait le regard, Germain baissait la tête. C'était l'affaire de Jasmine, de personne d'autre.

La novice l'écoutait, le regardait, lui souriait. Et répétait : « Tant que je ne suis pas guérie, je ne suis pas en état de réfléchir, ni de répondre. N'oubliez pas quel chemin est le mien, Jacques, respectez-le. »

Il se calmait un moment, puis reprenait de plus belle. Jasmine l'écoutait patiemment, mais son regard brillait, irradiait, et l'on ne savait pas si c'était un reste de fièvre, ou autre chose encore qui brûlait son âme.

Quand Thomas était là, libéré un moment des travaux qu'il avait commencés pour le village, Jacques se taisait. Mieux que personne, il avait décelé son trouble, mais, par égard pour Thomas, puisque Anne avait déjà prononcé ses vœux et que tout était impossible entre eux deux, il se taisait.

Évidemment, rageait Thomas, *Anne n'est plus libre comme Jasmine ! On s'est vraiment rencontrés au mauvais moment, faux prêtre et fausse chanteuse... Et maintenant, religieuse, c'est définitivement impossible !*

Il venait régulièrement aux nouvelles, appréciant la rapidité avec laquelle Jasmine reprenait des couleurs, cherchant à s'en réjouir, mais les deux moniales étaient devenues si proches que c'était une souffrance pour lui de voir Anne chaque jour sans pouvoir lui ouvrir son cœur. Il la saluait poliment, sans plus, bavardait avec les jeunes gens, et s'en retournait à la cabane qu'on avait mise à sa disposition près de la vieille finca.

Il espaça peu à peu ses visites.

Il travaillait avec rage, s'efforçant de retrouver les gestes sûrs de jadis. On lui avait confié la réfection de la ferme et des bâtiments annexes, de l'école et de la vieille maison dans la forêt. Travailler près des enfants était un apaisement. Il aimait entendre leurs voix fraîches chanter dans la salle de classe. Parfois, ils venaient avec la maîtresse lui proposer de partager leurs beignets du matin. La jeune femme le regardait en silence, et il avait honte de la bonté qu'il lisait dans ses yeux. Il saisissait alors un gamin par un bras et par une jambe, et le faisait tournoyer autour de lui à toute vitesse, à la grande joie du petit. Puis il repartait à son travail, s'enfonçant dans la forêt sans regarder si la maîtresse le suivait des yeux.

Pour la première fois, à cause de la convalescence de Jasmine, Anne avait plus de temps libre à elle qu'elle n'en avait jamais eu.

Pour penser, réfléchir. Flâner. La novice n'était pas difficile et ne requérait pas beaucoup de présence. Et Jacques avait négocié avec Germain, reparti sur la piste de leur anaconda, quelques jours de liberté auprès de la jeune fille. Il lui lisait tous les ouvrages trouvés à l'hôtel, du conte de fées indien à l'almanach des dernières années.

Anne les entendait régulièrement éclater de rire.

Elle loua une mule.

Une brave bête, toujours prête à répondre à ses sollicitations et à galoper dans les allées des plantations quand personne ne pouvait les voir. En fermant les yeux, elle pouvait presque s'imaginer revenue à la demeure de son enfance, vers la famille aimante aux bras tendus.

Un jour, sur le chemin, elle croisa un innocent en larmes qui la fit penser à sa sœur, Daphné. Que devenait-elle ? Était-elle heureuse au moins ? Pour la première fois depuis des années, Anne regardait en arrière.

Debout, contre un palmier de montagne, pendant que sa mule mâchouillait goulûment les herbes du sentier, elle osa convoquer les fantômes du passé.

Il y avait... Une éternité. Elle revit son père, déjà malade. Sa sœur et elle n'en savaient rien. Elles ne pensaient qu'aux fêtes de l'été qui battait son plein. Les bals champêtres, les cavalcades, les vignes, les fenaisons. Elle-même ne pensait qu'à Marcel Dandieu, le fils du meilleur ami de son père.

Ils s'étaient connus enfants, avaient attrapé des libellules et des criquets ensemble. Ils s'étaient embrassés pour la première fois à neuf ans, et avaient décidé, dans la foulée, de se marier plus tard. Ensuite, leurs études les avaient séparés, et ils se retrouvaient en tremblant aux grandes vacances, inquiets à l'idée de ne plus se plaire, de ne plus se reconnaître. Et chaque année les voyait soudés davantage. Ils faisaient la course à cheval le long des vignes de Costemojouls. Elle gagnait souvent. On parlait de fiançailles.

Et puis, un jour, sa petite sœur avait bondi au milieu des chevaux, pour leur faire une blague, et un sabot l'avait atteinte au front. Ils avaient eu la frayeur de leur vie, mais la fillette s'en était sortie avec trois fois rien. Une fine cicatrice qui courait aujourd'hui sur son front comme une mince couronne. De ce jour, Daphné n'avait plus jamais été la même. Enfant, déjà, elle avait démontré un tempérament fantasque et coléreux. Après l'accident, elle devint quasiment infernale. Passant du rire aux larmes sans raison, tourmentant les siens, les vieux métayers, les animaux. On ne savait plus qu'en faire, plus quoi lui dire. Anne se sentait responsable, car c'était son cheval qui l'avait blessée, et l'autre en profitait.

La fin de l'été arriva enfin, mais leur père mourut brutalement, achevant de jeter la famille dans la détresse. À l'automne, Anne reprit ses études de viticulture. La gestion du domaine était entièrement à revoir, elle voulait s'y atteler. On envoya la cadette en pension.

À Noël, Marcel fit sa demande en mariage. Mais Anne le supplia d'attendre encore un peu, jusqu'aux vacances d'été, qu'elle puisse aider sa mère avec le vin.

Enfin, juillet fut là. Marcel avait couru vers sa fiancée dès qu'il avait su qu'Anne était arrivée. Mais Anne travaillait quelque part dans les vignes. C'est Daphné qui le reçut. Elle était devenue ravissante. Elle le savait. De ce jour, elle n'eut de cesse de séduire l'amoureux de sa sœur.

C'était facile. Anne était débordée, n'était jamais là, et la jeune fille prit l'habitude de tenir compagnie à son futur beau-frère. Il arriva ce qui devait arriver. Elle en tomba éperdument amoureuse, et l'annonça fièrement à Anne et à sa mère qui sortaient tout juste d'une période difficile pour le domaine.

Mon Dieu, je m'en souviens comme si c'était hier... Elle caressa la tête de la mule, venue voir ce qui la laissait immobile si longtemps, et s'obligea à aller jusqu'au bout. *C'est mon morceau de pomme de Blanche Neige, le temps est venu.*

Anne avait d'abord ri nerveusement, croyant à une nouvelle lubie de sa cadette. Mais celle-ci avait fondu en larmes, accusant son aînée de vouloir faire son malheur. Elle avait soulevé sa frange et dit, montrant la cicatrice : « Ça ne te suffit pas ! Tu veux ma mort maintenant ! »

Leur mère avait essayé de la calmer et elle avait alors hurlé : « Si vous n'acceptez pas, je me tue... avec mon enfant ! »

Anne avait cru que le ciel lui tombait sur la tête. Convoqué, Marcel avait baissé les yeux et confirmé qu'il avait fait une bêtise.

Il n'aimait qu'Anne, et regrettait de toute son âme le chagrin qu'il lui faisait. Si elle pouvait lui pardonner, il s'engageait à faire d'elle la plus heureuse des femmes. En entendant cela, Daphné avait saisi un couteau et tenté de s'ouvrir les veines.

Il avait fallu lui administrer un sédatif puissant pour qu'elle s'endorme.

Après, tout avait été très vite. La mort dans l'âme,

Marcel avait accepté d'épouser Daphné avant les ven-
danges, et celle-ci était devenue tout miel et tout sucre,
immédiatement. La veille des noces, cependant, elle
avait fait une crise épouvantable, hurlant que son fiancé
ne l'aimait pas, et qu'Anne voulait le lui reprendre.

Toute la nuit, elle avait pleuré dans les bras de sa
grande sœur qui cherchait les mots pour l'apaiser. Au
matin...

Au matin, malgré l'épuisement et la douleur, Anne
avait senti une force incroyable monter en elle. Un
apaisement miraculeux, une joie profonde qui l'illumi-
nait tout entière. Des pieds à la tête, elle était devenue
amour et compassion. Elle voulait vivre sous ce seul
joug désormais, définitivement. Renouant avec la tradition qui pendant des siècles avait consacré une Costemojouls au Seigneur, elle avait quitté la noce le soir
même, laissant le domaine aux mains de Marcel, pris
la route, et s'était présentée comme postulante à Saint-
Julien. Et sa vie avait changé.

La mule venait de lui donner un nouveau coup de
tête. On ne s'arrêtait jamais aussi longtemps. Anne la
prit par le cou et la tint serrée contre elle, front contre
front. « Oui, ma belle, on y va. »

L'odeur de l'animal l'enveloppa, la submergea tout
entière, chaude, âcre, puissante, bousculant les années,
ravivant les adieux, les souvenirs. Elle éclata en san-
glots.

*

Une semaine avait passé. Jasmine avait commencé
à marcher doucement. Dans sa chambre, d'abord, en
s'appuyant aux meubles, dans le jardinet clos de leur
auberge ensuite, appuyée au bras de Jacques.

Un jour, elle demanda à se promener dans le village. Il allait falloir songer au retour.

En se réveillant un matin, Anne se dit qu'il y avait longtemps qu'elle n'avait eu l'occasion de bavarder avec Thomas. Il venait toujours les voir, mais si vite, si rapidement. Et, le plus souvent, c'était quand elle était déjà partie assister le médecin dans sa tournée. Elle sentait un reste de culpabilité derrière tout ça. Il fallait l'en libérer.

Elle sella la mule dans l'aube pâle, savourant chaque jour davantage leurs longues chevauchées, le cœur serré à l'idée de devoir l'abandonner bientôt, et elles prirent le chemin de la forêt.

Le soleil de novembre commençait à réchauffer les collines, dissipant les fraîcheurs nocturnes et les dernières vapeurs blanches qui s'accrochaient mollement au creux des vallons. L'air était doux et les oiseaux-papillons pullulaient déjà près des sources. Elles franchirent le Río Gordo, le torrent impétueux et fantaisiste qui avait donné son nom au village, grimpèrent le long des crevasses, et parvinrent au promontoire d'où l'on avait une large vue sur le bourg et les alentours.

Le village se réveillait sous ses yeux. Les coqs s'époumonaient, les ménagères étendaient leur linge dans les courettes derrière les maisons, et les chiens commençaient à se disputer la moindre charogne. Une fumée s'élevait du toit de leur auberge, et elle s'imagina reconnaître l'odeur des beignets grillés.

À sa gauche, c'était la marée verte des plantations qui commençait. On voyait parfaitement l'esplanade, la finca, les séchoirs à fèves. Et même l'école. Trop tôt pour les enfants.

Pourtant, la maîtresse était déjà là. Anne distinguait sa robe blanche, sa ceinture bleue, et les longues nattes brunes qu'elle portait relevées sur le front. La jeune femme prit quelque chose sur un buisson, une fleur, qu'elle accrocha dans ses cheveux. Et Anne la vit s'éloigner sur le chemin, gracieuse, coquette, un minuscule panier à la main. Les arbres cachaient parfois sa progression, et c'était alors salade verte, opaque et monochrome, puis soudain, tache blanche et tête noire, elle réapparaissait. Amusée, Anne la suivit des yeux, jusqu'au moment où elle fit halte devant une cabane. C'était celle de Thomas. Elle la vit frapper à la porte close, attendre, entrer et disparaître.

Troublée, Anne ne savait que faire. Elle avait choisi de faire une promenade avant de rendre visite à Thomas pour ne pas arriver chez lui trop tôt et risquer de le réveiller. Et voici qu'elle était dépassée, se trouvant dans la position gênante de l'intrus, ou de l'espion.

Elle décida de descendre vers les plantations. S'il était réveillé et recevait déjà, elle ne dérangerait pas.

La mule descendit à petits pas, lents, trop lents, le sentier d'éboulis qui menait à la finca. Enfin, elles retrouvèrent le chemin, passant devant l'école vide, qui menait à la cabane. Elle s'était à peine engagée sur le sol meuble que la maîtresse fit son apparition dans le dernier tournant, et la vit. Elles avancèrent l'une vers l'autre en silence, se regardèrent au fond des yeux quand elles ne furent plus séparées que par un mètre environ, et se saluèrent poliment de la tête en se croisant, échangeant un pâle sourire de part et d'autre.

Sans se retourner, Anne franchit les deux cents mètres qui menaient à la cabane. Elle avait le cœur battant.

Il lui sembla entendre de la musique, mais sa mule se mit à braire joyeusement, emplissant la clairière de ses cris. La porte s'ouvrit brusquement, et Thomas parut sur le seuil. Il portait une chemise blanche, ouverte sur son torse bronzé, et un pantalon de travail beige. Son visage avait bruni et elle vit qu'il ne s'était pas rasé depuis des jours. Il était nu-pieds.

« Je ne vous dérange pas ? » dit-elle en glissant à bas de la mule. Un instant, elle crut qu'il n'allait pas répondre. Il la regardait sans sourire, l'air presque fâché, fronçant les yeux à mesure qu'elle s'approchait. Il était beau. Il lui faisait presque peur.

« Jasmine va mieux, s'enhardit-elle. Elle commence à bien marcher. Il va nous falloir bientôt songer au retour. »

Aucune réaction, il semblait figé. « C'est pour ça que je suis venue. Pour annoncer notre...

— Vous partez quand ? la coupa-t-il.

— Heu... d'ici quelques jours. Le temps de tout organiser. Pas avant après-demain, je pense...

— C'est bien, la coupa-t-il à nouveau. Je veux dire... Vous ne pouvez pas rester là aujourd'hui, je dois aller travailler. Mais... je voudrais vous montrer quelque chose, c'est important. » Il se passa la main sur le visage, comme pour en ôter un voile invisible.

On dirait qu'il a bu.

« Important, reprit-il. Avant votre départ. Quelque chose à vous montrer. Demain soir, vers 16 heures, vous pourriez venir ici ? » Il la scrutait. Des yeux noirs, immenses, fiévreux.

« Bien sûr, Thomas. Demain, à 16 heures, je serai là si... »

Elle se tut. Il venait de rentrer dans la cabane lui fermant la porte au nez.

Quelque chose de très profondément enfoui en elle se mit à bouger. Comme un vieux serpent tapi, endormi, qui se retournerait pendant son sommeil. Elle avait un peu mal au cœur, et mit ça sur le compte d'un estomac vide.

Il était bizarre quand même. Capable d'être charmant et mufle en même temps. Elle s'éloigna lentement au doux trottinement de la mule, passant devant l'école sans y glisser un regard. Les enfants récitaient les tables de multiplication et leurs voix enfantines semblaient danser dans la lumière. Une voix plus claire les encourageait.

La maîtresse était là.

Le lendemain, à 16 heures, elle était de retour à la cabane.

Thomas l'attendait avec sa propre mule. Ils se mirent en route sans parler.

Il grommela juste : « Dommage, tout de même, que vous partiez. On aurait pu... »

Il s'interrompit sur un soupir, et il laissa le vide s'installer sur ce qu'ils auraient pu faire ensemble.

Elle le suivait, les yeux fixés sur un chemin qu'elle ne connaissait pas. Les yeux fixés sur lui qu'elle connaissait si mal.

Ils firent une courte pause pour désaltérer les mules, à un gué de montagne, restant muets tout le temps que les bêtes buvaient.

En repartant, passant à cheval près d'elle, il avait dit : « Je vous regretterai... Vraiment. »

Et il lui avait lancé un regard farouche.

Au bout d'une heure, ils étaient enfin arrivés là où il voulait la mener, une portion de jungle aux arbres immenses, enchevêtrés les uns dans les autres.

L'obscurité régnait sous la voûte verte. Et le silence. Troublé par des cris légers qui semblaient venir du ciel, au-delà des branches, très loin au-dessus de leurs têtes. Thomas attacha les deux mules au même tronc moussu, et cette proximité animale avait fait battre le cœur d'Anne.

Elle le suivit jusqu'à un arbre gigantesque dont les racines devaient puiser aux forces mêmes de la Terre, et dont la cime disparaissait dans les hauteurs.

Il désigna une corde, derrière l'arbre, avec un système de poulie et une sorte de balançoire usée.

« Montez », ordonna-t-il.

Elle s'installa sur la planche, et il ramena devant elle une seconde pièce de bois qu'il lia au siège.

« Ça empêchera que vous tombiez... si vous aviez peur. »

Quand elle fut prête, se tenant aux haubans et attachée de toutes parts, légèrement soulevée du sol, il lui posa un boîtier noir sur les genoux. Un vieux lecteur de cassettes.

« Ça... vous le mettrez en marche quand je vous dirai. »

La corde à la main, il la regardait à nouveau d'un drôle d'air. « Puisque vous fuyez le pays, voici le cadeau que je tiens à vous faire. Pour que vous n'oubliiez jamais votre aventure colombienne. Et pour que vous ne m'oubliiez pas ! »

Il donna une secousse rageuse... Déjà, elle s'élevait dans les airs.

Les premiers mètres lui donnèrent l'impression d'être en ascenseur. Elle frôlait le tronc de l'arbre, distinguait les lianes qui couraient tout autour, avec quelques rares fleurs d'un violet sombre. Près de sa main, de grosses fourmis partaient à l'assaut d'un fruit mûr.

Nouvelle secousse, et elle s'éleva encore. Maintenant, de larges feuilles caoutchouteuses s'étalaient autour d'elle, cherchant avidement à capter la lumière.

« Anne ! » cria la voix de Thomas, quelque part en dessous d'elle. Elle se pencha pour le voir, et se rattrapa aux cordes. Elle avait soudain le vertige. Il était si loin, si bas.

« Allez-y, mettez la cassette en marche ! Et regardez en haut ! »

Elle voulut lui crier d'arrêter, de la faire descendre, mais il tira sur la corde et elle fit un nouveau bond vers les hauteurs qui lui coupa la respiration. Quand il fit une pause, elle pressa le bouton et la musique éclata. Forte et douce à la fois. Enveloppante. Merveilleuse.

Elle ne savait pas ce que c'était, mais la mélodie tourbillonnait autour d'elle, s'insinuant dans chaque anfractuosité végétale, dans chaque recoin obscur de la cathédrale verte, en harmonie totale avec la forêt sauvage. Des singes apparurent, curieux, et disparurent en piaillant, effrayés par les violons.

Elle sentit que la corde bougeait à nouveau, plus vite cette fois, et elle ferma les paupières. Ses narines captaient des odeurs délicieuses, irréelles, inconnues. Malgré sa peur, elle se força à ouvrir les yeux, sentant à nouveau la lumière sur sa peau.

La végétation sombre avait disparu. Elle flottait maintenant au milieu de buissons légers, parfumés et fleuris, miraculeusement suspendus à plusieurs dizaines de mètres du sol. Des centaines d'oiseaux multicolores jouaient dans les jeux d'ombre et de lumière qui venaient du ciel, visible plus haut, encore au-dessus.

C'était magique.

La musique semblait avoir été écrite pour cette vision, ce moment particulier.

Les notes franchirent un nouveau sommet, au moment même où elle sentit qu'elle progressait encore vers les nues. Tout en haut, sur la canopée, le paysage lui coupa le souffle, et des frissons lui vinrent devant tant de beauté.

Jésus marchait sur l'eau... Là, elle marchait sur le toit du monde.

À perte de vue, la densité épaisse, moutonnante, infranchissable, des jungles de montagne, baignées dans la lumière orange du soleil couchant. Des oiseaux inconnus batifolaient sur la cime des arbres. Certains s'approchèrent en battant des ailes, sans crainte. Elle vit glisser près d'elle la robe bariolée d'un serpent, mais ne bougea pas. Elle n'avait plus peur. Trop beau. Émouvant. Comme une naissance.

La mélodie s'enfla une dernière fois, juste au moment où le soleil en pleine apothéose devenait rose vif, violet, bleu pâle... et s'effaçait. La musique cessa.

Les nuages dessinaient des îles inconnues dans le ciel mauve. C'était le pays des merveilles de son enfance, le paradis perdu... Les oiseaux poussèrent un grand cri quand l'astre disparut derrière l'horizon.

C'est alors qu'elle entendit sa voix. La voix de Thomas. Qui s'adressait à elle à travers la cassette.

« Anne. Écoutez-moi. Je vous aime. D'un amour sans espoir, hélas. Voilà... c'est dit. »

Il y eut un silence dans lequel elle crut entendre sa respiration, comme s'il avait été tout près d'elle, dans les branches.

« Ne craignez rien... je sais que vous êtes déjà consacrée, accordée à quelqu'un d'autre. Que je n'ai rien de reluisant à vos yeux, ni la moindre richesse à offrir à une personne comme vous. Mais je veux..., je voulais que vous sachiez... Vous êtes la dernière femme que j'aimerai. D'une façon ou d'une autre, ce sera vous... Ça aura été vous... De là à parler de bonheur... »

La cassette s'arrêta sur un bruit sec.

Épuisée, bouleversée, elle fondit en larmes.

La descente lui parut durer un instant seulement. Arrivée au sol, elle feignit d'avoir une poussière dans l'œil, mettant ses bras entre elle et Thomas. Quand elle fut détachée, elle reprit sa mule sans le regarder, en disant : « Très beau... Vraiment très beau, merci. » Et elle marcha devant pendant tout le chemin du retour.

Arrivés à la cabane, il descendit de sa monture et vint vers elle.

« Une dernière chose, Anne, énonça-t-il, la voix blanche. Et peu m'importe que vous riiez. Je vous aime. Et il fallait que ce fût dit entre nous. »

Il avait posé la main sur ses rênes, sur sa main à elle, et la fixait douloureusement, comme s'il cherchait quelque chose d'autre encore, au-delà de son visage. Elle ne bougeait pas. Lentement, il porta sa main à ses lèvres et la baisa doucement, avant de la reposer sur l'encolure de la mule. Anne ne bougeait toujours pas. Il ricana, et accentua la pression sur sa main.

« Disparaissez, maintenant, avant que je ne perde mes manières. Saluez Jasmine pour moi. Je ne pense pas que je viendrai pour votre départ. Quelque chose, là..., qui bloque... » Il avait retiré sa main et se cognait la poitrine.

Pétrifiée, Anne le regardait sans rien dire. Quand elle eut recouvré un semblant de calme, elle ouvrit la bouche...

« Adieu, Anne ! cria-t-il, en claquant violemment le fessier de la mule qui partit au petit trot. Et ne m'oubliez pas dans vos prières ! »

Ravie de rentrer au bercail, la mule prit de la vitesse et galopa presque jusqu'à l'auberge. Anne se concentra sur sa course, ce qui lui permit de ne penser à rien.

Arrivée à l'auberge, elle serra Jasmine sur son cœur et l'embrassa fougueusement.

« Demain, demain, Jasmine, nous prenons le chemin du retour ! »

La petite lui parut triste. Les tentatives de Jacques ? Ou l'émotion de quitter un pays où elle avait vécu tant de choses ? Elles dînèrent dans le jardin de l'auberge, chacune à ses silences. S'embrassèrent pour la bonne nuit, ce qui ne leur arrivait pas souvent, et retrouvèrent enfin le calme et la solitude de leurs chambres.

Longtemps, elles restèrent à leur fenêtre, dans l'obscurité, les yeux fixés sur les montagnes noires.

*

« Nous attendrons six jours encore, pas un de plus. Si elles n'ont pas réapparu ou donné de vraies nouvelles à ce moment-là, nous entrerons dans la bagarre. » Sœur Pierrette raccrocha brusquement en jetant un regard par-dessus son épaule, il lui avait semblé entendre quelqu'un ouvrir la porte de l'économat. Non. Personne.

Encore ce mauvais vent de novembre qui s'insinuait partout. Hier déjà, il lui avait fallu accompagner Sœur Claire à sa chambre, pour lui démontrer que personne n'essayait d'ouvrir sa porte. C'était le vent qui poussait de toutes ses forces, cognant le bois, inspirant, expirant, comme quelqu'un qui prendrait son élan, reculerait, puis foncerait pour attaquer à nouveau le pêne.

Assurée que personne ne viendrait la déranger, elle déroula la photocopie qu'elle avait faite quelques jours plus tôt. C'était une carte de France sur laquelle on voyait, petites croix noires sur papier blanc, la plupart des abbayes et monastères du pays.

Elle étudia la carte un moment, puis sourit. *J'aurais dû être général !* Sous ses yeux, les églises les plus proches, celles où elle connaissait parfois quelqu'un, celles par lesquelles elle avait commencé.

« C'est une sorte de croisade... », avait-elle dit en préambule. Et les Sœurs, au téléphone, l'avaient écoutée, et s'étaient prises au jeu. Pas un jeu ! C'était un comité de soutien qu'elle montait, pour la libération de deux moniales. Elle ajouta le nom de l'Abbaye de Noires-Eaux à ceux qu'elle avait déjà notés sur son carnet.

Voilà, après les Sœurs Saucisson et les Sœurs Lavandin, ce sont nos petites Sœurs Armagnac qui répondent comme un seul homme ! Non, vraiment, j'aurais dû être général, j'aurais levé une armée !

Il lui restait les Sœurs de l'Abbaye des Neiges, celles de Notre-Dame-du-Fol-Amour, celles de la Paix-Dieu et celles du prieuré d'Aiguebelle à contacter.

Soit les Sœurs Confiture, les Sœurs Broderie, les Sœurs Rocamandines et les Sœurs Caramel.

Pour des Sœurs Chocolat... quel pastis !

Elle referma le carnet avec un soupir. Si Anne et Jasmine avaient des ennuis, il fallait s'organiser pour les en sortir. Elle ne savait pas encore exactement comment on procéderait, s'il faudrait aller là-bas, mais elle avait rameuté toute la confrérie des moniales. Les obscures, les sans grade, les femmes de l'ombre et du silence. Une véritable armada.

C'était la révolte des faibles. Et elle promettait. Auraient-elles besoin aussi de faire appel aux moines ? Non, si Dieu voulait. C'était une cause de femmes. Elles devaient rester entre elles.

La géante se leva, éteignit la lumière, et se dirigea vers la chapelle de son pas lourd de grande ourse. Elle allait changer les fleurs. Et faire une prière. Plus tard, elle reviendrait. Il lui restait encore les Sœurs de Notre-Mère-de-Bon-Secours à prévenir.

*

Les adieux avaient été touchants. Les notables étaient venus avec des brassées de fleurs à ramener en France, et les enfants de l'école, cornaqués par leur maîtresse, avaient chanté : *Ce n'est qu'un au revoir...* Là, elles avaient bien failli craquer. Germain et Jacques les avaient ensuite fait monter dans leur voiture, la vieille Jeep sans âge, et elles s'étaient éloignées sous les vivats de l'assistance.

Auparavant, Anne avait pris congé de la mule.

Comme s'il comprenait ce qui se passait, l'animal était resté anormalement calme pendant qu'elle lui parlait à l'oreille. Mais à la fin, quand la voix d'Anne avait faibli encore, la mule avait relevé la tête et l'avait regardée.

Un vrai regard. Fraternel.

Elle lui avait embrassé le museau, là où le poil est si ras, si doux, et elle était partie en pleurant.

Ils mirent la journée pour rejoindre Bogota. Une nouvelle autoroute desservait la capitale, directe, presque agréable, rendant encore plus insensé le périple dans lequel elles avaient été entraînées. Dans la voiture, le vent soufflait en rafales à leurs oreilles, empêchant toute discussion. Elles en furent heureuses. Le cœur gros malgré le succès de leur mission, elles voulaient rester le plus longtemps possible dans leurs émotions colombiennes, et refusaient tout ce qui aurait pu les en distraire.

Enfin ce fut l'aéroport. Les Français les accompagnèrent aussi loin que la douane le leur permit, mais il y eut une porte en verre où il fallut bien se résoudre aux derniers adieux. Germain les embrassa toutes deux, les serrant plusieurs fois sur son cœur, jura d'écrire, et leur fit promettre de transmettre toutes ses civilités à la Sœur Guillemette. Il demanderait également à la Mère Supérieure la permission de la rencontrer et, peut-être, de les revoir ?

Saisi par ce brusque retour à des pratiques qu'il ignorait, qu'il récusait, et dont il avait tout à redouter, Jacques ne quittait pas Jasmine des yeux. Elle avait promis de lui écrire. Il respectait ce délai imposé, mais la voir s'éloigner pour disparaître peut-être à jamais le bouleversait. Donc on ne parlait de rien. Mais tous étaient tendus. Et la gentillesse bourrue de Germain renforçait encore la tristesse du moment.

Elles franchirent enfin la porte de verre, clôture avant même la clôture, firent un dernier signe de la main derrière la frontière invisible, et disparurent à leurs yeux. Sans se retourner, ils s'éloignèrent à leur tour. Le cœur chaviré.

Dans la salle d'embarquement, elles se mêlèrent aux voyageurs qui attendaient le vol de nuit pour l'Europe. Des hommes d'affaires à l'air harassé, des touristes chargés de fleurs et de poteries bariolées, bateaux, fermettes, chivas... Elles échangèrent un regard. La chiva...

Deux jeunes femmes, terriblement maquillées, venant sans doute chercher fortune en France, fumaient nerveusement cigarette sur cigarette. Jasmine leur sourit.

Elles entendirent alors des éclats de rire. Un bataillon de religieuses espagnoles, robes noires et cornettes blanches comme on n'en faisait plus, s'avançait vers les fauteuils libres. Elles riaient de ce que l'une d'entre elles venait de dire, pouffant en se cachant le visage de la main, mais on les rappela au silence et elles s'assirent aussitôt sans bruit. Elles accompagnaient un aveugle, lunettes noires et canne blanche, qui marchait à petits pas au milieu du groupe. Le crâne rasé, il avait l'air jeune encore, et sa maladresse émut la novice.

Mon Dieu, merci de m'avoir permis de voir toutes ces merveilles...

Le haut-parleur annonça un retard d'une heure au moins, et chacun se mit à la recherche d'un sandwich. La nuit s'annonçait longue.

Un roulement de tambour. Un coup de trompette. Et la fanfare éclata.

Tirés de la torpeur qui les hébétait, les voyageurs en transit se redressèrent sur leurs sièges. Qu'est-ce qui ?...

Les portes de la zone d'embarquement s'ouvrirent à la volée et le cortège des reines de beauté fit son entrée. Après avoir fait le tour du pays, elles embarquaient le soir même pour le Venezuela, la grande finale avait lieu à Caracas, le lendemain soir. Aussitôt, ce fut l'effervescence autourd'elles. Les touristes, les familles, et même les hommes d'affaires s'empressèrent, demandèrent des photos, des autographes...

Pour assurer la protection de leurs Miss, deux gardes du corps organisèrent une courte séance de photos, pendant qu'un troisième faisait le piquet auprès de leurs vanity cases.

Voyant que les religieuses espagnoles couraient vers

l'espace réservé aux jeunes beautés, Anne et Jasmine s'y rendirent aussi. Peut-être qu'elles verraient l'adorable... comment déjà ? Ah oui ! Clavel.

Autour des filles qui prenaient gentiment la pose, c'était la bousculade, et elles eurent du mal à les approcher. Les Miss étaient belles et fraîches, toutes vêtues de blanc, avec en écusson sur le cœur, le drapeau colombien, jaune, bleu, rouge.

« Chasmina ! Chasmina ! C'est moi, c'est Clavel », cria soudain une des jeunes femmes. Elle leur fit signe de la main. « Venez ! Venez que je vous présente notre reine ! On a beaucoup parlé de vous, vous savez, les deux jolies Sœurs françaises... »

Elles s'écartèrent toutes pour laisser passer la reine de Colombie. Un miracle d'harmonie, visage et corps, qui leur sourit aimablement. « Clavel a été très heureuse de vous rencontrer à Bogota. Votre séjour s'est bien passé ? » Il aurait été trop compliqué de tout expliquer, alors elles assurèrent que, oui, tout avait été parfait, en hochant la tête comme deux automates.

Mais bientôt il fallut se quitter. Les Miss ne devaient pas se fatiguer avant la dernière épreuve, et les gardes du corps leur firent rejoindre la zone plus calme où leurs sacs à main les attendaient. Les voyageurs regagnèrent leurs fauteuils, les yeux encore éblouis par tant de merveilles, ravis des photos qu'ils pourraient montrer à leur arrivée, se jurant de guetter dans le journal le résultat de Caracas.

« ¡ *Madre de Dios ! ¡ Santa Madre y todos los santos ! ¡ Mi esmeralda ha desaparecido ! ¡ Me la han robado*[1] *!* »

---

1. « Seigneur, sainte Mère... mon émeraude a disparu ! On m'a volé mon émeraude ! »

La première demoiselle d'honneur s'était levée en criant, secouant une petite mallette dans tous les sens, créant la pagaille parmi les Miss et leurs gardes. Profitant de la séance photo, quelqu'un avait volé l'émeraude de son diadème. Les portes furent aussitôt fermées, et un policier arriva en courant pour fouiller les voyageurs qui s'étaient regroupés à l'autre bout de la salle d'embarquement.

Ils se regardaient soudain les uns les autres comme des coupables possibles, créant des groupes apparentés. Hommes d'affaires d'un côté, religieuses espagnoles d'un autre, familles...

« Anne, souffla Jasmine, pourriez-vous me passer la bourse en cuir, la bourse des fèves ?

— Vous ne croyez tout de même pas...

— Chut ! Passez-la-moi discrètement. Vite... » Quand elle plongea la main dedans, le regard innocemment posé sur les Miss, elle sentit d'abord les fèves, rondes et rêches sous ses doigts, et... *Seigneur !*

« Qu'avez-vous ? murmura Anne en la voyant pâlir.

— Rien. Rien du tout. Laissez-moi aller aux nouvelles... »

Elle s'approcha du policier qui interrogeait les religieuses espagnoles, se mêlant au groupe pour mieux entendre, jusqu'à ce qu'une des femmes en cornette la remarque. Désignée au policier, on lui demanda de rejoindre son siège. On l'interrogerait plus tard. Elle revint sagement près d'Anne et lui sourit. « Tout va bien. »

Du côté des Espagnoles, le ton avait monté. On se retournait, on la désignait, on chuchotait. Seul l'aveugle restait impassible, regard opaque fixé sur nulle part.

Quand le policier s'approcha d'elle, il avait la mine sombre.

« *Señorita*, on me dit qu'on vous a vue auprès du sac de la Miss...

— Moi ? Mais c'est impossible ! Qui m'a vue ? demanda Jasmine l'air catastrophé.

— Je n'ai pas à vous le dire, mais je voudrais fouiller votre sac, et cette bourse de cuir également. Tout de suite. »

De l'autre côté de la salle, Clavel et ses compagnes s'étaient tues en voyant qu'on voulait fouiller les Sœurs. Rouge de colère, Anne ouvrit son sac, imitée par Jasmine, qui tendit ensuite la bourse en cuir. Les fèves se répandirent sur le sol. Il n'y avait rien d'autre. Aucune émeraude en vue, ni dans leurs sacs, ni dans leurs poches, nulle part.

Troublé, le policier se tourna vers les religieuses, faisant signe de la tête qu'il ne trouvait rien.

L'aveugle bondit alors : « Elles l'ont mis dans leur bourse, regardez mieux, je l'ai vu fai... » Il s'interrompit soudain, livide.

« Un miracle ! s'écria Jasmine. Un aveugle qui voit ! C'est un jour béni, monsieur le policier, car moi, je vois venir un autre phénomène, tenez, là, une religieuse en escarpins... »

Revenue près du groupe, Jasmine venait de soulever la robe noire d'une des femmes, découvrant de vertigineux escarpins de vernis noir.

« *Putana !* siffla la fille en essayant de lui griffer le visage.

— ... et ce n'est pas tout, continua Jasmine en l'évitant. Si vous voulez bien fouiller ce faux aveugle, je suis sûre que vous ferez une découverte intéressante. »

L'aveugle s'était dressé, mais déjà les gardes du corps l'avaient ceinturé. Un policier plongea la main dans la poche de sa veste... et en sortit l'émeraude.

« C'est impossible, hurlait l'aveugle. Je sais bien que la pierre était dans son sac !

— ... Parce que vous l'y avez mise peut-être ! » Jasmine était face à lui maintenant. D'un geste brusque, elle lui arracha ses lunettes opaques : « Jérémie Fernbach ! J'en étais sûre ! Il m'a suffi d'apercevoir vos mains. Après avoir essayé de m'assassiner, vous vouliez me faire arrêter maintenant. Mais c'est vous qu'on va enfermer ! » Elle se tourna vers le policier. « Vos services recherchent cet homme depuis une semaine : le voici, cherchant à s'enfuir sous une fausse identité, protégé par une escouade de fausses religieuses ! »

Pétrifiées, les filles n'essayaient même pas de démentir, et commençaient à ôter leurs cornettes.

Anne s'avança et dit à Jérémie : « Pauvre minable, vous avez de la chance qu'il ne lui soit rien arrivé. »

Il essaya de dire quelque chose, mais la police aérienne l'emmena.

Des applaudissements éclatèrent, rejoints par les acclamations des Miss déchaînées. Tout le monde se mit à crier et à rire. Dans le brouhaha le plus total, le haut-parleur annonça soudain le vol pour l'Europe. Derniers signes de la main, derniers encouragements, et la nuit les avala tous, laissant les Miss à leur repos bien mérité de Belles au bois dormant.

« Mais comment avez-vous fait ? demanda Anne en marchant vers l'avion. Il nous avait piégées...

— Prestidigitation. Je ne vous avais jamais dit que j'avais fait un stage de magie ? »

Retour à Saint-Julien

Un après-midi gris, froid et sinistre les avait réunies pour la prière de none. Une fois encore sans Sœur Clarisse. La doyenne déclinait doucement, jour après jour, heure après heure. Et c'était un déchirement silencieux pour chacune de la savoir accomplir ses derniers instants à leurs côtés.

Le retour des voyageuses, en revanche, avait été un moment de joie profonde pour la communauté, et Sœur Clarisse avait mêlé ses éclats de rire et ses cris d'effroi à ceux des autres, quand Jasmine et Anne avaient eu la permission de raconter leur périple à leurs compagnes ; à une ou deux omissions près, demandées par l'Abbesse. Sourde, à moitié aveugle et percluse de rhumatismes, la vieille moniale leur avait donné une leçon de simplicité et d'espoir. « Je partirai heureuse, disait-elle, et vous devez l'être aussi. D'abord, parce que je vais Le rencontrer. Ensuite, parce que Saint-Julien est maintenant à l'abri des prédateurs. »

La Supérieure découvrit à cette occasion que sa vieille amie savait tout des menaces des promoteurs immobiliers sur l'Abbaye. La doyenne avait compris depuis longtemps que l'évêché serait obligé de les lâcher si le chocolat venait à manquer. Et comme l'emplacement de Saint-Julien était une pure merveille... Enfin, grâce aux « petites », comme elle disait en désignant Sœur Anne et Sœur Jasmine, le pire était évité. Et avec cette Cabosse d'Or, cette récompense obtenue devant des concurrents prestigieux, on ne pourrait plus les déloger sans risquer un scandale international.

« Je pars apaisée. » Et elle leur souriait, posant sur elles son étonnant regard si pâle.

Sœur Pierrette s'occupait d'elle avec un soin jaloux, ne laissant personne d'autre lui apporter le bouillon d'herbes de Sœur Madeleine, la seule nourriture qu'elle avalait désormais. Sœur Clarisse avait simplement demandé que l'on approche son fauteuil de la fenêtre, et elle passait ses journées devant ce paysage qu'elle avait appris à si bien connaître, qu'elle connaissait par cœur, fermant les yeux parfois, hochant la tête comme à une remarque fine. Elle se préparait.

L'avant-veille, quand le taxi s'était arrêté devant le porche, alors qu'elle aidait Sœur Angèle à l'accueil, la géante avait cru défaillir de joie.

« Sœur Anne, Sœur Jasmine, mon Dieu, vous voilà enfin ! » Elle les avait serrées sur son cœur avant de sonner la cloche à toute volée pour prévenir les autres, tandis que la portière s'étonnait de leur accoutrement.

« Seigneur Jésus ! Comme vous voilà mises, mes pauvres ! »

Les Sœurs étaient alors arrivées de toutes parts, la Mère Abbesse sur leurs talons, et cela avait été, d'un côté comme de l'autre, un moment très fort de soulagement et d'émotion.

Comme j'ai eu joie à les revoir ! Jasmine se rendait au lazaret. Une des chèvres avait pris froid dans la nuit, et Sœur Madeleine lui avait demandé son aide pour administrer un cordial à la pauvre bête qui toussait à n'en plus finir. Le chat marchait à ses côtés, le cou paré d'un collier et d'une médaille métallique.

« On avait peur qu'il se sauve, après votre départ, et comme on ne lui connaissait pas de nom, on lui a donné celui de l'Abbaye », avait expliqué Sœur Chantal d'une voix tremblante.

Le chat « Saint-Julien » marchait fièrement, sa petite médaille brillant dans la lumière. Depuis deux jours qu'elle était revenue, il ne quittait pas Jasmine, attachant ses pas aux siens, l'attendant près du réfectoire, au cloître, et même devant l'église. Présence attentive, tendre et silencieuse. À lui, elle avait tout raconté, quand ils s'étaient retrouvés seuls dans leur arbre.

Tout, sans exception. Et elle lui avait demandé conseil. Sur tout. Comme à son habitude, le chat n'avait rien dit, se contentant de poser sur elle ses pupilles dorées, et, à sa façon de chat, il avait souri. Confiant. Comme toujours, elle saurait.

Anne releva la tête des feuilles de papier que Sœur Guillemette lui avait données à lire. Elle était impressionnée et émue.

« Comme vous avez travaillé ! C'est extraordinaire toutes ces idées que vous avez mises en fiches, sans savoir si nous réussirions...

— Il suffit d'espérer pour entreprendre. Et puis, Sœur Madeleine m'a beaucoup aidée. C'est elle, avec sa connaissance des herbes, qui a eu l'idée du romarin poivré, là, dit-elle en indiquant une des recettes. Et aussi les graines de fenouil, ici, qu'on mélangera à sa petite tisane du soir. « Béatitude et Sommeil », on voudrait l'appeler. Oh, et puis, il faut que je vous dise, on va faire des produits de beauté ! Notre Mère est d'accord. Pour adoucir la peau. D'ailleurs, si vous vouliez bien essayer, vu que votre visage a souffert du soleil et du vent... Tenez, voici un petit pot. Je suis sûre que dans deux jours vous aurez un vrai teint d'abricot, tout doux ! »

Elle éclata de rire, comme à une bonne blague, et Anne se souvint de l'émotion de son aînée quand elle lui avait parlé de Germain. Guillemette était devenue toute pâle, puis écarlate.

« Moi aussi, je me souviens de lui, avait-elle murmuré. Il avait... une vraie gentillesse. »

Et elle s'était détournée vers ses feuilles de papier que le vent menaçait.

Une vraie gentillesse. Anne revenait vers le cloître. C'était vrai. Elles avaient croisé des monstres, mais aussi connu des gens bien. Sa pensée se posa un instant sur Thomas, effleurant son image comme une aile de papillon frôlerait une avoine folle. Doucement, légèrement, sans s'y attarder. Lui aussi, en fin de compte, avait démontré des qualités rares : courage, persévérance, audace... Elle tira sur sa chasuble bleue. C'était fini tout ça, l'aventure, les cavalcades et les dangers.

On comptait sur elle pour aider à la chocolaterie, elle répondait présente.

Même si parfois, le soir, seule dans sa chambre, elle renversait sa tête en avant et faisait bouffer ses cheveux. À la Louise Brooks... C'était normal. Ça ne faisait que deux jours, après tout, qu'elles avaient laissé tout ça.

*

Sœur Clarisse les quitta à l'aube de la Sainte-Catherine. Veillée par ses compagnes silencieuses, jusqu'au bout, elle avait souri paisiblement, le regard déjà posé sur des merveilles qu'elles ne pouvaient pas voir, serrant un petit chapelet de grenat sur son cœur. D'où venait ce chapelet ? Personne ne se souvenait le lui avoir jamais vu.

Mais la doyenne avait choisi ce sautoir de pierres rouges pour le grand départ, et avait demandé à être ensevelie avec.

Encore un secret qui s'en va dans la tombe, avait pensé Anne.

À 5 heures, Sœur Clarisse s'était un peu agitée, et avait murmuré : « Il vient... Je pars. » Et tout avait été dit.

Sœur Pierrette avait étrenné un immense mouchoir, dans un bruit de trompette qui avait failli les faire rire. Mais le cœur n'y était pas. Tout le jour, elles avaient prié en groupe autour de la dépouille de leur Sœur. C'était irréel. Comme si elle avait pris son envol, enfin. Pour plus haut, pour plus beau.

Les yeux fixés sur la flamme des cierges, elles demandèrent en silence, et de toutes leurs forces, que Clarisse soit accueillie le mieux possible au royaume des cieux. À vêpres, le père abbé leur avait donné la communion, et elles avaient à nouveau partagé le mystère de l'Eucharistie, dans une émotion décuplée. Elles s'étaient séparées sans dîner, et sans avoir échangé un seul mot. C'était le temps de la réflexion maintenant.

Elle s'en va, et nous laisse meurtries par son absence... Au moment même où l'Abbaye se relève. Une joie et une peine. Car c'est une peine, même si nous savons qu'elle atteint enfin le rêve de sa vie.

Anne était perturbée. Malgré son chagrin, elle avait eu du mal à prier, à se concentrer, et elle s'en voulait.

À peine allongée sur sa couche étroite, elle s'était endormie d'un sommeil pesant. Elle avait rêvé.

Elle chevauchait une mule rétive, une bête têtue qui refusait de lui obéir et qui l'emmenait, malgré elle, sur des chemins inconnus qu'elle redoutait de prendre. Devant elle, quelque chose flambait, irradiait, derrière les arbres. Elle se réveilla épuisée, les bras moulus, comme si elle avait tiré sur des rênes toute la nuit. Elle se mit à réfléchir.

Le troisième jour après l'ensevelissement de leur doyenne, Jasmine demanda à voir la Mère supérieure. C'était la première journée ensoleillée depuis une semaine. Elle s'avança dans le chapitre, tout auréolée de lumière.

« Ma Mère, vous avez perdu une Sœur, je vous en apporte une autre. Je souhaiterais prononcer mes vœux définitifs dès que possible. Lorsque vous m'en jugerez digne, naturellement, se reprit-elle.

— Vous êtes bien sûre de vous, Sœur Jasmine ? J'avais cru comprendre qu'un jeune homme... »

Jasmine leva vers elle un regard franc, et sourit. « Je ne nierai pas qu'il m'a troublée, ma Mère, je vous l'avais confié. Jacques est un garçon merveilleux, à qui je ne trouve que des qualités. Mais mon cœur bat et vibre pour un engagement total et absolu. L'amour de Dieu est exclusif, il demande toute la vie. Et c'est ici, ma Mère, à vos côtés, à Saint-Julien, qu'il s'incarne et prend racine. »

L'Abbesse la dévisageait. Ni emballement, ni fièvre dans la déclaration de la novice, plutôt une impression d'apaisement, de force en devenir.

« Rien ne presse, mon enfant. Mais, puisque vous le souhaitez, j'en parlerai au chapitre. Si vos Sœurs sont d'accord, nous préparerons la cérémonie pour les beaux jours. D'ici là, écrivez à ce jeune homme, et faites-lui part de votre décision. Une douce franchise apaise toujours un peu le chagrin. »

Elle regarda sortir la novice, émue. Elle savait trop bien vers quoi marchaient les futures moniales. Il y aurait les inévitables crises de doute, les moments de peur et d'abattement, les réactions de colère, et les larmes. Mais il y aurait aussi les moments de pur bonheur partagé, l'indicible allégresse de la prière, l'extase de l'oubli de soi au bénéfice de l'autre, de tous les autres, et la louange quotidienne à la Gloire de Dieu. Elle ne savait plus si elle pouvait encore parler de vocation. Mais de travail, de volonté, de courage, de sacrifice cent fois recommencé, oui. D'abnégation aussi.

Seigneur, la route est longue et belle, et, même si elle est rude parfois, béni soit le jour où l'on découvre sa foi.

La journée suivante lui parut plus amère. Sœur Anne avait à son tour demandé à lui parler. Et son cheminement allait à l'extrême opposé de celui de la novice.

Agenouillée au pied du fauteuil de l'Abbesse, les yeux noyés de larmes, mais le regard plus assuré que jamais, Anne lui avait annoncé qu'elle souhaitait mettre un terme à son séjour à Saint-Julien, et cesser de vivre derrière la clôture puisqu'elle annulait ses vœux.

« Vous... Sœur Anne ? Vous, qu'on cite depuis toujours comme mon possible successeur à la tête de cette Abbaye ! J'ai du mal à vous croire... » La Mère Abbesse scrutait le visage de la jeune femme.

« Je sais bien, ma Mère, je le comprends, et je vous demande humblement pardon. Mais le voyage que nous venons de faire m'a ouvert les yeux. La foi ne m'a pas quittée, chrétienne je suis et reste, avec ferveur, absolument. Mais je ne ferais pas une bonne Sœur si je continuais à m'aveugler et à mentir. De peur d'affronter la vie et de souffrir, je m'en suis retranchée, lâchement, inventant chaque jour un Dieu à ma convenance, puisque je ne L'avais pas rencontré... Aujourd'hui, le destin m'appelle à vivre hors les murs, je le sens. J'ai trop besoin de me nourrir des beautés que le Créateur a données à ce monde. Une nouvelle vie commence...

— C'est tout, c'est la seule raison ?

— Je me sens prête à aimer aussi, ma Mère. Crainte et courage mêlés, malgré ma peur, et de toute mon âme. J'ai perdu un premier amour sur cette terre, vous le savez, le ciel m'accorde une seconde chance, je ne la laisserai pas passer ! »

Elle était désespérée et galvanisée en même temps, prête à se battre pour conquérir sa liberté. L'Abbesse lui trouva une beauté nouvelle, moins fière et raide qu'auparavant. Elle vibrait, elle palpitait, terriblement vivante soudain. La Supérieure frissonna. Des Sœurs qui renonçaient, on en avait déjà vu, mais c'était la première fois qu'une moniale reprenait sa parole depuis qu'elle dirigeait Saint-Julien.

Anne lui manquerait, terriblement. Mais on ne retenait personne contre son gré.

Comme si elle suivait le cheminement de la pensée de son Abbesse, Anne s'écria :

« Ne croyez pas que je vais disparaître à jamais. Vous me manqueriez trop. Je repars en Colombie, parce que... parce que je sais qu'il y a quelqu'un qui m'attend là-bas, et une vieille mule aussi ! Mais je reviendrai. Et puis, nous allons construire une annexe dans la plantation, où les Sœurs pourront séjourner quand elles viendront, et je vous enverrai des plants de cacaoyer ! Je suis sûre que Sœur Madeleine saura en tirer quelque chose ! Et je serai aussi sur place dès que vous aurez besoin de quelque chose, et d'ailleurs, il faudra... »

Chère Anne, je la retrouve. Pleine de feu et d'esprit d'entreprise. Il en a de la chance son homme des bois. Tenez-les en Votre sainte garde, mon Dieu, et qu'elle soit heureuse, c'est ma seule prière. Pour l'instant, la Supérieure éprouvait un violent besoin de solitude. C'était rare chez elle, sans doute une réaction aux nouvelles de ces dernières heures. Après, il lui faudrait parler aux Sœurs, leur annoncer les changements. Elle soupira, puis se mit à rire. Il y avait des choses pires dans la vie.

En quelques heures, deux femmes avaient trouvé le chemin de l'équilibre et du bonheur. Finalement, c'était une merveilleuse journée.

Les deux nouvelles eurent l'effet d'une bombe sur les moniales. Elles ne savaient plus si elles devaient rire ou pleurer. Rires et joie, à la pensée qu'une nouvelle Sœur mettait ses pas dans les leurs, et s'avançait chaque jour un peu plus sur la voie de la spiritualité.

Pleurs et chagrin, à l'idée de perdre une des leurs, aimée et appréciée, qui rejetait la Règle et s'en allait sur d'autres chemins. Ces deux décisions renvoyaient aussi chacune à son propre engagement. C'était douloureux.

Jasmine les aida à franchir ce moment délicat. Rieuse, amicale, profonde, elle entourait Anne de ses bras, l'embrassant souvent, tendrement, répétant qu'elle avait beaucoup de chance de retourner dans ce pays magnifique, et d'avoir rencontré un homme comme celui qui l'y attendait.

Petit à petit, les Sœurs retrouvèrent leur gaieté coutumière, et se mirent à poser mille et une questions à Anne. Cet homme..., pouvait-elle leur raconter encore une fois dans quelles circonstances elle l'avait rencontré ? Et elles pouffaient derrière leurs mains de paysannes en entendant l'histoire de Patricia la chanteuse et du faux Padre. Et les plantations, allait-elle s'en occuper aussi ? Était-il vrai que les anacondas mesuraient plus de huit mètres ? Que les églises avaient deux clochers ? Tous les chiens colombiens étaient-ils minuscules comme Riquiqui ? Et les Miss, pouvait-elle leur parler encore des Miss ?

La Mère Abbesse les regardait avec une infinie tendresse. C'était beau de voir ces femmes, toutes différentes, qui s'accordaient sur le bonheur de chacune d'entre elles, dans l'observance de la parole du Christ. C'était le respect, le partage. L'humanité. Au moins, elles auraient réussi ça.

Dans l'après-midi, quelqu'un cria : « Les chèvres ! Les chèvres s'en vont vers le jardin ! »

Anne et Jasmine crièrent qu'elles s'en occupaient, et foncèrent derrière les fugueuses. Les bêtes n'étaient pas loin. Ayant escaladé le muret du potager, elles dévoraient allégrement les dernières pousses de cresson, pressées, comme si on avait oublié de les nourrir depuis des semaines. Les moniales décidèrent de les laisser manger tranquillement. Elles s'allongèrent sur l'herbe verte, les bras en croix, et regardèrent les nuages courir au-dessus de leur tête.

« Vous reviendrez ? demanda Jasmine au bout d'un long silence.

— Bien sûr. Et vous viendrez aussi. On gardera le contact.

— Promis ?

— C'est juré », répondit Anne en tendant la main.

Elle attrapa les doigts de Jasmine et les pressa douce-ment. « Juré... »

Le soleil fit son apparition, derrière les nuages gris, et il leur sembla que les oiseaux se mettaient à chanter plus fort. Une alouette se jeta du firmament vers le toit de l'église en poussant un petit cri, et une chèvre se mit à bêler. Perché sur le muret de vieilles pierres, le chat regardait les deux femmes étendues dans l'herbe. Elles ne parlaient plus, mais il pouvait suivre le chemi-nement de leurs pensées. Heureux.

Un gros nuage cacha le soleil, et elles se relevèrent en frissonnant. Les chèvres furent rassemblées et tout le monde remonta vers l'Abbaye. Il n'y avait plus qu'un gros chat gris qui léchait la vieille blessure de sa patte.

Les nuages se rassemblèrent, se défirent, se rassem-blèrent encore, et la nuit tomba enfin sur Saint-Julien.

Dans l'église, les femmes se mirent à chanter.

Table

 **www.livredepoche.com**

- le **catalogue** en ligne et les dernières parutions
- des **suggestions de lecture** par des libraires
- une **actualité éditoriale permanente** : interviews d'auteurs, extraits audio et vidéo, dépêches…
- **votre carnet de lecture** personnalisable
- des **espaces professionnels** dédiés aux journalistes, aux enseignants et aux documentalistes

Composition par MCP - *Groupe JOUVE*

Achevé d'imprimer en mai 2010 en Espagne par
LITOGRAFIA ROSÉS S.A.
08850 Gavá
Dépôt légal 1re publication : décembre 2009
Édition 02: mai 2010
Librairie Générale Française
31, rue de Fleurus – 75278 Paris Cedex 06